“最美奋斗者”丛书

大道健行

李朝全　曹征平　主编

河北出版传媒集团
河北教育出版社

图书在版编目（CIP）数据

大道健行 / 李朝全，曹征平主编. -- 石家庄：河北教育出版社，2021.3
（“最美奋斗者”丛书）
ISBN 978-7-5545-6181-2

Ⅰ. ①大… Ⅱ. ①李…②曹… Ⅲ. ①纪实文学－作品集－中国－当代 Ⅳ. ①I25

中国版本图书馆CIP数据核字(2020)第233233号

“最美奋斗者”丛书

大道健行

DADAO JIANXING

主　　编　李朝全　曹征平
出 版 人　董素山
责任编辑　张　怡　王艳荣
装帧设计　于　越　牛亚勋
插　　图　李　奥
出版发行　河北出版传媒集团
　　　　　河北教育出版社　http://www.hbep.com
　　　　　（石家庄市联盟路705号，050061）
印　　制　石家庄联创博美印刷有限公司
开　　本　787mm×1092mm　1/16
印　　张　19.75
字　　数　221千字
版　　次　2021年3月第1版
印　　次　2021年3月第1次印刷
书　　号　ISBN 978-7-5545-6181-2
定　　价　50.00元

序　奋斗者最美

奋斗就是为了理想和目标而撸起袖子加油干。所有的奋斗都是为了实现理想抱负，其目的和追求是崇高的、正义的、向善的，于社会、国家、人类都是有利、有益、有助的，因此，它是顺应历史发展前行趋势的。奋斗，绝不是蝇营狗苟，也不是鼠目寸光，绝不是纯粹为个人谋求一己私利的，而必定是注目于高远的目标和未来。

为理想而奋斗需要埋头苦干，需要俯首甘为孺子牛的实干精神。奋斗就是辛勤劳作、播种耕耘、期待收获的一个过程。实现理想别无他途，唯有奋斗，唯有撸起袖子加油干。一个理想的社会应该能够让每个人都能人尽其能、才尽其用，发挥出个人最大的积极性、能动性和创造性。

奋斗需要锲而不舍、坚持不懈、久久为功、滴水穿石的精神。罗马城不可能一夜建成，理想不可能一蹴而就。通往理想的路途往往崎岖坎坷，甚至荆棘密布，因此，奋斗既需有披荆斩棘、开山架桥的勇气，更要有前赴后继、咬定青山不放松、千锤百炼浑不怕的意志和毅力，要能吃得了苦中苦，受得了挫折与磨难，勇于不断地从失败中站起，心中永葆理想的灯火，孜孜以求，持之以恒，生生不息，奋斗不已，不达目标，永不言弃。

奋斗者最幸福。生存的意义和生命的价值不在于索取、获得与享受，而在于创造、奉献与成功，在于为了实现理想而不懈地筑梦逐梦、奋斗不止，从而让生命焕发出光彩的过程。幸福的真谛在于为社会创造价值，同时实现自己的个人价值。这个过程也就是奋斗的过程。不经风雨，怎见彩虹？奋斗的过程中虽有百般辛酸苦累，更有成功的狂喜与欢乐。

奋斗者最美丽。奋斗者留给世界的永远是劳作的背影，是负重前行的身姿。美来自生活，来自生产与劳作。劳动创造美，劳动者最美。为了实现理想而不屈不挠、顽强拼搏、积极作为，这一过程就是为了将一个人生命的最大能量最充分地激发出来，使人始终保持昂扬向上、生机蓬勃的奋斗姿态。这也是一个人一生中最有光彩的高光时刻。奋斗者给予人的是一种力的美、一种雄壮的伟岸的美、一种崇高的美、一种凝结着真与善的美，它代表着人类积极向上的方向和力量。

奋斗者最伟大。劳动最光荣，奋斗者作为杰出的劳动者，为世界和人类不断地创造财富及价值，通过付出自己个人的心血汗水来推动文明进步和历史前行。他们无疑是正能量与主旋律的化身。奋斗者往往又是心怀祖国和人民、心系家国天下的一群人，他们同时又是爱国主义者，怀存爱国之心、报国之志，甘愿将自己的一切奉献给时代和人民。他们无疑最值得赞美和讴歌，也最值得书写与铭记，书写他们的辛勤付出，铭记他们的功绩和英名。

时代赋予了每个人依靠奋斗获得成功的机会。我们每个人都要争当奋斗者，勇敢地去追梦、筑梦、圆梦，持续不断加油干，努力去实现个人的梦想。一个民族、一个国家的进步发展，必须依靠这个民族和国家每个个体的共同奋斗。一个勇于奋斗、坚持奋斗、奋斗不息的民族永远是最有生机与活力的，拥有最有希望且可期待的美好未来。

2019 年，为隆重庆祝中华人民共和国成立 70 周年，经党中央批准，中央宣传部等部门在全国范围内开展了新中国“最美奋斗者”评选表彰活动。这些奋斗者都是中华人民共和国成立以来各地区、各行业、各领域涌现出来的先进人物。书写和宣传这些优秀的时代劳动者，旨在大力弘扬他们的崇高精神和价值追求，在全社会积极倡导一种主流的正面的价值观，激励广大干部群众以“最美奋斗者”为榜样，自觉地把自身的前途命运同国家和民族的前途命运紧密联系在一起，高举爱国主义伟大旗帜，培养爱国之情、砥砺强国之志、实践报国之行，始终做爱国主义精神的坚定践行者；大力弘扬“幸福源自奋斗、成功在于奉献、平凡造就伟大”的价值理念，把人民对美好生活的向往作为奋斗目标，撸起袖子干、挥洒汗水拼，始终做新时代长征路上的不懈奋斗者。

全国一共有 278 名个人和 22 个集体荣获“最美奋斗者”称号。我们从中精选了 80 位最美奋斗者的故事，将描写他们的文学作品汇编成册。同时依据内容将其分成 10 卷，每卷都取该卷内一篇作品的标题作为书名。这些作品，通过讲述精彩好故事，刻画出彩中国人，彰显不竭奋斗情。最美奋斗者是时代的一座座丰碑，更是人们学习的榜样与楷模。我们希望读者朋友能够从这些奋斗者身上，从他们的奋斗经历中获得激励与启迪，特别是青少年读者、党员干部能够从这些最美奋斗者身上汲取青春热血和奋斗激情，接受精神的熏陶与洗礼，成为一个个拥有高尚情操和远大抱负的人，终生都当一名真正的奋斗者。

在本丛书策划编辑过程中，河北教育出版社给予了高度的重视和大力的支持，优秀编辑付出了辛勤的劳作，书中收入作品的众多作者也给予了鼎力支持和帮助。在此，谨向作者和出版者致以衷心感谢！

李朝全

2020 年秋于北京

目录

CONTENTS

大道健行（节选）

◎ 唐似亮

一

1987年的滇西，风不调，雨不顺。刚刚进入8月，阴雨连绵，气温骤降，让人以为冬天早早来了。几阵寒风，几场苦雨，正常节令栽种的稻谷正在扬花，绽放的稻花受了寒气，以后的稻穗上大半是瘪籽。耽误了节令晚栽的稻谷，反而侥幸逃过一劫。

天气反常，农民束手无策，唯有仰天长叹。所能做的，就是等稻谷收割完毕，抓紧时间多种些晚秋作物，多少挽回一点损失。

10月7日是中秋节，星期三。杨善洲没有回老家，中秋节是在杨习超家中过的。过完节临走时，他对杨习超说："明天一早到地委大院门口坐车，我们一起去施甸。"

习惯了杨善洲行事风格的杨习超没说什么，也没问去做什么。第二天一大早，他准时来到地委大院门口。上了车，车子便向施甸驶去。

前两天地委刚开了会，安排班子成员分头下乡，帮助基层搞好"三秋"工作。一年多前，杨善洲已从地委书记的位子上退了下来，不再担任领导职务了，但人们还是习惯性地叫他杨书记。杨善洲职闲人不闲，主动向地委要求去施甸。

到了施甸，先跑县城附近几个区。10月10日，来到距县城最远的酒房区。区领导汇报说："9月21日至23日，全区连续遭受了三次洪灾。据一些老人讲，从来没见过这么大的洪灾。尽管这样，全区的粮食生产预计还会增产 13 万斤左右。”

低温、洪灾双双出击，杨善洲一点也不惊讶。近些年来，旱涝灾害频频来袭，受灾程度越来越高。1979 年，70 年未遇的大旱降临保山，8 个月没下过一场透雨，全区 4447 个龙洞、龙潭，干涸 2120 个，水源减少 2616 个。9406 眼水井，干涸 3623 个。长流河沟 7545 条，断流 3069 条。

一辈子干农业的杨善洲一直在深思，仅仅是气候变化的原因吗？其中有没有人为的因素？下乡调查，调阅相关资料，请教有关方面的专家，他明白了：气候变化是主要的，但人为因素也在推波助澜。

1981 年 9 月，杨善洲在一次全区性的会议上说：“过去我们缺乏长远建设的思想，忽视发展林业生产，现在已经造成了很严重的后果。”

这样说有据可查。解放初期，保山森林总面积 1485 万多亩，覆盖率 52%。1975 年普查，面积减少至 810 万亩，覆盖率下降至 28.3%。每年森林的自然生长量是 56 万立方米，消耗量高达 100 万立方米以上，其中用材 25 万立方米，烧柴 60 至 70 万立方米，火灾和开荒毁林约 10 万立方米。

自然生长量和消耗量倒挂，而建设要木材，群众烧火做饭要烧柴，山林火灾年年会发生，长此以往，矛盾进一步加剧，20 年后，保山现有的森林就荡然无存。

杨善洲说：“不但下一代没有木材可用，就是我们这一代也没有柴火可烧。这样严重的问题，我们必须认真严肃的对待。更突出的是林业与农业生产的关系非常密切。‘山穷水尽’，是任何人都不能抵抗的自然规律。”

一些地方的森林砍光了，一场不大的降雨也会引发山洪，旱涝保收的良田变成了沙砾堆。

昌宁县新街公社，河流上游全砍成了光山秃岭。1978 年发生过一次洪灾，大片稻田被泥沙吞噬。干部群众苦干了三年，刚把泥沙刨去，部分农田刚恢复耕种，1981 年又来一场暴雨，5 个小时降雨 300 毫米，1000 多亩良田盖上一层厚厚的沙石。埋得太深的田，也许永远不能再恢复。

杨善洲手里还掌握着一大串详实的数据。

腾冲县的森林覆盖率从 54% 减少至 34%，流经县境的 10 条河，平时流量日渐减少。大盈江，1941 年的流量是每秒 17 立方米，1959 年是 6 立方米，1979 年是 3 立方米。丁苴河，1955 年是每秒 26 立方米，1964 年是 5 立方米，1979 年是 0.6 立方米。蒲川河，1958 年是每秒 9 立方米，1979 年断流。

下到农村和山区用心去倾听，杨善洲听到许多在群众中流传的顺口溜："山上没有树，水土保不住。山上毁林开荒，山下一定遭殃。"

保山年年在造林，为什么森林面积还会大幅度减少？算一笔账就清楚了。

1971 年至 1979 年，保山共造林 156.4 万亩，每年平均造林 17 万亩。按成活率 50% 计算，成活 70 多万亩。按保存率 30% 计算，只有 40 多万亩。但这 9 年间，共发生山林火灾 3435 起，延烧森林面积 125.1 万多亩，是保存面积的三倍。此长彼消，森林面积倒缩，需要绿化的荒山面积上升至 929 万亩，需更新、改造的灌木林、疏林地有 476 万亩。

一眨眼 6 年过去，保山的森林状况非但没有发生根本性的好转，反而有下降和恶化的趋势。

1987年初春，杨善洲到施甸县进行林业生产专题调研。他到了不同类型的5个区10余个乡和3个林场（区），分别与区、乡干部和林业职工、部分农民座谈，结果令人忧心忡忡。调查归来，杨善洲写了一个调查报告呈报地委，以详实的数据报告了施甸县的林业状况：

施甸县林地面积106万亩，其中成林88.8万亩，占林地面积的84%；疏林16.99万亩，占16%，宜林荒山50万亩。木材蓄积量520万立方米，木材年生长量9.5万立方米，年消耗量20.1万方。88.8万亩成林，67.5万亩被划为“两山”，其中自留山43.4万亩，责任山24.1万亩。“两山”到户后，总的情况“是砍的多，造的少；管不好，管不了的多，管起来，管得好的少。”尤其是农户自管自营这部分，管理最差。酒房、旧城两个区的18个乡、228个社，32.6万亩林地全部划到户，这些地方山宽人稀距离远，名为各户管理，其实是不管，无法管。只管砍，不管造是普遍现象。靠近公路、交通条件好一点的地方，大量砍柴砍木料。酒房区沙子乡，1986年卖木柴、木料的人均收入是44.2元，是全区人均林业收入19元的两倍。旧城区8个乡有5个乡的39个合作社，人住在亚热带河谷，7万亩自留山和责任山在远离住地40华里的地方，根本无力管理。芒别乡的空竹林社有75户420人，4000多亩责任山，1000多亩自留山，多数农户只知道“分了一片山”，只记得其中有特殊用途的几棵大树。社员们对杨善洲说：“我们每年只能上山看一两转，要自己管好林、造好林办不到。”有的说：“自己到山上砍烧柴比买还贵，一来一往要走80里。”问及各户的山界范围，他们说：“表上写得很详细，山上划个大谱气。”当问到管理，他们说：“砍了栽，栽了砍，各家各户没有那个本事。”以社为单位，各户轮流看护的形式更是徒有虚名。轮到的人，守自己的砍他人的，结果是户户都在守，户户都被他人砍。

无法管理或不管，山林在劫难逃。周围乡、社的群众入山砍伐，天天赶街子样人来人往。一位林场的负责人对杨善洲说：“杨书记，我专门作了统计，守在一条路口，从早到晚，共驮出大块木柴306驮，只有26驮是给承包户买的，其余280驮都是乱砍滥伐的。”

一天砍伐306驮块子柴，一年驮走多少？有多少森林倒在斧头下？

杨善洲向地委建议：

“国社联营、大户承包荒山造林。实践证明都是很好的形式，特点是以绿化造林为目的，有利于发展林业，主要优点一是目标明确，责任分明，利益直接，可以保持持久的积极性，比较稳妥；二是有利于林业实用新技术的引进、推广，更新树种，发展优质速生林。总之，经济效益、生态效益都较好。问题是这两种都需要国家一定的投资，只要有条件，可以积极推广这两种形式。”

“按林区范围组织跨区、乡联营，即施甸坝子东西两山两个林场的形式。这种类型的主要好处：一是不改变社员的承包经营权，社员容易接受，而实际的砍、造、管的权力在联营林场，可以实行几个统一（如统一制度、统一砍伐更新、统一营造等等）；二是不需要国家大量投资，资金、劳力来源于群众；三是可以避免乡与乡、社与社、群众与群众之间互砍和其他偷盗；四是可以把当地的劳力、资金，有效地引导到发展林业生产上去。”

调查报告送上去了，加了编者按印发了，采纳与否姑且不论，就算采纳了，谁又来试验示范，然后向全地区推广？

属于杨善洲调查重点的酒房区，砍烧柴，砍树烧炭的人最多。

山上的树砍光了，山下不发大水才怪呢！不过，此行的主题是发展茶叶生产，酒房是施甸的老茶区之一，杨善洲更关心的是，酒房的茶叶生产怎么样？

区领导汇报说：“全区今年已种茶 2042 亩，下达的计划是 3000 亩。全区发展不平衡，垭口、里强问题较大。里强乡原有集体茶园 70 多亩，年产茶叶 3000 多斤，现在承包给 6 个人，每年交集体 200 元。”

杨善洲当着县、区领导的面说：“施甸的茶叶，重点要放在两个地方，一是姚关的大尖山，二是酒房的大蛇腰。老麦和太平要抓，但重点是在这两个地方。上次已经讲过，酒房区应该坐下来讨论一下，3000 亩的任务怎么就不能完成？”

说到里强乡，杨善洲心痛不已。他说：“里强乡的 70 多亩茶园包给 6 个人，每年产茶 3000 多斤，只交 200 元，这叫什么事？这是个问题！我看，集体的山林，目前没有分的不要再分了。搞责任制时，把集体的公房、财产全部分光，现在要开个会，办点事都搞不起来，这是个失误。我们不是说要去把分了的东西收回来，而是要完善。我的意见是，酒房区要召集乡长、支书开个会，现阶段先完成抢收抢种，小春生产要高标准高质量种下去。茶地要坚定不移地完成 3000 亩的计划，完成了，证明区上的工作有进步，是你们今年工作的标志。这 3000 亩不完成不行。以后你们到地区开会，要汇报这件事。我要过问。”

谈完茶叶种植的事，杨善洲一行人上了大亮山。三天时间，走遍了大亮山及其周边的山山岭岭。

从大亮山上下来，杨习超才知道杨善洲此行的意图。两个人住在乡政府招待所的一个房间，杨习超委婉地说：“老书记，这次跟您来大亮山，才知道这地方偏僻，海拔高，雾子大。爬了两天山，我们比您年轻，仍然爬不赢您。这说明，人都会老的。”

杨善洲没有搭话。

杨习超只好摊牌说：“老书记，我觉得，苦了一辈子了，可以考虑一下省领导的意见，到昆明去，享几年清福。山上路不通，水不通，电不通，不要再辛苦了。”

杨善洲说：“你还年轻。你不理解。”

杨习超说：“我理解。你闲不住，要找一点事情干。不去昆明，回老家，也有事情做。要是上了山，我担心你的身体支持不了。”

杨善洲绕开杨习超的话，说：“我是一个共产党员，共产党员就是要生命不息，战斗不止！”

杨习超笑起来，说：“老书记，您是拿大话来压我。”

杨善洲说：“不是大话，是心里话。跟你说，我当地委领导多少年了，没有条件，没有时间为施甸人民办一些事。现在我要退休了，有时间了，别的事情我做不了，植树造林多少还懂一点，我就用最后这点精力，回来在荒山造一些林，管好山，为大家做一点事。山上有了树，也算给后代留下一点东西。”

这回轮到杨习超沉默了。

10 月 15 日，杨善洲从酒房回到施甸县城，由县委、政府领导主持，上午召开茶叶生产专题会议，下午讨论在大亮山办林场的事，就由杨善洲主持。

杨善洲说：“下午讨论的内容是在酒房大亮山办林场的事。大亮山的范围大约有 7 万亩，在区上划了约 5 万亩，空荒地约有 1 万亩。到山上实地看了，场部设在大马场、张家大坪子比较理想，海拔有 2400 米。山上可种松树，可种茶叶，距黄泥沟较近。为什么要在大亮山建林场？大家知道，旧城的糖厂，燃料靠木柴，森林保护与糖厂的生存有关。施甸坝子包括县城机关的燃料，也是靠木柴。今后茶叶加工，也要靠木柴。没有森林怎么办？所以，这个林场要早办，办好。请大家讨论。”

上午接到通知才从保山匆匆赶来的地区林业局长史绍武说：“善洲书记来办这件事，已远远超出了单纯造林的意义。地、县林业部门要认真组织好这件事。我的意见，场部设在张家大坪子，成立一个筹备组，技术由林业部门负责，11 月拿出一个勘察设计报告，稍后拿出总体设计报告，争取把这个项目纳入地、县中期发展计划。”

没有太多的争论，结果一锤定音：林场一定要办。会议决定抽调仁和区的杨柳明、酒房区的自学洪、旧城区的杨开满三人参加林场筹备组。以后林场的分配方案也在会上定下来：荒山造林，村社占三成，国家占七成；杂木林，村社占五成，国家占五成；成材林，村社占六成，国家占四成。

二

大亮山位于姚关、旧城、万兴、酒房四乡镇的交界。站在大亮山顶，可西望龙陵，南瞰永德。自西往东流的怒江，在大亮山脚下切割出一条深邃的峡谷，大亮山陡然成为怒江北岸的屏障。

这座山为什么叫大亮山？当地有几种说法。一说现在大亮山林场瞭望台所在的山头，原来山顶光溜溜的，云南方言把光头叫做亮蛋，人们就把没有树的山头叫亮山头；一说亮山头高，海拔 2618.8 米，山腰经常云雾缭绕，山顶上阳光灿烂；一说对面有座山叫小亮山，比小亮山大的山自然叫大亮山。

无论叫大亮山还是亮山头，有一个事实不能回避：山是光山。

地处偏僻的大亮山为什么会成为荒山秃岭？原因只有一个字：砍！大亮山上的树木，绝大多数是各种各样的栎树，在当地人们的眼里，凡是成不了材的树，统统叫做杂木林，只能砍烧柴或烧木炭。从有人居住那天开始砍起，世世代代砍下来，就砍成了荒凉的秃山。

荒山秃岭容易被人遗忘，也容易为人牵挂。

1980 年底的一天，几个人赶着几匹驮着帐篷、食品、仪器等物资的马，行走在荒凉的山路上。

赶马人中，有一人是施甸县林业局技术人员范崐。他带的几个人，是去执行一项局领导亲自交办的任务：调查姚关、万兴、酒房、旧城交界地方的林业基本情况。

走到傍晚，到了一个叫黄泥沟的地方，前行不巴村，只有停下来，搭起帐篷露宿。范崐透过暮色四处张望，附近没有一棵树的荒山倍加苍凉。

第二天一早起床，人马继续往山上进发。

任务性质属初查，不用几天便告完成，拿出一个初查报告上报。至于任务的目的是什么，范崐不知道，也不好打听。

这个事，只有当时担任施甸林业局副局长、代局长的杨汉章知道。

杨汉章和杨善洲相识已久，每次相见，总会聊上几句。一次，杨善洲突然说：“汉章，要退休了，有没有考虑退休后去做什么？”

杨汉章说：“我能去做什么？”

杨善洲说："比如说造林什么的。"

杨汉章说："造林可以，但不有钱。"

施甸人说话的口吻不说"没有"，而是说"不有"。

杨善洲说："有荒山吗？"

杨汉章说："有。铜厂上去，黄泥沟一带，有1万多亩。"

杨善洲说："这些荒山规划了没有？"

杨汉章说："没有资金，规划了也干不成。"

杨善洲说："你先做规划，报上来，资金由地区批。"

这就是初查的目的。杨汉章没料到，报告报了上去就杳无音信。

1982年，又一项新任务布置下来：对全县的林业资源进行普查，重点放在上次初查的地区。普查工作要求细致，范崐带人把这一带的山山坳坳跑遍了，仅外业就用了一个多月时间。一天，范崐接到通知，马上到酒房乡政府汇报。

他从山上下来，到了乡政府，才知道是地委书记杨善洲来了。

在桌子上摊开地图，范崐汇报了大亮山片区的林地情况。黄泥沟一带全是荒山，其他地方有部分林地，但绝大多数是次生林，少部分是用材林。次生林中绝大多数是青桐树，因此烧木炭的人多，砍烧柴的人多，林子保护的不是很好。

杨善洲听了，对在场的干部说："黄泥沟这一片荒山要马上营造，建立一个国营林场负责；其他范围内的林地要保护起来，能否搞一个保护林场来负责？"

绿化荒山是好事，保护森林是好事，但一触及怎样绿化、怎样保护等体制和政策问题，尤其是牵涉到具体的利益，好事情就难办了。

杨善洲没再强求，只要求尽快把黄泥沟林场的造林计划上报地区。

临走时，杨善洲要了一份大亮山地区的林业普查报告。

规划、报告打上去，杨汉章已到了退休年龄。

黄泥沟林场还办不办？要办，山场大部分已下放到户，集体留有一小部分，办林场涉及国营、集体和个人三“家”，三方的利益怎样协调？

在别人看来，这是一个根本无法解决的大问题，但在杨善洲看来，这世上没有解决不了的问题。1963 年施甸分设，没有国营林场，没有一寸国有林地。杨善洲争取了一个国营林场和一个国有林管理区的指标，几乎所有的人都认为根本办不了，杨善洲提出一个在当时和以后都是突破性的方案，一个棘手的问题轻而易举就解决了。

这个方案叫“国社合作”。简单说，集体以山场为投入，国营林场承担工程造林并管护，有了收益按比例分配。后来，国营林场把 1 万多亩成林面积返还给集体，集体的投入分到了“红利”。

黄泥沟林场也可以走“国社”合办的路子。但几十年过去了，这个方案能不能破解今天的难题？

1983 年，黄泥沟林场开始筹建。杨汉章为林场负责人和总承包人，县林业部门为投资人，姚关、酒房两区的摆田、陡坡、雷打树三个乡 27 个合作社投入 8000 多亩连片荒山，三方合作造林，有收益后国、社三七分成，国家占七成。

1984 年至 1986 年三年，林场在附近 116 个山头、72 条凹子、36 块缓坡台地上，种植果松（华山松）7960 亩、飞松（云南松）300 亩。后经各级林业部门检查验收，成活率 97%，补造面积 200 亩。总投资 14.42 万元，其中造林投资 9.82 万元，亩均 11.82 元；房屋、电力设备投资 4.6 万元。

1987年初春，杨善洲到黄泥沟林场调查，40多公分高的小松树一片春风得意。

国社合作的路子再次证明是可行的。

前有黄泥沟林场探路，大亮山林场的创办瓜熟蒂落。

自学洪在施甸接受笔者的采访，在谈到杨善洲创办大亮山林场的过程，几次潸然泪下。

自学洪的家就在大亮山脚下。

抗战胜利前一个月，这个彝家孩子出世。1958年大跃进，13岁的自学洪才去读书。一年后辍学，14岁的半大小伙回家干活。

10年时光转瞬即逝。1969年，24岁的自学洪当上龙坪大队党支部副书记。酒房区准备在怒江边的打黑渡口一带建农场，种甘蔗，办糖厂。区领导对自学洪说："小自，区上要办农场，借你去搞筹建。"

自学洪是农民，借是客气话。服从组织安排，这点党性原则自学洪有。打起背包到了要建农场的怒江岸边，荒草莽莽，杳无人迹。自学洪和一起去的人烧荒垦地，不久，一个亦农亦工的生产形式问世。

农场建起来，自学洪的借用期没有结束。有了农场，要办糖厂，要办糖厂，得修公路，自学洪去修公路。公路通车了，另一项任务来了。农场要用电，怒江两岸的山沟里流淌着好多条小溪小河，落差大，可以修建小水电站。自学洪又去修电站。

一借8年，自学洪才调回区上。自学洪也认为，8年奔波，没有功劳有苦劳，没有苦劳有疲劳，该到区上休养生息了。

1987年秋天，杨善洲来酒房督促茶叶种植。自学洪是区上的一个普通工作人员，杨善洲和县、区领导走进办公室，自学洪才第一次近距离见到这位传奇人物，但没说一句话。

杨善洲走后第二个月，区委书记告诉自学洪：“上级借调你去参加大亮山林场的筹建，时间是3个月。”

区委书记还说：“借用我们同意，如果是调动，我不放你走。”

书记这样说了，自学洪只有按时到筹建组报到。

筹建组4个人进入大亮山区，调查未来大亮山林场的地籍界限。3个月搞定，初步划定的面积约有六七万亩。

1988年2月，县上通知，大亮山林场初步划定面积涉及的乡镇、村、组选举出代表，到县上开会，全力支持大亮山林场的建设。

会散了，春节也到了。筹建组成员各自回家过年。自学洪以为，筹建工作结束，自己该回原单位上班了。

过完年上班第一天，区委书记通知自学洪，还要借用3年，参加大亮山林场的造林，任务完成后回来。

3月2日是正月十五，自学洪到县林业局报到。3月3日准备了一天，3月4日，所有参与者携带着行李等物资上大亮山。第一程乘坐汽车，从施甸县城到酒房的摆田。卸下物资，摆田村的村民蒋仲英（音）租了10匹马，驮上帐篷、炊具、食物等物，上山的人背上自己的行李，便朝大亮山进发。

这是一条大亮山村民们走了几辈人的毛毛路，也是到大亮山最近的一条路。路一直向上，当中有三个缓坡，一次缓坡之后有一个陡崖，人们叫它三台坡。

慢坡路长，11个人10匹马组成的队伍，爬了两个多小时才到山顶。翻过山顶下坡，坡脚有一块平地。云南习惯把山坳、山坡、山顶上的平地叫做坪子。人马到达山顶，山顶上没有树，脚下的坪子一览无余。坪子上，正燃着一堆大火，青烟袅袅，直上蓝天。看到烟火，人们欢呼起来，山回谷应。

坪子上燃火的人是杨善洲和黄泥沟林场场长杨汉章。

杨善洲头天出发，先到黄泥沟林场与杨汉章相会。住了一夜，一大早从黄泥沟林场出来，提前到了张家大坪子。两人找来烧柴，点燃起野火。没带炊具，不能烧水泡茶，便不断的添柴加火。野火又红又旺，很远就能看见！

人喊马嘶，惊动了不远处的大地山村民张洪发。他和往常一样，正在山沟里烧炭。听到声响，忍不住爬上坡来，看到了大坪子上的那些驮马，那些人。看样子，这些人要住下不走了。他问："你们来山上干什么？"

有人答："我们来办林场。"

办林场？山上到处在砍树林，还办什么林场？张洪发不以为然。不过，山上来这么多的人，以后有伴了，闷了，上来说说话也好。

张洪发没有想到，就是这么一面，他与林场结下了不解之缘，后来居然成为林场公认的"编外"职工。

时间已经是下午四点多钟，会合的人们来不及寒暄就分头行动。一拨人去捡柴，一拨人去打水。水源点在下边不远处的路上方，有指头粗的一股，将一根小笕槽插进出水眼，水顺着笕槽流出来，清澈透亮。一拨人搭帐篷，一拨人挖地灶埋锅造饭。日落之前，茶水泡好了，饭煮熟了，人们就着傍晚的山风，进大亮山第一顿野炊式晚餐。

吃饭的时候，自学洪就设想，吃完饭，杨善洲一定会把大家召集起来，作一个长篇报告，讲一通造林的意义，强调一下什么什么的。老书记才退下来，原来的习惯暂时没法改变。

放下饭碗，杨善洲宣布："今天大家累了，喝了茶，烤一会儿火，都去睡觉。”

这太让人意外了。

宣布后分了住宿。两顶班用帐篷，老书记和其他乡镇上抽调来的人员住一顶，自学洪和林业局局长杨光璧等人住一顶。

大亮山的第一个夜晚，在平常的心境中安然度过。

三

大亮山从晨曦中醒来，山清气爽。

一大早，睡不着的人先起来，点燃火塘，烧好了茶水。大家起来了，指定的人员去煮饭，其余的人围火而坐，大亮山的第一个会议就在火塘边召开。

杨善洲说:“今天是上山的第一天，我们先开个会。我和大家来到山上造林，对我来说，是自找苦吃。大家跟我上来，也要准备吃苦。”

十几个人心里想，你一个地委书记退了休还上山来造林，我们年纪轻轻的还怕吃苦?

杨善洲接着说:“今早主要讨论来到山上，林怎么造？先造哪些山？造林中要注意些什么？各人都发表一下意见。”

早饭熟了，讨论有了头绪。吃过早饭，人员分成两组，一组负责与村、组联系，按照划定的面积签订合同；一组到附近村子招募造林用工。

自学洪和杨光璧负责寻找合适育苗的地块，准备育苗。老书记也跟着去。在附近找了四块地，育苗的事定下来。两天后，第一批临时工上来，忙着搭了棚子，安排好住宿，然后在育苗地里烧荒，开垦，整理苗床。调拨的种子一驮上来，马上开始播种。没几天，23 亩地的种子全播了下去。

林场管理像军队，早上 7 点钟起床，洗漱完毕，8 点钟出工。10 点钟回来吃早饭，休息一会接着出工。干到下午 5 点多钟收工，吃了晚饭，如果时间还早，在住地周围干一会活，晚了，就休息。

三月初的大亮山，春天的影子忽隐忽现。白天太阳有些叮人，入夜不久寒气逼人。为了驱赶寒气，帐篷外面挖了一个大火塘，点燃一堆柴火。野外用火危险，砍来四根小碗粗的栎树，钉在火塘四角，再用指头粗细的枝条，编出四面齐胸高的篱笆墙，留一个出入口。火塘里烧的柴，是大碗口粗的栎树。栎树熬火，火焰大。天黑后，大家围着火塘，边烤火边喝茶边天南海北聊天。前胸烤热了，后背依然冷飕飕的。

杨善洲不习惯住帐篷，让人砍来几棵栎树，搭了一间人字形三角窝棚，窝棚外大里小，老书记给窝棚命名：狗向火。他和林业局局长杨光璧等人搬进窝棚住下来。

春天说来就来。天气不冷了，比天冷难受的日子也来了。张家大坪子面向东南，脚下是怒江河谷，视野开阔，背后是三台坡上来的山梁。没想到山梁上的栎树剃头样被砍光，春风一起，秃山红尘飞扬。夜里起风，早上起来，被子上落了铜钱厚一层尘土。食堂里倒扣的碗底上，也落满了灰尘。白天起风，像沙尘暴，太阳惨黄，光影黯淡。

春风呼啸的日子里，小树苗一天天长大，工程造林的预整地在临时工手里一坡一坡出现。

播种后100天，移栽开始，大亮山沸腾起来。

此时已进入雨季，班用帐篷难抵挡山上的风雨交加，临时决定在场部突击建盖油毛毡房。委托摆田的蒋仲英找了11个人上来，场地由林场人员平整，上来的人搭棚架，编篱笆墙。5月底，油毛毡房建好，共25个小间，围成一个大院子。杨善洲住南边五间的一间，左边是工程师蒋崇德，右边是林业局局长杨光璧。其他人员分别住进了自己的房间。

房间的格局是这样的：门开在一头，进门左边顺墙挂工具、雨具，中间是火塘，右边是床。张家大坪子海拔2400多米，火塘里的火几乎终年不熄。冬天半年霜雪半年凌，1988年至1991年，连续4年下了雪。到了夏天，一进雨季，整个山被雾包着，到处湿漉漉的，没有火不行。早上穿一件干衣服出去，晚上回来全湿透了。油毛毡房里有火，方便烘烤换下来的湿衣服。晚上睡觉时，用热灰捂着火；早上扒开，烧水煮早茶。出工时，用热灰捂起。中午和晚上回来，扒开灰，里边红红的。放上一点柴，火就烧起来。职工们养成了这样的习惯，进门先把工具放下，挂上雨帽和蓑衣，然后把火弄着，烧一壶开水，烹茗煮茶。

杨善洲告诉大家："吃茶要吃新涨的水。"

有了油毛毡房，有了火塘，漫漫寒夜，不再觉得凉意袭人；淅沥雨天，凄风苦雨，心是热的。

移栽工作一展开，所有人投入其中，无暇顾及别的事。自学洪从上山那天算起，半年中只有一次下山开会，但没回家，散会后马上返回山上。

杨善洲上山三个月后才第一次下山。上山前，他向组织关系所在的保山地委办党支部请假，说:“刚上山，要做的事情很多。第一、二个月就不能回来过组织生活了。工作理顺后，我按时回来参加。”三个月后，杨善洲下山回保山参加党组织生活会。从这一个月开始，每月 20 号左右，他会准时下山前往保山，风雨无阻。

杨锡启事先不在采访范围内，到了大亮山制高点和瞭望台，笔者突发奇想提出采访，他才仓促地说了他来大亮山的经过。

杨锡启搞不清楚，哪一年的哪一刻，自己怎么会像鬼迷心窍一样选择了大亮山。

1988 年夏天，杨锡启初中毕业，父亲的意思是要他继续读高中或中专，将来找个好工作。这一年，施甸好多单位招人，他想早一天工作，就去报了名。他记得共有 147 人参加考试，他的成绩是第四名，报任何一个单位，录取都没问题。

就在填报单位的一刹那间，杨锡启得知，大亮山林场也在招工，林场又是人们景仰的杨善洲老书记来领办的，一秒钟之内，他就决定填报大亮山林场。

考试成绩第四名报林场，杨锡启被录取了。

6 月 4 日，杨锡启到县林业局报到。局长杨光璧亲自来谈话，说:“小杨，先到大亮山，跟老书记做两年伴儿，再考虑其他工作。你同意不同意？”

杨锡启想对局长说:“我是冲老书记来的。来了，不让我跟老书记，我还不满意呢！”他没说，点点头，表示同意。

杨锡启同意，杨光璧当着杨锡启的面给大亮山打电话。电话中，杨光璧对老书记说:“老书记，林场要的人已经招好了，今天就上山来。老书记有什么要求？”

杨锡启听到老书记在电话里说:“我只有一个要求，到了山上，要好好干。在我眼皮底下，不能闲游浪逛。”

杨锡启在心里叫起来：“哎哟，还没上山就这样说，到了山上，不知道要有多严厉呢！”反悔已经来不及了，只有硬着头皮上山。

上山与老书记相处不长，杨锡启发现老书记是刀子嘴豆腐心。工作上要求严，对职工不是一般的好。一次他去请假，老书记说：“有什么事？”

杨锡启知道，此时正是造林的黄金季节，人手本来不够，走一个人，像走了一个班。这个时候来请假，多半是不会准假的，抱着试一试的态度来，就说：“父母病了，让我回去一转。”

老书记说：“父母病了，当然要回去看看。你收拾一下就走。快去快回。”

杨锡启没想到，老书记竟然如此爽快。

万事开头难，第一年最难的不是整地育苗造林，是做群众工作。

大亮山林场走的是国社联营的路子，涉及周边八九十个村组。原来集体的林子，大都“两山下户”并划为薪炭林，有人家私下将山林出售给人烧炭。烧炭人自有“办法”拿到廉价山林。打一壶酒背起，另买几包廉价的纸烟，到了农户家里，香烟一抽，几口酒下肚，一两百元就买下一座山头。山上的树剃头样砍完了，还不解气，放一把野火，将剩余的山毛烧个精光。不用几年，大亮山更亮了。

同样是国社合作，时代不同了，形式和内容也不完全一样。1963 年是国家对集体，1984 年是国家对村、社，1988 年则是国家对村、组和千家万户。林场按现行国家政策，与每一个村组，每一个农户签订合同。尽管村组干部全力配合，其“工程量”不亚于当年的万亩造林。

林场职工挨村挨寨去做群众的工作，有农村工作经验的自学洪等人，自然是工作组的一员。

土地下户找群众难，召集群众开会更难。群众来了，宣传和回答群众提出的问题，比读博士学位还难。

有的说："国家造林我们支持，但我们的实际困难国家也要解决。"

人家说的在理，你无法反驳。

有的说："你们是在欺骗我们吧？等我们的山场入了进去，就成了你们的了。"

自学洪等人赶快解释："不是不是，性质没有变。你们入进来，我们要和你们签订合同，以后有了收益，按合同分成。"

有人说："合同算个啥啊！法律都可以修改。"

人家说的也没错。

有的说："入进去，我们想砍柴砍不了，想烧炭烧不了，想砍两棵树来换一下房子上朽坏的梁椽，也不能砍了。"

"自学洪们"说："以后可以砍，只是要按规定申请报批，可以砍的。"

"我们砍着就不方便了。不入进去，今年砍光了，五年十年又可以砍第二茬了。我想什么时候砍就什么时候砍，多自由。"

"自学洪们"说："统一造林，统一管理，主要是为了保护生态。生态好了，你们吃的水有保证了，山坡上的地不会被水冲了。"

谁知对象错了，这个村子不缺水。他们说："我们住在林子脚下，没有一丘田，吃水永远不会干。从我们村子流下去的水，都到再下边饮甘蔗去了。"

"自学洪们"只好另找话题。

原来住在山头上的人家，现搬迁到坝子上，距山林远了，一听说这事，马上说：“你们做了一件好事。山林交给你们，我们放心。”

有的村民还质问：“你们林场只造林和管护，为什么要占二成？”

“自学洪们”解释：“建了林场，要修公路，要架电线。以后管护人要有报酬。这二成，主要用于这些支出。”

村民们来了兴趣，不谈林地的事了，转而问：“你们修公路、架电，有没有把我们算在里边？”

“自学洪们”说：“公路通了，电通了，都可以来接。”

村民们高兴了，说：“只要让我们来接，我们同意。队长说划齐哪里就是哪里！”

群众工作就是这样，气一头，恼一头，乐一头。

群众工作做通了，合同签订了，以后的工程造林就顺利多了。

山上生活虽然艰苦，但苦中也有乐。刚上山，没有吃饭的地方，大家就蹲在地上吃。后来砍来一些木棒，拼凑出一张桌子，四周放上同样用木棒拼凑出来的凳子，大家围桌而坐，露天用餐。碰上下雨，不能坐到桌子前，就等一会，雨过再用餐。林场吃的，米要到摆田粮店里买；小菜到酒房、万兴、姚关街子上买。万兴街子多一些。买好后，找几匹马驮上来。为防备一时缺菜，经常买一些干菜，如花生、豆子、粉丝等。肉类主要是肥肉和板油，也有一些当地的咸菜，如骨头参什么的。大宗储备是洋芋，碰上几天都是下雨，早上吃洋芋，晚上吃洋芋，第二天吃洋芋。变着戏法吃，煮、煎、炒、煸、蒸、炸，就差凉拌了；形状有丝、块、片、砣、泥，凡是能想到的都弄出来。

到了春夏之交，山上野菜发了，出工时老书记说：“出去了，别忘了带一把野菜回来。”

大家边干活边观察，见到蕨菜、打谷菜、水花菜等，顺手摘一把。回到住地，一人一把，凑起来就是一盆。野菜用骨头参烩出来，色鲜味美。舀上一碗饭，搛一箸野菜，比上宴席吃得高兴。吃了饭，喝一碗米汤，全身舒服。

干得太累，老书记会让人上一点白酒，高兴了还可以划划拳。

山上没电，带了两照煤油灯上来，一照是手提马灯，一照是高脚玻璃灯。后来又拿了一照汽灯上来，专门开会用。有一个收音机，听听新闻，放一阵音乐。有的打一会儿扑克。到了11点，大家就睡了。

1988年平安过去，1989年的春节到了，山上留一部分职工值班，老书记也留了下来。杨锡启原想回家，但看老书记留下来，自己年轻，家里没有拖累，便留了下来。

杨锡启想简单了，以为值班就是守在工棚里，打打牌，看看电视，吃了睡，睡了吃。大年三十这一天，老书记带着大家去干活。杨锡启在心里叫苦："没见过，在农村，再穷的人家，到了年三十，也不兴干活了。怎么在山上值班还要干活？"

那天干活的路近一些，到路下方的大柳树下挑水浇树苗。中午回来吃了饭，老书记才叫准备过年饭。其实没有什么好准备的，杀了一只鸡，做了几样小菜。按农村过年的习俗，放了一封炮仗。

年夜饭开吃，老书记特准留守的人可以喝一小杯酒。平时老书记不让喝酒。山高，天冷，喝一点酒可以抵挡一下风寒。老书记怕喝酒乱事，不允许喝。

吃了年夜饭，老书记让大家去看春节联欢晚会。有的不想看，老书记说："不行！平时没有文化生活。一年只有一台晚会，一定要看。"

春节晚会插播广告，都是恭喜发财的内容。年轻人跟老书记开玩笑说：“老书记，今天是大年三十晚上，我们还想着老书记一定会给我们发个小红包。”

老书记说：“还发红包呢？你们是拿工资的，就我是出义务的，应该你们发给我。”

大家笑起来，笑声打破了山林的寂静。

大年初一，杨锡启和其他几个年轻人睡不着，天一亮起床。没有安排，拿了工具，到果园里为果树施肥。老书记看见了，说：“你们几个人，本来想让你们多睡一会的，怎么就起来了？”

年轻人说：“睡不着，不如起来找活干。”

春节一过，春天就来了，繁忙的季节也就到了。林场面积划定，护林防火刻不容缓。场部周边的1万亩荒地去年造完了，今年的1万亩要早规划育苗地。

林场防火的传统方式，是在林区修建防火线和隔离带。杨善洲建议，规划上原有营造经济林的计划，能不能在隔离带上种茶树来防火？

这也太异想天开了吧？这世界上哪有用茶树来防火的？但建议是老书记提出来的，总比没建议好。众人七嘴八舌补充，决定在林场周边的防火线和隔离带上试一试。

老书记说的确实有道理。防火线和隔离带上栽了茶树，茶树下是开垦出来的地，不长草，就算火烧上来，烧到了茶地，不能再往上烧；就算烧了一些茶树，暂时枯萎了，来年春天它又会发出来。

这个小小的尝试，后来成为大亮山林场的生态防火模式。

1989年的春天，集中人力，量出防火隔离带，垦殖出700多亩地，按茶园种植标准栽上了茶树。

防火带上可以种茶，其他地方也可以种，形成规模就好办了。林场决定发展短期有效益的辅助产业，在大马场开辟茶园种茶。杨锡启抽到大马场，和请来的小工一起栽茶树。砍烧柴时，不知怎么搞的，把自己砍伤了。附近没有医务所，只好到邻近的村子包草药。老书记得知后马上派了两个人，牵了一匹骡子，来到大马场，对杨锡启说："老书记交代，山高水冷，伤口难愈合，接你回场部养伤。"

杨锡启骑不惯牲口，走一程下了骡子，两个职工半扶半搀回到林场。杨锡启坚定了当初的选择，跟着老书记干，没错。

大亮山的造林，一开始是按照黄泥沟林场的模式进行的，营造华山松纯林。到了第三年，黄泥沟林场的纯林里出现了一种病虫害——华山松木蠹象。这是森林的癌症，得了就难治。请教专家，专家说："根子在纯林。要减少病虫害，必须造混交林。"

杨善洲接受了专家的建议，营造混交林。

混交林的营造，先在次生林中砍出一条带状，然后整地，种植华山松。华山松长大后，与次生林形成针、阔叶混交。这样一来，工程量大了，资金的缺口随之扩大。

杨善洲说："造林要讲科学，科学要有投入，造林的方法一定要变，资金我去找。"

后来大亮山的新营林区，基本上都是混交林。

连续大干了3年，工程造林3万亩，以后转入管理和小面积的补植补造。

自学洪想起自己的借用期到了，就写了一个申请，交给林业局局长。老书记回来，林业局局长把申请给老书记。老书记来找自学洪，说："老自，你要回去？"

自学洪说："原来说借调3年，现在造林工程基本完成，我回乡上去。”

杨善洲说：“在哪儿不是工作？在林场工作是辛苦，但我想过个八年十年二十年，条件就会好起来的。还是在这吧！”

自学洪为难了。不回去，在山上确实辛苦；要回去，磨不开老书记的面子。最后，他下了决心，在林场，陪老书记再干几年。

和老书记相处时间长了，有些话可以说了。他问老书记：“老书记，省委书记要调您去昆明，您为什么不去？还要到山上来吃苦？”

杨善洲说：“老自，跟你说实话，小时候家里穷。我读书的时候，没有经济来源，母亲头天带我们到山上打野菜，第二天背到姚关街，卖得一点钱，给我买笔墨纸张。靠着这些，勉强读了一年。我学石匠之前，基本上是这样。这些山对我有恩啊！过了几十年，到这里来看一看，山上的村子不通路，不通电，吃水困难，砍点柴，运不出去卖。还有好多地方荒着。有的地方砍光了，水留不住，土站不住，只有再毁林开荒。我回来，在山上造林，借这个机会，把路修通，把电架通，多少可以帮助他们。我也知道，要改变，不是一下能做到的，也许要好多年，甚至一两代人，但能改变一点点，早改变一点点，也是一个安慰。”

还有一次，自学洪问：“老书记，我听说，像您这样的干部，可以把家属转出去，可您不让转，为什么？”

杨善洲说：“我是主要领导，如果我带头转了，有些人就会在底下把不该转的都转了，到时候很难处理。我还有我的实际，其他干部只需转一人，而我不同，老母亲年纪大了，裹着小脚，转出去不方便，也不习惯。老伴和女儿、儿子（女婿），都不识字，下边还有孙子，转谁不转谁，都很难办。转出去，不安排一点工作，她们闲不住，生活艰难，我一个月才三四十元的工资，有时还不够我用。

要安排工作，她们又干不了。别人还会说，主要领导把家属都弄来吃国家粮了。说个自我安慰的话，不转出去，她们在家里，吃菜不用买，自家地里种；吃肉不用买，可以养猪养鸡，粮食也不用买。我还是坚持自己的原则：先群众，后自己。”

杨善洲还经常说：“党培养我多年，我只有干好工作，才对得起党。人老了，也要给自己找点事做。别的做不了，栽几棵树是可以的。这些山，虽然不完全是在我们这一代人手里毁的，但我们有不可推卸的责任。今天我们老的不栽树，明天小的就没有用的；小的学我们不栽树，再后来的人同样没有用的。我们今天就是要给小的带个头。”

没有大道理，不是空话，自学洪听到了老书记的内心。他告诉自己：留下来，好好干！

这一留，一直留到退休。2005 年，自学洪从大亮山退休，回到老家，在自己家的地里，种了好大一片茶树。

四

一串清脆的铜铃声穿过树林，传到大亮山林场场部张家大坪子。紧接着，几匹马驮着重负出现在山道上。杨善洲刚好从场部出来，认出是大地山村的村民，就问：“驮什么东西？这么重？”

村民说：“驮包谷。”

杨善洲问：“驮去做什么？”

村民说："磨面。"

杨善洲说："要驮到哪里才可以磨？"

村民们有的说去摆田，有的说去黄泥沟。

杨善洲又问："今天能磨回来吗？"

村民们说，不一定，有时磨面人多，要等一天。

马帮走远了，杨善洲还伫立在原地。晚上，他对自学洪说："老自啊，周边村民的事太老火（揪心）了。驮一百斤包谷到摆田磨面，有时要等一天，去一天，来一天，要三天的时间。山区没有水磨，祖祖辈辈吃的是包谷，磨面是个大问题。我看哪，林场要先修通公路，把电架通，给山区的群众解决一点困难。"

自学洪深有同感。

大地山是旧城乡芭蕉林村委会的一个自然村。全村 270 多户 1000 多人口，经济收入主要靠农闲时节到山上砍栎树烧木炭。除了烧炭，还砍烧柴。烧好了炭，砍好了柴，用马驮到摆田。通往酒房的公路从摆田经过，炭和烧柴驮到路边，以路为市摆摊出售。

摆田出售烧柴有自己的特色，不以百斤计，不以捆计，而是将柴码好在路边，以张开双手臂的长度为单位，民间叫做"一排"。一排烧柴卖 15 元，

一排柴的驮工要三四个，有时驮到了没人买，三两天时间就给耽误了。村民们没有选择，大地山不通公路，不通电，日子只能这样过。村民们多次找上门来，说："林场要不要柴？"

林场不要柴，造林砍下的杂木，足够烧了。自学洪随口问一句："你的柴怎么卖？"

村民说："两块钱一排。"

两块钱一排，便宜到家了。一排柴，一个强劳力一天未必能砍

够。村民以为自学洪嫌价高，便说："我给你们送到厨房。"

自学洪不忍心，说："我是说你卖得太低了。"

村民说："没有办法。等着用钱，别的收入没有。"

自学洪说："这样吧，你送过来，我给你 5 块钱一排。"

村民以为是听错了，说："不是逗我吧？"

自学洪说："我说的是真的。"

就算 5 块钱一排，那又怎么样呢？老书记一说，他也觉得应该做这件事了，就说："老书记，我同意，先修公路。"

杨善洲说："我们先看一下怎么修？"

自学洪拿来地图，摊在桌子上，一起研究公路的走向。从地形上看，从黄泥沟林场的岔路口接上来恰当。按比例尺计算，到张家大坪子，大约长 15 公里。林场刚创办，15 公里长的公路要投资多少？投资从何而来？

杨善洲说："修建公路有哪些支出？"

自学洪修过公路，工程建设略知一二，便说："首先要请公路部门来测量，然后是设计，最大一块是工程费。"

杨善洲问："测量设计的费用高不高？"

自学洪说："不是一个小数目。"

杨善洲说："老自，你不是修过公路吗？我想，我们自己测量，小工你找，该付给的工钱要付。测量出来了，我们心里有个底。"

自学洪说："我什么工具也没有。"

杨善洲说："测量用的水平仪我有。"说着，拿出水平仪，又说："这个水平仪，平时不借人的，跟了我 30 多年了。"

这台仪器，是老书记随身携带的"新三件"之一，还在他担任县委书记时就学会了简单的测量，一般的小型水利工程和种茶树的水平台地，他自己就能测量。

自学洪找来11个小工，林场职工去了两人，加上他，共有14人。小工每天给两块的工钱。十天全部测量完毕，总共支出220元。测量结果，总长14公里。

杨善洲让自学洪打听一下，按照正常的修建方式，连同测试费，每公里要1.5万元。总共要21万元。

杨善洲对自学洪说："能不能这样来办？帮我们造林的临时工夏季来，冬春没有活。跟他们说一下，到了冬春时节，来给我们挖公路。"

这是个办法。山区农村的村民们，找活干较难。他们没有技术，离家远的干不了。自学洪跟他们一说，大家都愿意来。

造林季节过去，收了庄稼，临时工们来到林场修建公路。

一条公路，有难有易。易的地方，人工开挖；难的地方，老书记回保山，花8000多元买了一台闲置的推土机。林场职工有一人会驾驶，就开着这台推土机去啃硬骨头。

修路期间，杨善洲多次来到工地，说："大家要节约每一分钱。林场还穷，要学会过穷日子。"

冬天过去，春天来了，通往大亮山林场的公路修通了。通车那天，请公路部门来验收。施甸县委书记也来了，坐着车子沿着公路跑了一趟，说："这条公路还是可以跑的嘛！"

林场自己修建的公路，一公里投资8000元。

公路通了，当地村民的收入高了。一排柴的价格一路走高，达到85元。年轻人有了摩托车，有事去酒房，一溜烟就到了。

除了路，还有电。

1990年的一天，酒房乡一个村的老村长来到山上，对杨善洲说："老书记，您来办林场，我们是欢迎的。我在村上说，这是我们自己的林场。今天来找您，是有这么一件事，村子里到现在还不通电，我们想在老熊洼子砍一点柴，原来定的每排要交林场5元，我们就不交了。如果老书记同意，我明天就组织年轻人来砍。"

杨善洲说："这事我们商量了再答复你们。"

老村长走了，杨善洲对自学洪说："老自，这个事情你要同意，开会时好通过。"

自学洪说："我肯定同意，这是办公益事情，我们要支持。"

林场开会讨论，杨善洲提议，按老村长说的办。提议一致通过。不久，这个村子的电架通了。

林场的公路连通了附近的村子。林场的电和周边的村子结成了电网。村民们说："要不是老书记来创办这个林场，我们要通路通电，不说一辈子通不了，至少要晚20年。"

听说林场造林要找小工，张洪发停了他烧的炭窑跑到林场，一定要参加造林。造林虽然苦一点，收入不算少，比驮柴到摆田卖好多了。

在林场混熟了，一天闲谈，说到村子里经济单一，多数人家种了核桃、梨等果树，但品质不好，卖不上价。杨善洲老书记突然说："到了适合的季节，我帮你把老品种的核桃嫁接为新品种。"

张洪发喜出望外，说："老书记，说话可要算话。"

老书记说："算话。"

到了可以嫁接核桃的时候，老书记带了一套工具，对张洪发说："走，到你家去嫁接核桃。"

这套嫁接工具，已经跟随老书记几十年了，为群众嫁接了许多的果树。

张洪发前头带路，老书记跟在后头。一路下坡，走了 3 公里多，大地山村到了。老书记让张洪发当助手，开始嫁接核桃树。

老书记说：“你边看边学，等把你家的嫁接完了，你会嫁接了，可以给村子里其他家改良核桃树。”

干了两天，张洪发家的 10 多棵核桃树全部改良完毕。隔壁邻居听说了，也来请老书记去嫁接。

不只是大地山村，大亮山周边的村子都是这样。杨善洲一见就说：“核桃通过嫁接，可以把老品种改造为新品种。”

村民们说：“我们不会。”

杨善洲说：“不要紧，到可以嫁接的时候，林场派人来为你们无偿嫁接。”

如今，张洪发和许多村民一样，日子好了起来。他一家五口人，一年有 1 万多元的收入。老书记帮他嫁接的核桃已经挂果，一年可以卖六七千元。

过去要背到街上卖的核桃，现在买家到树脚下来买。

前期造林结束，林场转入全面管护。当时林场不是国营林场，杨善洲一直在考虑，林场职工今后的出路怎么办？

跳出大亮山看大亮山。杨善洲对大家说：“大亮山海拔高，种经济作物效果不大，不如到附近的地方，找一块合适的地，发展热带水果。”

大家同意，分头四处出击。先到了酒房的打黑渡口，江边条件好的地方没有土地，有土地的地方又缺水。旧城也是这样。那天到了姚关，碰上姚关的干部，说：“老书记，您要去哪里？”

杨善洲说：“我去找块地，发展热带水果。”

刚好杨梅村的干部在，就说：“老书记，不要去找了。我们村有一块现成的，是过去的农场，您去看看。”

杨善洲说：“在哪里？”

村干部说：“在水平。”

杨善洲说：“水平远了一点。”

村干部说：“远是远了点。那个村子老早见着电，到现在没点上电灯。您用那块地，就当是给那个村子扶贫。”

一听那么穷，杨善洲动心了，说：“带我去看看。”

到了水平，进村道路没有一尺好的。村民的房子，有油毛毡房，有茅草房，还有用塑料袋苫盖的房子。热区的村子，怎么还这么穷?

杨善洲回到林场，把情况说了，说：“大家都去看看，能不能干？”

中秋节那天，杨善洲拉起场长、副场长、支部书记和工程师，一起去了水平。

条件不错。老书记要用发展来带动村民致富，大家同意了。双方签了合同，使用期40年。老书记提议，在这里建一个热带水果试验站。他对村干部说：“种甘蔗怕重茬，品质下降，糖厂停办，村民的手就秃了。我们先试验，成功了，你们也可以种。”

水果基地建起来，种下的柑橘有了收获，最高一年收入12万元。不想卡斯河谷以下的柑橘得了黄龙病，不可救药，只有砍掉橘子树，种其他水果。

老书记说：“这是教训哪！现在看来，不管干什么都需要高技术啊！”

五

从1988年春天上山那天算起，22年过去，7.2万亩森林（其中人工造林5.6万亩）覆盖了大亮山往昔的荒山秃岭，森林覆盖率高达97%。

大亮山的森林覆盖的仅仅是荒山吗？

林场一名年轻的职工，和附近的村民一起去打猎。打到一只麂子，村民们按“见者有份”的习俗分配。这个职工分了肉，不想独食，便拿回林场，交到食堂，说：“是麂子肉，炒了大家一起吃。”

刚要吃饭时，杨善洲回来了。端起饭碗吃饭，没注意吃的是什么肉。

快要吃好了，那年轻人走过来，说：“老书记，今天的肉好不好吃？”

杨善洲说：“好吃啊，新鲜牛肉当然好吃。”说着，把碗里的饭菜全扒进嘴里。

年轻职工说：“老书记，这不是新鲜牛肉，是麂子肉。”

杨善洲放下饭碗，问：“哪来的麂子肉？”

年轻职工说：“附近村民约我去打猎，打了一只麂子，分了肉，我拿回来大家一起吃。”

杨善洲说：“好啊，你告诉我一个好消息，我也告诉你一个好消息。今天晚上，你要写一份检查交给我，我还要扣你一个月的工资。

你要想得通。”

年轻职工呆住了。

杨善洲站起来，对在场的职工说：“今天是一个难得的教育机会，我们大家都吃了野生动物肉，违反了国家的政策。我也吃了，首先要作自我批评。我希望从今天起，我们林场的职工，不参加任何打猎，不吃野生动物。如果谁参与了，吃了，拿着一个处罚一个。”

杨善洲倡导，林场职工今后上山，不准带火药枪，只带一把砍刀、一根拄棍和对讲机。后来，林场职工所有的火药枪全部上缴。

好多年过去，林场再没有发现一起职工参与偷猎野生动物的事。

旧城乡有一个叫龙塘村的自然村，人说有龙就有水，这个村有龙却没有水。

村子里的人家，相互之间可借钱借粮借肉，就是不借水。村里没有水源，没有可以引水的地方，祖祖辈辈水贵如油啊！

大亮山的森林长起来了，山脚下有水了。2005 年，乡上争取到一笔资金，从大亮山脚引水。山泉进村，龙塘村的龙活了。

2010 年春夏之交，百年不遇的干旱袭来，龙塘村的人畜饮水有什么问题？

走进村子，问任何一个村民：“你们家今年的饮水怎么样？”

村民说：“你到我家去看看就晓得了。”

把人带到自己家里，走到自来水龙头前一拧，泉水哗啦啦流出来。

如果还有疑问，走到村口，一条被灌木掩盖看不到底的山沟，汩汩流水声清晰可闻。

大亮山另一侧的酒房乡垭口村，缺水之苦痛彻骨髓。缺水，只好在房前屋后挖小水窖，收集雨水窖藏到旱季。窖藏时间长了，水有一股哈喇味。

其实距离村子不远，有一个修建于20世纪60年代的白石头水库。水库的水源点叫滥龙潭，龙潭到了旱季不出水，水库经常蓄不满。近几年，滥龙潭长年流水淙淙，水库里碧波荡漾。有了充足的水源，村民们在上级的支持下，2009年搞了一个人饮工程。2010年5月正式通水，村民们从此用上了干净的山泉水。小水窖还保留着，窖里的水留作生产用水。

大亮山的森林，站起一个生态屏障。森林植被涵养了水源，许多过去缺水的村庄，现在泉水叮咚，长年不绝。林区内的水土流失减少了，山下的土地，种什么都好，山地庄稼的产量从每亩200多斤提高到500多斤。

大亮山的森林，还和谐了社会人际关系。与林场有关系的村民小组有101个，创办时只有86个。林场发展态势良好，两三年后，有15个村民小组主动要求"入股"。

大亮山的森林，扩大了边际效应。林场创办初期，有国家项目的支持，造林有一定的经费保障，林场附近的村民，大部分人参加了造林。一年下来，每人有一两千元的收入，解决了一部分村民的燃眉之急。造林结束，村民们知道林业能带来收入，观念转变，自发营造经济林，不再把砍柴烧炭的收入看得那么重了。山上的树木成长起来，近期解决了村民的烧柴，中期解决了住房新建和翻修的木料。就地就近取材，村民的建房成本降低了。

人创造了环境，环境改变了人。2009年，大亮山林区纳入国家生态公益林的范围，每亩森林国家每年给5元的生态补偿金。数额不大，效益久远。随着国家对生态林的进一步重视，这个长效收益将水涨船高。

大亮山上成长起来的，是一笔生生不息的绿色财富。

2003 年的 11 月 3 日，林场食堂的猪油吃完了，到附近村子买了一头肥猪，拉回林场宰杀。

职工想念杨善洲，打电话说：“老书记，食堂要杀猪，您上山来和大伙吃顿饭。”

老书记上山来了，林场职工们高兴极了。短时间分离，就像多少年不见一样。

吃了中饭，大部分人忙着厨房里的事。炼油、腌肉、剁骨头参。骨头参是施甸传统腌腊食品，林场经常用来调剂伙食。

杨善洲说：“你们忙着，我到上边走走。”

职工们知道，老书记怀念曾经住过的油毛毡房。每次来必定去坐坐。上边职工宿舍小院子里，还有他住了好几年的一间宿舍，他也会进去瞄瞄。习惯成自然，大家没说什么。老书记出了新场部，顺着公路往上走。

或许有某种心灵感应，杨善洲出门一会儿，自学洪坐不住，马上跟了出来。

从新场部到老场部，步行也就那么三五分钟。跟到那片拆了大部分、只留下老书记住过的那排油毛毡房前，自学洪看到了他一生中最不愿意看到的场景。

房前一个小洼地，前两天下过一场小雨，雨水积在洼地里，浅浅一层。老书记倒在水洼里，挣扎着要爬起来。

“老书记！”自学洪叫了一声冲过去，双手搀扶着老书记。

杨善洲顺应着用力，还是站不起来。一条腿使力了，另一条腿一动不动。

自学洪明白，老书记的腿骨折了。他奋力架起老书记，一面掏出手机，拨通了施甸县医院急救中心的电话。

上大亮山20年，三次“负伤”。住在医院里，闻讯而来探视的人，掏心窝子说：“老书记，岁月不饶人。您已迈进古稀之年的门槛了，不服老不行！”

委婉之语，杨善洲听得出来。骨头老了，不经摔了。

杨善洲含笑不语。

六

施甸县委书记李元标的办公室门被推开，杨善洲走了进来。

李元标赶紧起身招呼，说：“老书记，您坐！”

杨善洲说：“李书记，大亮山林场该有个归宿了。”

李元标一时没听懂老书记的话，不好说什么。

杨善洲坐下，说：“我把大亮山林场交给县上管理。”

李元标一下怔住了。

这可是一个棘手的问题，事先没考虑过。谁都知道，大亮山林场是老书记领办的，办林场的资金绝大部分是老书记要来的。大亮山林场的面积不是三五千亩，而是7万多亩呀！这笔账该怎么算？

杨善洲平淡地说：“它本来就是国家的，应该交给国家。”

这么重大的事，要向市委、市政府汇报。而且，这么一笔重要的财富，总得有一个说得过去的程序。老书记的高风亮节，总得让社会知晓。李元标说:“老书记，我们接受，但至少要搞一个交接仪式才行。”

杨善洲想了想，说:“如果一定要搞，就在我住的地方，有一个小会客室。仪式要简朴，人不要多，不相关的人不要来了。市里有领导来，请他们讲话；我介绍一下情况，然后你们表个态，关键是以后怎样管理好。”

李元标说:“行！行！就按老书记的要求办！”

2008年11月11日，交接仪式在大亮山林场驻施甸办事处举行。一间10来平方米的小客厅，陈设简陋。保山市副市长刘刚，市林业局局长李保国，施甸县委书记李元标，县长徐鹏声，县委常委、副县长杨玉荣等出席交接仪式。

一切按杨善洲的要求办。最后，刘刚副市长代表市政府宣布，为了表彰老书记作出的贡献，奖励老书记10万元。

李元标也说:“老书记，我们县里统一思想了，奖励您10万元。”

杨善洲说:“县里的财政那么困难，这10万元就不要奖了。”

李元标说:“老书记，县上再穷也要奖励。那是对您作出的成绩给予肯定，更是为了鼓励后人。这点钱我们一定要出。”

杨善洲说:“我说了，县里的钱一分我不要。”

话说绝了，李元标没有再坚持。

后来，这部分资金由保山市统一安排，数额不变。

保山市第一中学校长李存升在接受采访时，似乎还没有从当时的震撼中回过神来。

接到副市长李治刚的电话，李存升大吃一惊：

杨善洲老书记要向保山市第一中学捐款10万元！

手握听筒，李存升百感交集。

1985年秋从云南大学毕业，分配到保山一中，茶余饭后的闲谈和街谈巷议，杨善洲的故事不时被人提起。李存升认为，这些故事不是真的，是民间不胫而走的传奇。

一个偶然的机会，李存升去杨善洲家做家访。一进门，他惊讶万分：是不是走错了？

没走错。是杨善洲的家。

出发前的种种猜想，一秒钟被粉碎。一个普通工作人员的家，也可能比地委书记的家好。

也是那一刻，李存升觉得，过去听到的那些传说，是真实的存在。

李存升工作的第三年，一条爆炸性新闻传来：

杨善洲从地委书记的位置上退下来，谢绝省委领导的安排，回到施甸，在一片荒山上造林。

李存升一开始不相信。一个辛苦了一辈子的地委书记，把人生最辉煌的岁月奉献给党，奉献给人民，退了休，应该回到老家，度过最后的时光。但很快，李存升相信了。是各种各样的议论让他得出反证。一种说法是，杨善洲不甘寂寞，到了晚年，要制造一点轰动效应，好让别人不忘他的存在；一种说法是，他在位时清正廉洁，没有得到多少好处，退了休，可以用在位时积累的关系，为自己创造价值。

绿化造林的过程漫长。时间消磨记忆，李存升没有忘记。一次到施甸出差，他专门去拜访杨善洲。临时住所的陈设让李存升相信：杨善洲就是杨善洲，一点没变。

2008年底，又一条爆炸性新闻在保山传开：杨善洲将价值数亿元的林场交给国家，保山市委、市政府为此奖励杨善洲20万元。

李存升有些宽慰：数亿元不断升值的财产与20万元相比，孰重孰轻，世人都有判断。换一个角度说，为官数十年，两袖清风的老书记，应该用这笔钱去度过自己已经很短暂的岁月，去补偿一下多少年来对家庭、对家人物质、精神和亲情上的亏欠。

现在李存升明白了，杨善洲老书记要捐赠的，就是那20万元中的一半。

尽管心里好感动，李存升又想，虽然保山一中确实需要钱，如果捐赠者是老板，是企业，保山一中可以收下，但这是市委、市政府奖励老书记的，这钱不能要。他对李副市长说："李副市长，我们感谢老书记对保山一中的关心，但这10万元钱，学校不能要。"

李副市长说："我们的想法也是这样。这样吧，我们再去做老书记的工作。"

市领导去做工作是一回事，李存升觉得自己也该向老书记表明态度。他再次走进杨善洲在保山的住所，更坚定了自己的想法：这10万元钱，坚决不能收！

一见面，李存升说："老书记，您对学校的关心，我们心领了。这是市委、市政府奖励您的，学校不能收。"

杨善洲说："李老师，已经作出的决定，就不改了。我这几天身体不太好，过天找个时间，把钱转到学校账上。"

李存升还想再陈述不收的理由，杨善洲说："李老师，不拖了，明天上午就去办。"语气坚决，没一点商量的余地。

说客没当成，捐赠进程反而加快。

第二天上午，杨善洲在家人的陪同下来到银行，与学校派出的财务人员一起，把10万元钱转到学校的账上。

退后一步，李存升与老书记商量，说："老书记，您给学校捐了款，我们大家都有这个愿望，举行一个捐赠仪式，您看定在什么时候？"

杨善洲说："已经捐了，形式的东西就不用搞了。"

李存升坚持说："老书记，我们也知道这是形式，但保一中的师生，都想听听您的教诲。请老书记给我们这个机会。"

杨善洲想了想，说："那就搞一个，不过参加的人要少，仪式要简单，不讲排场。"

李存升明白老书记的意思，说："老书记，我们按您的要求去做。"

那段时间，杨善洲身体不太好，捐赠仪式一拖再拖，银行转账后两个多月，时间才确定下来：2010 年 5 月 5 日。考虑到老书记身体不好，行走不便，地点就在保一中初中部的一个小会议室。学校提出派车子去接，杨善洲说："接就不必了，说好地点，到时我会让家人送我来的。"

捐赠仪式如期举行，参加人员只有 40 多人，包括保山市委常委、常务副市长李治刚，市委宣传部、妇联、教育局等有关部门的负责人，及受资助的学生代表。

仪式没有议程，没有事先准备讲话稿，所有的发言都是即兴的。杨善洲简短讲了他的想法，没提什么要求，在场的人，不约而同向老书记报以热烈的掌声。

参加过若干次捐资助学仪式的李存升感慨万千。老书记为什么单把这 10 万元捐给保一中？只有一种解释，保山一中是保山全市的学校，担任过保山地区一把手的老书记，考虑的是如何办好这所全市唯一的重点中学，为国家培养和输送更多优秀合格的人才。老书记造林绿化荒山，成林后无偿交给国家，市委、市政府嘉奖老书记的高风亮节，老书记把奖金的一半捐赠给学校，其中包含的深意有谁体会得出？

捐赠仪式结束，参加仪式的领导和学校教师，恳请老书记留下来吃一顿便饭，菜由老书记点。

杨善洲谢绝了：“饭不吃了，我回家。”

挽留不住，学校再次恳请，让学校的车子送他回家。杨善洲再次谢绝：“不用了，我的家人会来接我。”

保山一中向老书记颁赠了“捐资助学 功在千秋”的匾额。

杨善洲捐赠的 10 万元，是学校迄今为止收到的数额最大的一笔捐赠。这笔捐赠，学校以“杨善洲老书记助学资金”的名义发放。

两个多月后的八月里，学校正放暑假，一位保山民营企业家来到保山一中，捐赠 10 万元现金资助贫困学生完成学业。

这位老板一再要求，此事不要向社会公开。

但保一中的师生们还是记住了他的名字：乔荣仁。

七

卡斯河谷在隆阳、昌宁、施甸三区、县交界处。从保山坝子流下去的东河，到了柯街，与从另一个方向流来的河交汇，接纳了众多的小溪之后，改名换姓流进了怒江。

从卡斯沿河往下，有很多温泉。在一个叫欧木郎的地方，有一个温泉。当地人说，这里的温泉可以治疗老年病，如风湿啊，泡几次就见效果。

用温泉开澡堂，李光斗干了好多年了。这一天晚上，他打开电视，一条新闻闯进眼帘：保山原地委书记杨善洲住院，省、市领导到医院看望。

李光斗懵了。老书记前一段不是还好好的吗？不是还到温泉来的吗？

李光斗原先并不知道杨善洲。有一天，李光斗接到一个电话，说原保山地委书记要来泡温泉，能不能准备一个单间，泡完了，想在温泉住一晚。能不能做到？

杨善洲老书记的名字，李光斗早就听说过。老书记要来泡温泉，用时下的经营术语说，是扩大影响的好机会。李光斗说："能办到。"

杨善洲来了，李光斗才认识了老书记。老书记泡了澡，四处看了看，发现来泡澡的人很多，便问："一天有多少人来？"

李光斗说："平常时有一两百人，最多时一天有四五百人。"

四五百人？杨善洲对这个数字很感兴趣，说："来的大多数是老年人吧？"

李光斗说："老年人居多。"

杨善洲又问："哪些地方的人来得多？"

李光斗说："周边乡镇的都有。远到昌宁、施甸，保山也有人来。"

杨善洲说："人来得多，这地方能容纳下？"

李光斗说："已经建了五个小塘，两个大塘，有时容纳不下，只有等一等。"

杨善洲说："你可以把规模扩大一些，更多的人就可以来泡。"

李光斗说：“热水要从河对面引过来，目前没有资金来做。”

杨善洲说：“要多少资金？”

李光斗说：“好几万元才够。”

杨善洲说：“我给你3万元，你建几间房子，其中一间我来住。能不能做？”

李光斗说：“能做。给您留一间，您要随时来呵！”

杨善洲说：“好的。我一时来不了，让其他的老人来。”

李光斗以为是说着玩的，过了没多久，老书记真的送了3万元来。听说是市里奖给他的，这是其中的一部分。李光斗觉得，这个老人真是不一般。

按林场场领导分工负责制，副场长周波负责两个林点，打磨山是其中一个。对这个林点，老书记特别关照。那天，老书记回来，对周波说：“我捐了10万元给保山一中，另拿出3.2万元，给林场每个职工发1000元。这些年来，他们都很辛苦。”

周波说：“老书记，我知道您的心意。但您来创办了林场，给我们有了一个工作的机会，也给了我们后半生的稳定。我们现在每个月都一千六七的工资，以现在的物价，您给每个职工1000元，也解决不了什么问题；少了这1000元，生活也不会受多大的影响。这3.2万元拿回家，是可以办大事的。家里有老有小，吃米要到姚关买，他们更需要。”

杨善洲想了想，说：“好吧，那就不发了。不过打磨山的哨房漏雨了，要及时修补一下。林业局现在有困难，就不要告诉他们了。你们用这3万元去买材料，尽快把哨房修理好。”

周波后来听说，20万元的奖金，捐给保山一中10万元，林场哨房修理花了3万多元，欧木郎温泉花了3万元，给了姚关一所小学 3 万元。

周波在心里说："老书记啊，20 万元，您一分没拿回家，怎么就这样给灭了啊！您叫我们咋想得通？"

杨善洲想得通，因为树木和树人，本质上是一致的。

香炉背后的故事

◎ 吴玉辉

又是一年清明节，我回到家乡，位于福建省南端的东山岛。这座海岛不仅发生过1950年国民党军队抓壮丁制造的“寡妇村”旷世悲剧，还发生了1953年7月国共两党最后的一次战役——东山战役。更让世人瞩目的是，这里来了一位太行山打石匠出身的县委书记，带领东山人民把昔日风沙肆虐的荒凉海岛变成了东海绿洲。他去世多年，东山人民依然深切怀念着他。

他的名字叫谷文昌。

多年来，家乡的父老乡亲有一个习俗，“先敬谷公，后祭祖宗”。我来到了位于赤山林场的谷文昌陵园，瞻仰这位人们敬重的县委书记。只见谷公坟前，摆放着一个插满香火的花岗岩香炉，香炉上凿着“谷公——人民敬仰”六个字，看得出，香炉来自民间，香炉上的字并不是什么书法家所题，但却是一笔一笔用心凿上去的。

凝视着香炉，我心潮澎湃。一个县委书记去世多年，百姓始终铭记着他，这深层的原因在哪里？香炉到底是谁送的？这背后隐含着哪些感人的故事？

我踏上了寻觅香炉捐献者之路。

一

有一个叫山口的村庄，引起了我的关注。记得20世纪80年代末，东山县委宣传部一位干部向我讲述过一件事，同样是清明节，在通往赤山林场的小路上，他遇见了山口村的一位老阿婆，阿婆肩上挑着两个篮子，篮子里头放满了供品。他问这位阿婆，怎么到林场去扫墓呢？老阿婆动情地说，孩子，我这是去看看谷书记。谷书记让我们苦命的“乞丐村”变成了今天的“幸福村”。如今，我们都成了“万元户”，可谷书记他清贫啊，我想去给谷书记点炷香，烧一些纸钱。

听了这段描述，我心里一阵悸动，这是东山百姓用民间方式表达对谷书记的缅怀呀。

在去山口村之前，我先走访了曾经在谷文昌身边工作过的几位老同志，查阅了相关资料，这让我走近了谷文昌。

解放前，地处风口的山口村，是全县土地最贫瘠、风沙最严重的贫穷村庄，村里流传着一首心酸的民谣：沙滩无草光溜溜，风沙无情田屋休。春旱无雨粮草绝，作物十种九无收。夏天出门走“火路”，走起路来三七抽（行走沙中十步退三步）。秋冬风沙扑目睭（眼睛），何时能解苦和愁。年复一年，村民们“春搬沙，夏种地，秋抢收，冬又埋。”为了活命，只好拖儿带女四处漂泊乞讨，全村900多口人，常年流落他乡讨饭的就有600多人，山口村成了远近闻名的“乞丐村”。

1954年暮秋的一天，时任东山县县长的谷文昌带着通讯员陈掌国一道下乡，途经白埕村附近一个破旧雨亭时，只见迎面走来了一群衣衫褴褛，挎着篮子，拄着棍子的村民。谷文昌上前问其中一位老阿婆，是哪个村的，要到哪里去。阿婆告诉谷文昌，自己的名字叫沈万岱，来自山口村，是去赶集的。经再三询问，阿婆才支支吾吾说出是去讨饭的。谷文昌问道：“不是已经分了田地了吗？”阿婆说：“地是分了，可都被风沙给埋了，村里的后生前些年都被国民党抓丁了，剩下我们这些孤儿寡母只能外出讨饭，待在家里只能被饿死。”

老阿婆的话，深深刺痛了谷文昌的心。他联想起自己少年时逃荒的痛苦经历。他生长在河南太行山区一个贫穷的小山村，由于家境贫寒，不得不中断刚读了不到一年的私塾，跟着哥哥逃荒到山西长治当长工。他种地、挖窑洞、当石匠，寒来暑往，风餐露宿，用血汗换来一些粮食，还要挑着粮食，翻山越岭，走了三百多里地，一直从晋东南走到河南林县的小山村，让一家人度过饥荒。谷文昌深知逃荒的凄苦与悲凉。他想，共产党领导人民翻身得解放，为的是让老百姓过上好日子，可眼前，这一方百姓还要离乡背井去逃荒，作为县长问心有愧呀！

谷文昌含着热泪，动情地对逃荒的村民说：“乡亲们，我是县长谷文昌，我对不住你们呀！刚才沈万岱阿婆说的话，我都记住了。乡亲们回去吧，请相信我，我们一定要把风沙治住，日子会好起来的。”

那天晚上，谷文昌彻夜不眠，他戴上眼镜，在忽明忽暗的灯光下，翻阅着办公室送来的东山史料。一段触目惊心的文字映入他的眼帘：

> 在东山，“春夏苦旱灾，秋冬风沙害。一年四季里，季季都有灾。”解放前近百年间，东山被风沙埋没了十三个村庄，三万多亩耕地，毁掉一千多幢民房，东山原有七个“蔡姓”村，被风沙埋得只剩四个。由于风沙干旱，老百姓烧柴火都成问题。1948 年，有七个妇女摇了一条小船过海去打柴，遇到大风，海浪把船给掀翻了，七个打柴的妇女全死了。其中一个妇女还怀着四个月的身孕。风沙灾害给东山人民带来了深重的苦难。
>
> 曾立于湖塘村的明代《邑侯郑公封沙惠农功德颂碑》和立于西埔的清代《诏安县正堂郭示》石碑，见证了古代一些地方官吏也想过制服风沙灾害，也做过一些努力，但均以失败告终……

此时，谷文昌脑海中又浮现出白天下乡路上遇到山口村外出乞讨村民时的情景。他激动地站了起来，走到窗前，推开窗户。今夜是大潮，海湾那边传来了深沉的涛声，这涛声如同东山百姓的呼唤，一阵一阵撞击着他的心：“不救民于苦难，要共产党人来干啥？”

一个从根本上改变东山人民生存环境的想法，在谷文昌的脑海中形成。

二

世界是物质的，物质是运动的，运动是有规律的。那么，东山岛风沙运动的规律是什么呢？

在海岛东南部风沙弥漫的沙丘上，行进着一支小队伍，这支队伍的名称叫“沙荒调研队”，队长正是谷文昌。他穿着一身泛白的旧军装，带领着林业技术人员沿着沙丘、山岗实地勘察测量。饿了，啃一口干粮，渴了，喝一口行军壶的凉水。夏日骄阳似火，沙子发烫，就用蔓藤裹住双脚，在沙丘上艰难行进。冬天，大风夹着沙粒，拍打在脸上，双眼涔出泪水，用手揉一揉，继续前行。就这样，从苏峰尖到澳角山，从亲营山到南门湾，把一个个风口的风力，一座座沙丘的位置和运行轨迹详细记录下来。

夜晚，谷文昌召开各种座谈会，听取治理风沙的意见。

多年的劳累和繁重的工作，剥夺了他健壮的体魄，落下了胃病、肺病，常常头晕、咳嗽，他有时被胃痛折磨得直冒冷汗，仍强忍着剧痛坚持调研。终于，弄清楚位于海岛东南部的“风口”“沙喉”，要战胜风沙，必须先扼住它。

那么怎样才能制服风沙呢？有人提议筑堤拦沙，有人提议种草固沙，有人提议造林防沙。谷文昌说：“那我们就筑堤拦沙、种草固沙、造林防沙三管齐下，都试试看。”

说干就干，很快，就在风口地带筑起 39 条 2 米高、7 米宽，全长 22000 多米的挡沙堤。人们撒下了成吨的草种，还种下了从岛外运来的树苗。

可是，无情的风沙摧垮了沙堤，播下的草籽、种下的树苗也夭折在黄沙下。连续几年，先后引进、种植了十几个树种，均以失败告终。

面对肆虐的风沙，面对夭折的树苗，面对各种泄气的议论，已是东山县委书记的谷文昌承受着巨大压力。

在这关节点上，谷文昌得悉一个消息，白埕村有位农民在沙地里挖出了能烧火的泥土。泥土竟然可以燃烧？谷文昌在老乡的陪同下赶到现场，挖出几锹黑黄相间的泥炭土，只见泥炭土中木质纤维还清晰可见。他将泥炭土带回，晒干后放进灶膛，“噗”的一声，只见一朵灿烂的火花从泥土中喷吐而起，谷文昌的心里也燃起一团熊熊的希望之火，说明远古的东山是森林覆盖的绿洲，东山可以种树，东山可以种成树！

必须找到能够抗击风沙盐碱的先锋树种。1956 年底，有人在白埕沙丘上发现了三棵木麻黄树，这是农民林日长清明扫墓路过西山岩时，顺手拨回来种上的。这引起谷文昌极大关注。他立即在白埕召开现场会，告诉大家：“木麻黄在这里的沙丘能种活，在别的沙丘也一定能种活。这三棵木麻黄给了我们希望和信心。”

1957 年，接到省林业部门的通报，广东省电白县在沿海沙地种植木麻黄成功，中央人民广播电台也做了报道。又是木麻黄，锁定木麻黄。谷文昌立即派县农工部长带队到电白学习取经，并带回了三捆木麻黄树苗，分别在西山岩、赤山、白埕试种，这些木麻黄接上了东山的地气，大多成活了。这让谷文昌兴奋不已。

植树造林需要大量树苗，县委决定由县长樊生林指挥调种，派出230多人组成采种队，大规模采集树种，并通过福建省林业厅提请国家林业部，从外交途径引进国外木麻黄种子。全县迅速建立了一批木麻黄苗圃，并组建了53支造林队，为大规模种植木麻黄做好准备。

1958年2月24日，在中共东山县委第一届代表大会第二次会议上，谷文昌代表东山县委向全县人民发出“上战秃头山，下战飞沙滩，绿化全海岛，建设新东山”的号召。这四句话，铿锵有力，目标明确，简单明了，抓住人心。

1958年春天，东山人民在县委的领导下，再次与风妖叫板、与沙虎较量。党政军民齐上阵，在白埕、湖塘、梧龙、山口的沙地上一鼓作气种下了20万株木麻黄，并在全县各个山头种上大量的相思树、桉树、马尾松等树苗树种。

然而，一场倒春寒袭来，东北风一刮就是一个多月，种下的树苗几乎全军覆没。东山人的心又凉了。有人说，东山人命苦，这树是种不成了。白埕村一位老汉甚至跟人打赌：“这沙滩上要能种成树，我从白埕翻跟斗一直翻到西埔（县城）。”干部中也出现不同声音，千百年来，东山的风沙从来没有被制服过，现在就能制服得了吗？屡战屡败，不知还会有多少次失败在等待着，东山这样贫穷，财力和心力能承受得了吗？

谷文昌思想激烈地碰撞着，是坚持还是放弃？放弃容易坚持难，可如果就此罢休，东山百姓将继续饱受风沙干旱之苦，旧社会村民外出逃荒的情景就会重演，怎么面对东山的父老乡亲？

面对漫漫黄沙，这位来自太行山的“石匠”，把一个个问号拉直成一个个斩钉截铁地感叹号：历朝历代做不到的事，我们共产党人一定要做到！不制服风沙，就让风沙把我埋葬！

这不是空泛的豪言壮语，这是一个共产党人对人民的庄严承诺，不留任何余地和退路的承诺。

此时，传来消息，白埕沙丘上有九株木麻黄成活了。这让心情沉重的谷文昌眼睛一亮，他立即赶到白埕，蹲在木麻黄跟前，像慈母爱抚着婴孩，看了又看，摸了又摸，他的眼前升腾着绿色的希望："有九株，就有九百株、九千株、九万株……"

专家分析，这九株木麻黄能在凛冽寒风中存活下来，是因为树种的特殊。这是短叶木麻黄，表皮较厚，枝干柔韧，因此耐风沙袭击；由于短叶，受风面积小，因此抗风能力强；由于叶小，蒸发量小，因此耐咸，耐湿，耐贫瘠。

木麻黄作为抗风沙、抗干旱的先锋树种确定无疑。现在，关键是要弄清楚在东山的特定环境下，什么温度，什么时段种植最合适。

一个造林试验小组应运而生，谷文昌亲自担任试验小组的组长。他采用了排除法，去掉不合适的，就是合适的。当年在太行山凿石头不就是采用排除法吗？

试验小组就在那九株成活的木麻黄附近，实行"旬旬造林"，种下十多亩试验林，定时观察气温、湿度、风向、风力对新种植下的木麻黄在回青、成活方面的影响。

这是一份极为宝贵的观察分析：

> 木麻黄的最佳种植气温为25摄氏度，地温为23摄氏度。在东山，5月下旬至7月（芒种至夏至），气温较稳定，种下的木麻黄3天便足以成活。
>
> 种植木麻黄必须掌握六大技术要点：良种壮苗、带土栽种、大坑深栽、雨天造林、适度密植、保护管理。

谷文昌要求把这些技术要点印成小册子，分发到各大队、生产小队，人手一册。这些要点和做法在今天依然具有指导意义。

1958年12月20日，东山县再次举行植树造林誓师大会。这一次，是在总结经验教训，掌握科学规律，做好充分准备基础上的植树造林大会战。

从此，东山有了这样壮观的场面：一下雨，广播里马上播送造林紧急通知，东山的干部群众、驻岛部队就冒雨出动，荒山、沙滩布满造林大军。在那些日子里，谷文昌强忍着胃病、肺病的折磨，和班子成员一起，全部身心扑在植树造林上。在沙滩上，在苗圃里，在荒山坡，处处闪动着谷文昌那披着斗篷、永不疲倦的消瘦身影。东山人从这亲切的身影上，感受到共产党人心系百姓、造福人民的情怀，尊重科学、实事求是的精神，坚韧不拔、百折不挠的意志。他鼓舞、激励着东山人勇敢地与风沙较量，向贫穷落后抗争，用辛劳和智慧，去实现绿色的希望。

天亦为之动容，连降喜雨，种下的木麻黄成活了，大面积成活了。面对一望无际、生机勃勃的木麻黄，石匠出身的谷文昌来了浪漫情怀，他高兴地说："等到这些木麻黄长高了，我们抬头看时，还得担心帽子掉下来呢。"他还深情地描绘绿化后的东山愿景："抬头不见秃头山，下看不见飞沙滩。走路不被太阳晒，树林里头找村庄。"

到了20世纪60年代初，谷文昌带领全县人民植树造林8.2万亩，全岛412座山头披上绿装，3.4万多亩的木麻黄防护林，在38公里长的海岸线上筑起了一道"绿色长城"。接着，美国湿地松、日本银桦、法国梧桐也相继站稳了脚跟，形成第二道绿色屏障。再下来，是漫山遍野的果树，绿荫掩映中的村庄。整个海岛绿化率达

96% 以上，岛上林带风力减弱了 41%-61%，冬天气温平均提高了 1.5℃，蒸发量减少 22%，相对湿度提高 10%-25%。

我沿着当年谷文昌曾经走过的山路，登临苏峰山。绿化了的苏峰山一片郁郁葱葱，走在林荫遮蔽的山道上，随时都可以听见鸟儿的鸣叫声。

迎着徐徐吹来的海风，俯瞰着风景如画的蝶岛，只见海岛的东南部，马銮湾、金銮湾、乌礁湾、澳角湾，一个个月牙形海湾，湾湾相连。海湾里，缓缓地海浪犹如少女的折叠裙，波连着波，由远而近，涌上沙滩。海面上，龙屿、虎屿、狮屿、象屿四兽惟妙惟肖，栩栩如生，蹲卧在万顷碧波之中。沿着海岸，是一片接着一片，连绵起伏的木麻黄森林，似绿色飘带，似大地彩绘，使整个海岛充满勃勃的生机。海岛的东北部，是美丽的铜山古城。繁忙的港湾，轮船如梭，海上丝绸之路正在这里续航。东门屿、对面屿在烟波中若隐若现，宛似海上仙山，令人心旷神怡。

展现在人们面前的，是一个充满魅力的东山，是一个生机勃勃的东山。东山岛这只土黄色的蝴蝶变成了绿色的蝴蝶，在碧波万顷的东海上翩翩起舞了。东山人世世代代遥不可及的梦想，终于在共产党人的领导下实现了。

一位著名电影导演来到东山岛，望着绿色的林海，万分感慨："如果说，阿联酋的迪拜是用金钱堆起来的，美国的拉斯维加斯是用金钱堆起来的，那么，东山的绿色长城则是中国共产党人依靠精神的力量、依靠人民的力量造就的，是典型的'中国制造'。"

有位台湾同胞回东山探亲时，特地带来一袋树籽，当他看到昔日的荒滩变成茂密的森林，所有的山头都披上了绿装，不由得惊呆了："奇迹，人间奇迹啊！"

生态好，百业兴。东山这座苦难的海岛、荒凉的海岛变成美丽的海岛、幸福的海岛。百岁老人占总人口比重位居福建省前列。良好的生态不仅造福了东山人民，而且造福着子孙后代。

在20世纪五六十年代，并没有可持续发展的概念，也没有生态文明的说法，谷文昌却有着强烈的生态意识，并把它变成伟大的实践，化作丰硕的成果，造福着一代又一代东山人。他用非凡的实践给我们上了一堂有说服力的生态课，让我们对习近平总书记说的“绿水青山就是金山银山”有了更为深刻的理解。

我来到了昔日地处“风口”“沙喉”，而今隐藏在林荫中的山口村，寻找二十几年前清明节那位致富不忘谷书记的老阿婆，或许她知道香炉是谁捐赠的。可是，时间过去那么多年了，她老人家还健在吗？山口行政村有五个自然村，她是哪个自然村的，叫什么名字？虽然事先我和镇上干部取得联系，拜托他们帮助寻找，但是心里依然没底，甚至有几分忐忑。

让我欣喜的是，在山口村敞亮的村部，我见到了这位94岁的老阿婆，她的名字叫何赛玉。一同前来的还有当年植树造林时的生产队长，现已80岁的老人陈细乒。何赛玉阿婆看起来显得很瘦小，满脸的皱纹刻着岁月的沧桑，据说前不久摔伤过，走路还有些不方便，可让我感到惊奇的是，老人家的眼神依然明亮，说话口齿也很清楚。当我向她询问为什么每年清明节都要去林子里给谷文昌扫墓时，老阿婆激动地说：“谷书记是我们的大恩人啊！”

老人家向我叙述了她一生的坎坷遭遇：“我出生在海岛北部的前何村，出生后不久，狠心的母亲把我丢在路旁‘放生’。有一个好心人路过时看到了我，不忍心让我这样活活死去，抱着我，走过了一村又一村，求人把我收养。也不知进了多少村庄，就是没有人愿意收养我。后来，在一个叫探石村的地方，遇到了一位从山口村出来要饭的奶奶。这位奶奶从好心人手上接下了快要断气的我。奶奶用她讨乞的地瓜丝汤喂养了我，救活了我。从此，我就生活在奶奶家。”

我问道：“那后来这位奶奶呢？”阿婆哽咽着说：“奶奶她在一次外出乞讨的时候，饿死在漳浦县一个叫浦南桥的地方，尸骨都没有找到，我们都没有一个给奶奶上坟的地方。”听到这里，我不禁流下了热泪。一位靠乞讨度日的老人，却用她一颗善良的心救活了一个奄奄一息的女婴，然而她自己却饿死在逃荒的旷野中……

一阵静默。我小心地问：“阿婆，你是不是也……”我欲言又止，生怕刺伤阿婆的心。阿婆明白了我的意思：“孩子，你是想问我有没有去讨饭吗，实在见笑（在东山方言中‘见笑’是很难为情的意思），风沙把田地都盖住了，种不成庄稼啊，我和当年奶奶一样，提着篮子，端上破碗，到外乡去讨饭。”

我问：“那咱们山口村的乡亲是什么时候过上好日子的呢？”

坐在一旁的陈细乒老人接过话题：“是谷书记来了，组织我们种木麻黄。木麻黄这种树在下雨天种才容易活。老天一下雨，全村不管男人女人都上场，有的戴着斗笠，有的穿着蓑衣，有的头上裹着破衣服，越是下大雨越是大种树，晚上也不停。谷书记经常到我们村，穿着雨披，跟着我们一起种树，那场面想起来，好像就在眼前。就这样，光我们山口村就种了4600亩的木麻黄。有了这些木麻黄挡住风沙，不仅地上能种庄稼，还种了黑珍珠莲雾，还发展了水产养殖业。家家户户盖起了小洋楼。”说到这里，老人咧着嘴，憨厚地笑了。何赛玉阿婆接上话茬：“我这辈子生了3个儿子3个女儿。现在，孙子、重孙加起来都有五六十个了。没有谷书记，就没有我今天啊！”老人家激动地说：“等我的腿好了，我还要去给谷书记上坟，带着我的儿子、孙子、重孙，祖孙四代人一起去给谷书记烧香。”

我抓住时机问道：“阿婆，你知道谷书记坟前的香炉是谁送的吗？”阿婆想了想说：“我刚去烧香的时候，记得那里摆着一个插香火用的陶罐子，后来就有了石香炉，也不知道是谁放上去的。”

这时，有位小伙子开着一辆轿车来到村部门口，村支部书记告诉我，这是何赛玉阿婆的外孙，是来接老人家回去吃饭的。

望着渐渐远去的轿车，我庆幸何赛玉老人没有重蹈当年老奶奶的命运，终于有了自己幸福的晚年。何赛玉老人命运的变化，不正是山口村乃至整个东山岛百姓命运变化的缩影吗？

我觉得山口村之行很有收获，然而我依然带着一点遗憾，因为，还没有找到香炉的捐献者。

三

寻找香炉捐献者的线索中断了，我心里有些茫然。

傍晚，我穿过林带，来到离住地不远的马銮湾。漫步在平缓细软的沙滩上，只见海面上渔火闪烁，宛若天幕摇落的星辰，那是渔民用灯光在诱捕“小管”（小鱿鱼）。可我无心欣赏这海上夜景，心思还在那个香炉上。

忽然，眼前一组画面吸引了我。月光下，几个渔民驾着一条小木船将一张大渔网撒入附近海中。沙滩上，十几个渔民排成两队，每个人腰上系着一条绳子，绳子采用活结系着渔网的粗大绳子，依靠腰力和双手牢牢抓住大绳子往岸上拉。走近一看，拉网的渔民有男的，也有女的。我忍不住脱掉鞋袜，卷起裤脚，加入拉网的行列。因为说的都是家乡方言，我很快就和拉网的渔民们聊了起来。一位叫阿生的小伙子告诉我，他们是来自附近的铜钵村，祖祖辈辈就在这个海湾拉山网。解放前，都是女人种田，男人捕鱼。拉网时，还一边踩着节奏喊着号子。

阿生的话，让我如临其境，我问道:“那为什么后来女人也来拉山网呢？”阿生告诉我，当年国民党军队撤退时抓壮丁，把村里的男人差不多都抓光了，为了生计，女人也只好出来拉网捕鱼，现在女人拉山网就成习惯了。

阿生的话提醒了我，1950 年国民党军队撤离时，在东山岛大肆抓壮丁，铜钵村深受其害，成了远近闻名的“寡妇村”。解放后，对这些活寡妇的身份如何认定，是一个极为敏感的问题。是谷文昌冒着极大风险，积极提议，对这些苦难深重的活寡妇做出“兵灾家属”的定性，一项德政暖了苦命人的心。谷文昌坟前的香炉会不会就是铜钵村的乡亲们送的呢?

我来到了寡妇村展览馆，老馆长黄镇国陪着我，一边参观纪念馆，一边向我叙述着那段难忘的往事。

1949 年 6 月，一批从淮海战役溃退的国民党部队进驻东山，因为官多兵少，号称“军官团”。同年 9 月，“军官团”改编为“国防第七纵队”，12 月份整编为陆军第 58 师，师长洪伟达，号称“再生部队”。怎么个“再生”法呢？抓丁，靠抓丁，抓满一个排的，排长升连长，抓满一个连的，连长升营长。

1950 年 5 月 10 日凌晨 2 时，洪伟达部突然包围铜钵村，以查户口为名，掳走147名壮丁，其中年幼者仅17岁，年长者55岁，已婚者91人。而当时的铜钵村只有298户1334口人。遭此浩劫的铜钵村，三日不见炊烟，从此成为远近闻名的“寡妇村”。

两天后，东山解放。时任南下干部长江支队第五大队三中队五小队队长的谷文昌，随军解放东山岛，并担任了城关区委书记。铜钵村就在城关区辖区内。在村党支部书记谢老太的陪同下，谷文昌多次来到这个灾难深重的小村庄。

在马銮湾，铜钵村的妇女们汗水夹着泪水，艰难地拉着网绳，唱着以前男人们拉网时唱的号子歌，号子声声，撕人心肺……

榕树下，铜钵村的妇女们一边织着渔网，一边唱着自己编词的歌册调：门前海水平波波，哪知人间有银河。多少年来断七夕，何时鹊桥接阿哥？歌声如诉如泣，催人泪下……

池塘边，铜钵村的妇女为了给庄稼戽水，把扁担插在一头，将戽桶一端的绳子系在扁担上，自己背着孩子拽着戽桶另一端的绳子，一桶一桶地从池塘往庄稼地戽水。过去夫妻俩一起戽水变成了单人戽水。戽着戽着，扁担倒下了，戽桶撞碎了，女人的心也随之碎了……

在谢老太书记的陪同下，谷文昌走访了这些苦命女人的家。他发现，这些女人吃饭的时候，饭桌上总是多摆着一副碗筷，那是特地为离别的亲人摆下的。再看锅里，是稀得可以照见人影的地瓜丝汤。他还看到了这些女人用心收藏的一把手电筒、一块银元、一只布鞋……这是她们的男人被抓壮丁时留下的。现在，见物如见人，见物不见人，女人的心在流泪、在流血。此时，她们并不知道面前这位脸庞黝黑，穿着一身褪色军装的中年人就是谷文昌，但直觉告诉她们，这是一位古道热肠、可以倾诉心声的好人。

面对铜钵村女人那无助和痛楚的目光，谷文昌的心阵阵颤动，这些无辜的、苦命的女人，却被当作“敌伪家属”对待，她们承受着亲人分离的苦痛和精神上煎熬。当时，这些苦命的女人在政治上精神上还面临着艰难的境遇。

《中国共产党东山历史》记载：“一些干部群众将这些人视为反动社会基础，对他们加以严密监视，有歧视他们的做法。这些国民党兵（壮丁）家属，也觉得在政治地位上低人一等，思想顾虑多……”

谷文昌陷入了沉思，

不久，谷文昌担任了县委组织部部长。他了解到，东山岛人口只有83000多人，而国民党军队撤离东山前，先后三次抓丁就抓走4000多人，如果算上社会关系，兵灾涉及的人数接近全县总人口的一半。怎么可以把这些老百姓推到对立面呢？一个大胆而坚定的想法在他脑海中形成。

县工委五人小组会议上，谷文昌郑重提出了自己的建议，把“敌伪家属”改成“兵灾家属”。这个问题实在太敏感了，有人担心，这涉及政策定性问题，政治风险太大，会不会犯阶级立场的错误。也有人担心，现在东山刚解放，海面上很不平静，岛上敌特活动非常频繁，谁能够保证，敌特和这些国民党兵的家属没有联系？有人建议，以前从未遇到过这么棘手的难题，是不是报给上级，等上级有一个明确的意见再讨论。

这是一次关系到兵灾家属政治命运的讨论，作为倡议者，谷文昌承受着巨大压力，也冒着极大风险。然而，他义无反顾地选择了担当。

谷文昌平缓而又坚定地阐述着自己的观点：“这些被国民党抓走

的壮丁，出身和我们一样，都是本分的、穷苦的农民，他们是被国民党用刺刀强行掳走的。离开父母，抛妻别子，并非他们所愿，他们是受害者呀！他们的家人正承受着常人难以理解的痛苦，我们共产党人必须救她们于苦难！她们生活在冰雪之中，我们不能雪上加霜，而应该雪中送炭！”谷文昌停顿片刻，接着说：“我想，只要我们做的事情对党、对百姓有利，上级终究会理解和支持的。”谷文昌的一番话，打动了县委一班人的心。

从此，在东山岛，“敌伪家属”改成了“兵灾家属”，政治上不歧视，经济上平等对待，困难户予以救济，孤寡老人由乡、村照顾。这在当时是非常不容易的。

“敌伪”“兵灾”两字之差，使原本挣扎在社会最底层的女人，犹如枯木逢春，政治上有了地位，生活上得到照顾，她们有了做人的尊严，有了活下去的信心。有个数据很能说明问题，当时全县60多个行政村就有二十几个村的妇联主任由“兵灾家属”担任。

这些饱受兵灾之苦的妇女带着感恩之心跟着共产党走，义无反顾地用自己的行动捍卫新生政权，满怀热情地投入家园建设，带着希望等待着亲人归来。

党爱人民，人民向党。“兵灾家属”这项德政的人心效应，在接下来的东山保卫战中得到了淋漓尽致的体现。

四

1953年7月15日晚11时30分，谷文昌（时任东山县县长）办公室响起急促的电话铃声。电话是东山守备部队公安80团团长游梅耀打来的："老谷，我们召开一个紧急会议，请你速到我的指挥所来。"

指挥所内，气氛凝重。游梅耀通报了福州军区紧急电报的内容，今晚，敌舰艇十二艘、机帆船数十艘，载兵万余从金门出发，有对我行大规模袭扰之企图。根据判断，国民党军队大约出动了一个加强师，目标很可能就是东山岛。由于守岛部队只有1200人，与进犯之敌力量对比悬殊，叶飞司令员电示，守岛部队可作机动防御，于16日晨4时以前撤出东山岛。然后组织力量，准备反击。

游梅耀说："我的意见是坚守东山岛，等待大部队的增援。地方党政机关干部连同家属，要在天亮以前全部撤出东山岛，撤出时我派部队负责掩护！"接着，他陈述坚守东山岛的理由："如果守岛部队撤出，国民党军队登陆后就会利用我们挖好的坑道、修好的工事，给我们实施反击造成很大麻烦。现在，我们进入坑道、工事，就能有效阻击进犯之敌，为增援部队赢得时间。"

谷文昌不停地吸着烟，听完游梅耀的分析，他迅速与一起前来的县委领导形成一致意见："我们完全赞同游团长的分析。东山县委、县政府、东山的地方干部将会与守岛部队战斗在一起，决不后撤一步。会后马上做部署，各乡镇自卫队、救护队在执勤地区集合待命。机关干部、武工队、民兵立即进入岗位，担任战勤和作战任务，全力支援守岛部队。”

谷文昌的一番话坚定了游梅耀的决心，这位身经百战的老红军高兴地说：“好！虽然我只有1200名战斗人员，可背后有83000东山人民的支持。我立即向叶飞司令员报告。”

谷文昌走出指挥部，他下意识地朝着海的方向望去，只见远处，雾气氤氲，透着几分诡秘与莫测。眼前的村庄则显得特别寂静，寂静得出奇，劳作了一天的村民们还沉浸在睡梦中。

东山解放三年来，岛上军民天天搞备战，天天说“狼来了”，这回“狼”真的来了。

国民党军队13000多人，由金门防卫部司令胡琏直接指挥，在海、空军配合下，扑向东山岛。

“高安号”驱逐舰，指挥舱内，胡琏的目光死死盯着军用地图，参谋人员随时向他报告战局进展情况。和解放军打了多年交道，他不敢掉以轻心。

此次攻打东山岛的作战意图是，配合朝鲜战场，对解放军实行军事上牵制，同时也是“反攻大陆”的一次前哨战。作战计划是，用舰炮火力和航空兵火力掩护部队登陆，在岛之东南侧分三路向北推进；同时空降一个支队于岛之北侧，迅速占领东山岛与大陆联系的唯一通道——八尺门渡口，切断守岛部队的退路和堵截大陆部队对东山岛的增援；以突击大队突破解放军守岛部队的前沿阵地，攻下200高地，然后插入纵深与伞兵会合，在四至八个小时内占领全岛。

应该说，单纯从军事角度上看，这一作战计划堪称严密。然而，这个计划忽略了一个极其重要的因素，那就是民心民力对战场的影响。

在激烈的守岛阻击战中，刚刚解放三年的东山人民用英勇的行动保卫新生的政权，支援守岛部队。他（她）们冒着枪林弹雨，为坚守阵地的部队源源不断地送上弹药，挑来一担担开水、一桶桶地瓜粥，用担架抬下一个个受伤的战士。而这其中，有不少就是“兵灾家属”。据统计，东山保卫战后受到表彰的 100 多个功臣中，就有 61 位是“兵灾家属”。

距离 200 高地不远的石坛村，有位中年妇女，把两名来不及转移的负伤战士藏在家里，用珍藏了十年的一块嫁妆红布给伤员包扎好伤口，并机智地与前来搜查的国民党官兵周旋，成功地掩护了负伤的战士。这位中年妇女被解放军战士亲切地称为“海防战士的妈妈”，她的名字叫刘杏，丈夫被国民党抓丁去了台湾。

16 日晨，一股国民党部队占领了东沈村。这时，乡长和几位干部因忙于安排支前，来不及转移，在一位村妇的帮助下，隐蔽在民兵队部的隔壁几间草房里。这股国民党部队包围了这位村妇的房子，并架起四挺机枪，因为这栋房子墙壁上写着“民兵队部”的字样。国民党兵用刺刀对着村妇，逼她说出民兵、干部隐藏的地方。村妇沉着冷静地说：“我是一个寡妇，自己都顾不了，还顾得上什么民兵干部。我的儿子被你们抓去当兵，你们可认得他？”国民党兵认为她是“国军军属”，又是寡妇，只好放了她。这位冒着生命危险掩护干部的村妇，名字叫叶明花，她的儿子也在 1950 年被国民党抓了壮丁。

钱岗村一位叫林保桃的兵灾家属，丈夫孙罗仔 1950 年被国民党抓壮丁，这次也随国民党部队登岛。他望着熟悉的家山，特别思念家中的妻子和年幼的女儿。可是，他又担心回家后有生命危险，还会连累家人。经过内心的痛苦挣扎，终于决定豁出去。他利用夜幕掩护，顺着水沟悄悄潜回家。他本想和妻子、女儿见上一面就走。

“相见时难别亦难”，久别重逢的夫妻相拥痛哭。林保桃告诉丈夫，东山解放以后，家里没有因为他被国民党抓壮丁而受到歧视，而是作为兵灾家属得到政府的照顾。家里不仅分到了土地，自己还当上了村长。终于，孙罗仔在妻子的劝说下，打消了惊恐和疑虑，留在了亲人的身边。

再回到停泊在海上的“高安号”。军事地图上的攻防标示，发生了戏剧性的变化。让胡琏万万没有想到，在东山百姓的支持下，装备简陋的共军守备部队，始终像钉子一样牢牢钉在岛上核心阵地上，一直坚守到援军的到来。空降到八尺门的伞兵，也被分割包围歼灭，他的“切断共军守岛部队退路和堵截大陆部队对东山岛增援”的计划破产了。16 日上午 11 时，解放军 31 军 91 师 272 团 3 营就渡过八尺门海峡登岛作战。17 日凌晨，增援的大部队已像潮水般涌上海岛。

胡琏无奈地下达命令：“留下部分部队阻击增援的共军，掩护主力向海滩撤退。”17 日晚上 7 时，胡琏的舰队带着退下来的登岛部队仓皇撤离东山，来不及上船的数千名“弟兄”在湖尾海滩，全部被解放军“缴枪不杀”。

经历 36 个小时的激烈战斗，东山保卫战宣告胜利结束。

毛泽东获悉东山保卫战胜利的消息，高兴地说：“东山保卫战的胜利，不光是东山的胜利，也不光是福建的胜利，而是全国的胜利。”

十天之后，《朝鲜停战协定》签订。东山战役之后，国民党军队停止了对大陆的军事行动。

从硝烟弥漫的东山战役，回到寂静而凝重的寡妇村展览馆，我凝视着挂在墙上一幅幅当年丈夫被抓壮丁的“寡妇”照片，她们是林秀真、林秀春、林宝月、林招玉……每个“寡妇”都有年轻与年老时的对比照，一个是年轻美丽、眼中带着清纯的村姑，一个是满面皱纹，眼中饱含沧桑的老阿婆，这强烈的反差让人感到一种发自心底的痛。她们本该有属于自己的美好而平凡的人生，1950 年那场兵灾改变了她们的命运。她们是不幸的，国民党军队给她们造成深重的苦难；她们又是幸运的，共产党的德政温暖慰藉了她们的心。她们由衷地感谢共产党，感谢共产党派来了谷文昌这样的好干部。

我想，香炉或许就是这当中的哪位阿婆送的。于是，悄声问黄馆长：“这些老人还健在吗？我方便去拜访她们吗？”

黄馆长告诉我：“现在村里还有六七位健在的阿婆，但她们都年事已高，记忆也都模糊了。”

我明白了，我不忍心再去打搅老人们归于平静的生活。

可香炉的线索又中断了。

五

我继续寻找，寻找谷文昌在东山的足迹，寻找他造福百姓的感人事迹，我相信这些事迹和香炉必定有着某种关联。座谈会上，几位“老东山”不约而同提到了发生在 1960 年的“小偷事件”。

1960 年底的一天，一份县委办公室报送的《关于古港大队干部违法乱纪情况调查》引起谷文昌的关注：康美公社古港大队前任党支书和大队长在工作中不认真执行党的政策，不顾党和国家的法律，违法乱纪，脱离群众，给党在群众中的威信造成损失。一年来，被脱光上衣的群众有16个，最大55岁，最小12岁，男的6人，女的10人。这些被脱衣服的群众都是因偷一二斤地瓜和少量花生、甘蔗而被处罚的。

看了这份调查报告，谷文昌震怒了，让群众挨饿，首先是我们的责任，村干部这样粗暴伤害群众污辱群众，真是天理难容啊！县委常委扩大会上，谷文昌让县委办以会议文件通报了古港大队干部这一违法乱纪的情况。在总结发言中，谷文昌严肃地指出："从现在起，在农村除掉一些惯偷外，对一般社员拿公家一些东西的都不准叫小偷，叫做贪小便宜。因为这个现象明明是我们给人家搞出来的，大集体生产搞不好，个人小私又弄得光光，叫人家不偷才有鬼。这次到会的队长要把矛盾搞清，造成矛盾是我们的错，不是农民的错！"

经过深入调查研究，谷文昌进一步了解到，由于遭受自然灾害，加上大办食堂，集体积蓄的一点粮食几乎被吃光。大食堂里，餐餐地瓜丝煮牛皮菜，黑黑的一锅汤稀得可以照见人影。东山20%的群众患了水肿病，脸色暗黄，四肢无力，老年人脸上的皱纹平展了，小腿上一按一个深窝。一些社员实在饿得受不了，就到庄稼地偷地瓜、花生，被罚款，甚至被体罚的事件时有发生。这一切深深刺痛着谷文昌的心。他斩钉截铁地命令："不能让困难户断炊，不准在东山饿死一个人！"

为了让东山百姓渡过难关，确保不饿死一个人，谷文昌，使出了一系列实招：通过向地委、专署报告实际情况，争取了100万斤粮食，解决燃眉之急；组织医疗卫生下乡，抽调一批医生、护士下乡巡回，为患水肿病的群众治病；组织机关干部下基层，发动农民抢种蔬菜和早熟作物；向海进军，多捕捞鱼虾，低价供应群众；调整自留地政策，使农民得到休养生息；允许各地从实际出发，停办大食堂。提出“可以办全部人参加的食堂，也可以办一部分人参加的食堂。可以办常年的食堂，也可以办农忙食堂。在居住分散或燃料困难的地方，可以不办公共食堂。由群众选择，不要怕，选哪一条都不犯错误，不管五种七种，群众同意了哪种都行。同时要贯彻积极办好、自愿参加，多种多样。最根本的是自愿参加……如果群众要求回家做饭的也是不犯法的。”

正是谷文昌采取一系列大胆而符合实际的举措，东山在困难时期没有饿死一个人。全县农村形势出现了好转。

东山百姓感念谷公啊！

让东山百姓感动的是，在这困难时期，谷文昌还惦记海岛民众的安危和长远发展，建成了八尺门海堤和南门海堤。

八尺门，位于东山岛的西北部，与云霄县隔海相望。这是一个宽 600 米，深 20 米，波涛汹涌，水流湍急，险滩暗礁密布的海峡。在 1953 年的东山保卫战中，为抢渡八尺门渡口，我军民与国民党伞兵在这里展开激烈的争夺战，为增援部队进岛打开通道。

由于八尺门海峡把东山和大陆隔开，东山人进出海岛都要依靠摆渡，遇到风高浪急，往往命悬一线。这道窄窄的海峡，给东山的经济发展、海防建设和群众的生活造成了极大的不便。修建连接大陆的海堤，让孤岛变半岛，让天堑变通途，实现从岛外引水，是谷文昌的心愿。

在叶飞的支持下，1959 年 12 月，八尺门海堤动工。谷文昌亲自担任建堤领导小组组长，而八尺门海堤工程指挥部总指挥由老县长樊生林担任。原计划两年完成海堤工程，只用了一年多的时间，于 1961 年 6 月竣工。原计划投资 200 万元，通过加强工程的管理，优化设计方案，组织科学施工，结果只用了 173 万元。

谷文昌想到另一项民心工程，在南门湾修建一道海堤。

南门海堤横卧在铜山古城下，迄今依然用它厚实的身躯，抵御着巨浪的侵蚀，保护着堤内的民居、工厂、商店、学校。

这里有一座历经风雨，面朝大海的“真君宫”道观，见证了南门湾的前世今生。明洪武二十年（1387 年），江夏侯周德兴奉朱元璋之旨，到福建沿海修建防倭城池，铜山城为其中之一。在修建铜山城的过程中，铜山城南门海上阻挡风浪的巨石“乌礁石”被打掉，作为建城的条石。由于面对太平洋的铜山城南门失去了乌礁石的屏障，汹涌的海浪无情地冲刷南门海岸，尤其是每次台风来袭，巨浪冲击海岸，导致海岸不断后退。据民国稿本《东山县志》记载，“南门海堤到澳角尾海一带，清道光间尚有康庄大道，商店辐辏，民居栉比，有‘柳家巷’、‘杨家村’、‘颜家台’等，今亦浸为大海，桑田沧海……”

铜山古城的南门和西门之间，仅剩 200 多米的距离。如何阻止海浪的不断侵蚀，使之不至于“西门南门一水连”，成为谷文昌无法释怀的心结。

1962 年 9 月 1 日，第 13 号强台风正面袭击东山，风力 10–12 级，暴雨终日，海浪高达 6.5 米，巨浪咆哮着冲上防波堤，越过民居。南门澳沿岸一片汪洋，民房倒塌 27 间。

面对无家可归的受灾群众，谷文昌心情万分沉重。在这节点上，时任省委书记的叶飞来到了东山岛。

谷文昌抓住机会，陪着叶飞来到了南门澳，一边察看被台风巨浪冲倒的民屋，一边汇报着修建南门海堤的想法。面对眼前一片狼藉的废墟，叶飞深受触动："老百姓在这里生活太危险了，这海堤必须抓紧建。"有了叶飞的支持，谷文昌心里踏实了。

1962 年 9 月，东山县成立了"南门海堤建设指挥部"。城关公社党委也召开建设南门海堤动员誓师大会，修建南门海堤的攻坚战打响了。南门海堤分为南堤和北堤。谷文昌决定先修南堤。

南门海堤设计很快做出来了，然而，资金依然是一个大问题。这时，正赶上省水电厅厅长曹玉琨带着一批工程技术人员来视察八尺门海堤，谷文昌再次抓住机遇，请曹玉琨一行到南门海堤"看看"。只见南门海堤南堤工地，青壮年正喊着号子，拼尽全力扛着大石头；妇女组成的"穆桂英队"在挑沙压堤，做义务工；少先队员组成的"罗成队"穿梭抬着小碎石；老汉组成的"黄忠队"无偿参加劳动。曹玉琨明白了谷文昌请他来"看看"的用意了，不用谷文昌开口，就问："老谷，按民办公助性质，南堤这一段我水电厅认了，需要多少钱？"

在旁的水电科技术员把早已准备好的设计图纸和预算书拿出来，向曹玉琨汇报说："需要 10.5 万元。"

曹玉琨当即表态："就按这个数，分两年拨付。另每个工日补助粮票半斤。"

在那个年头，粮票的身价比钞票还高啊！有了资金上的保证，南堤开足了马力，工程进度加快了。

这时候，谷文昌想到了北堤，能不能一鼓作气把北堤也建起来。然而，北堤比起南堤工程量更大，难度也更大，这资金又从何而来？

谷文昌想到了从修建八尺门海堤节余下来的 27 万元。这在当时是一笔不小的数字。然而，八尺门海堤资金是从省“支前经费”项目拨出来的，专款必须专用。要动用这笔资金，必须得到省委领导的同意。

机遇总是眷顾有准备的人。消息传来，省委书记叶飞将于 1963 年春节节后再次到东山视察。谷文昌喜出望外。

1963 年 4 月 21 日，叶飞在谷文昌的陪同下，再次来到南门澳。看到在不到一年的时间里，南堤就基本建成，他被深深感动了。

在会议室内，谷文昌抓住时机向叶飞汇报建设南门海堤有关情况：“南门海堤南堤的建设已由省水电厅按‘民办公助’的原则，补助 10.5 万元，不用再追加。北堤虽然只有 484 米，但风大浪高，施工难度大，投资量较多，还有资金缺口 32 万元。目前，国家经济困难，为了不增加国家新的财政负担，请省委、省政府同意我们把八尺门海堤节约下来的 27 万元资金用于南门海堤建设，不足部分我们通过自筹资金和义务工解决。”

叶飞听了，爽快地说：“好哇！我以为你是要追加八尺门经费，没想到还有节余。大海堤带小海堤，一项投资，两处收益，我没意见。”叶飞转向随行的省有关部门领导说：“同意八尺门海堤节余经费调拨给南门海堤使用，不足 30 万元的，从‘支前经费’补足。”关键的时刻，叶飞给谷文昌以有力的支持，也表达了对英雄海岛英雄人民的敬意。

资金解决了，南门海堤建设紧锣密鼓地进行，终于在台风季节来临之前，按质按量完成了主体工程任务。1963 年 6 月 30 日，南门海堤抵御了第一个强台风，为保护古城民众生命财产安全发挥了重要作用。

我漫步在南门海堤，一弯长长的石堤呈弧形向两边延伸，守护着古城百姓的安宁。我没有忘记此行的目的，悄声问同行的铜陵镇干部:“谷文昌陵园的香炉是不是南门澳的渔民捐赠的？”

镇干部告诉我，那香炉是不是南门澳的渔民捐赠的并不清楚。记得当年南门海堤建成后，南门澳的百姓为了纪念这一惠民工程，为了表达对谷文昌书记的感激，特地从漳浦采来一块“梁山青”水磨石材，准备立碑纪念，碑文都拟好了，可是被谷书记给劝阻了。然而，半个世纪以来，谷书记主建南门海堤的往事，始终铭刻在东山人民心中，有口皆碑。

走在坚实的南门海堤上，我有一种强烈的感觉，这道长堤就是一座躺着的碑，堤上的石头就是永不磨灭的碑文……

六

在谷文昌纪念馆，我看到一只小石桌、一辆老式自行车、一张电影票、一件旧大衣、一个旧皮箱。透过这些物品，我感受到触动心灵的谷氏家风。

谷文昌带领东山干部群众种下了成千上万亩的木麻黄，可一家子吃饭就在县政府大院宿舍露天的石桌上，坐的也是石凳子。遇到下雨，孩子们只能端着碗在屋檐下吃饭。一位林业干部实在看不下去，就到林场捡了一些木头边角废料，给谷文昌做了一张小木桌。当他把小木桌送到谷文昌家里时，被谷文昌坚决退掉了。过后谷文昌对史英萍说："如果我用公家的木头做一张木桌子，下面就会做几十张、几百张，我犯小错误，下面就会犯大错误啊！"

谷文昌一生没穿过皮鞋，都穿黑色布鞋，他说穿布鞋下乡走路方便。武装部发给他的皮鞋都送警卫员或其他人。谷文昌曾穿过一件黑色呢大衣，是当年要回林县老家时，花十元钱在旧衣摊上买的，他一穿就是几十年，事实上平时他也舍不得穿。

谷文昌很喜欢当时流行的一句话："新三年，旧三年，缝缝补补又三年。"谷豫闽上大学时穿的短裤，是用谷文昌磨破了的长裤改的。而小儿子谷豫东穿的毛背心则是谷文昌穿破了洞的毛衣重新织的。三个女儿的衣服也是大的穿过了，小的又接着穿。他教育孩子："我们是农民的后代，劳动人民的本色、勤俭节约的美德不能丢啊！"

二女儿谷哲芬回忆道："我读小学时，每次放学回家，有一项'业余作业'，帮父亲卷土烟，哥哥姐姐也帮着卷。我记得是用图钉把一张长长的牛皮纸的两端钉在小木头板凳上，再用一根筷子横穿在牛皮纸上，把烟丝和抹上浆糊的烟纸放在上面，用筷子滚一下，一根土烟就做成了。父亲把卷好的土烟小心地收集到烟盒里，还分给同事们抽，高兴地说，这是我的儿子、女儿卷的烟，大家试看看。"我想，这大概算是"文昌牌"香烟了。

谷文昌当年的通讯员潘进福告诉我，他曾经吃过一次谷文昌的"碰饼"（东山方言，挨批评的意思）。起因缘于一盒饼干。1961 年经济困难时期，为了了解群众的生活状况，谷文昌来到当时条件较为困难的湖尾村蹲点。当时驻守在湖尾山头上的解放军连队让谷文昌就近到部队上吃饭，谷文昌谢绝了。他一日三餐和社员们一样在大食堂喝地瓜汤，白天下地参加劳动，晚上熬夜写调研材料。他本来就患有胃病、肺病，这时身体更加虚弱了，到了晚上，不停地咳嗽。潘进福情急之下，找一同陪谷文昌蹲点的县委组织部干部林木喜商量。林木喜出了个主意，让他到县委办开一张证明，从县供销社为谷文昌买了一包饼干。当潘进福拿着饼干兴冲冲来到谷文昌跟前时，没想到挨了谷文昌一顿严肃批评，并责令潘进福赶快把饼干退掉。潘进福从来没看到谷书记发那么大的火，眼泪都快掉下来。看到潘进福一脸委屈的样子，谷文昌缓了缓口气，对潘进福说："小潘啊，刚才是我不对，不应该冲你发脾气。可你想过没有，东山百姓每天都在吃什么？餐餐都是地瓜丝煮牛皮菜，我这个县委书记对不起东山的父老乡亲啊！你说，这饼干我能吃得下吗？"

过度劳累和营养的不良，使谷文昌的肺病、胃病频繁发作。在医生的催促下，谷文昌到地区医院做进一步检查。到了漳州，谷文昌生怕公家多花钱，到处找住宿费便宜的旅馆。按照级别，他当时完全可以住带卫生间的套房，可是套房一天要花 10 元钱，在谷文昌看来，这简直太奢侈了，他坚决不肯住。转了一圈，好不容易找到一家普通旅馆，前台服务员告诉他："我们旅馆里有另外一种房间，里边没有卫生间，并且床铺非常窄小，价格是一天 1.2 元。"陪同的人员劝谷文昌还是住好一点的房间，这样可以休息得好一些。

谷文昌说："你想，人家干一天活，才多少工资啊。我只是来看病的，有个地方躺着就行了。"陪同人员知道拗不过谷文昌，只好按他说的去登记了。

东山县委办公室为了方便谷文昌下乡，分配给他一辆自行车。谷文昌十分爱惜这部自行车，一回家就上锁，一有空就上油擦拭，绝不让孩子们碰它。在他眼里，这辆自行车不仅是下乡的交通工具，更是公家的财产。有一回，因为有急事，回到家的谷文昌还没来得及给自行车上锁，又出了门。谷豫闽趁谷文昌不在家，就把自行车推出去骑着玩，碰巧在县委机关门口被谷文昌看到了，平时疼爱孩子的谷文昌这回动了肝火，他严肃地批评了谷豫闽："这车是公家配给我工作用的，你怎么可以动？怎么能公私不分呢？"过后，谷豫闽再也不敢碰这辆自行车了，因为这辆自行车姓"公"。

有一次，二女儿谷哲芬看电影回家，高兴地向家人讲述电影《上甘岭》里的情节，说得兴致正浓，谁知谷文昌冷不丁问了一句："谁给你买的票？"谷哲芬一愣，照实说："我没钱，收票的叔叔知道我是你的女儿，就放我进去了。"谷文昌生气了："县委书记的孩子就可以搞特殊吗？县委书记的孩子更应按规矩买票。"他随即拿出1角钱让谷哲芬去补票（当时小孩看电影买半票是1角）。谷文昌让孩子补的岂止是一张电影票，补的是正确的人生观，是公私分明的意识啊！

1950年，谷文昌来到东山工作的时候，带着一只随身南下的旧皮箱，14年后调离东山时，带走的还是那只旧皮箱，还有两罐史英萍亲手腌制的咸菜。真是"捧着一颗心来，不带半棵草去"啊！

谷文昌从下放宁化回来到龙溪地区任林业局局长，家里添了孙子，人口多了，史英萍提议买点家具，谷文昌这回同意了，可买回来的家具不是竹凳，就是藤椅，一件木家具都没有。妻子不解："为什么不买几件木家具呢？木头的结实、耐用。"

谷文昌说："你想过没有，林业局局长的家一下子添了那么多木头家具，外人会怎么说？如果造成误导，大家都用公家的木材做家具，这十几年来辛勤栽下的林木还能保住吗？我总不能写张条子，声明这些家具是咱自个儿买的吧？"

谷文昌的二女儿谷哲芬结婚后，想让他批点木材做家具，结果碰了钉子，谷文昌严肃地说："我管林业，利用手中的权力批木材给自己女儿做家具，你说这木材我批得下去吗？当领导要先把自己的手洗净，把自己的腰杆挺直才行啊！"

妻子史英萍和谷文昌同是南下干部，1952年定为行政18级，此后其职务和工资都未提升过，史英萍当了多年的县妇联主任，又有相当的文化程度，可每次县领导班子有人提出给史英萍提职、提级，都让谷文昌给压下来了。直到谷文昌去世后的第三年即1984年，史英萍才按政策升为行政17级，也就是说，32年才晋升一级。

1963年，谷文昌的大女儿谷哲慧高中毕业后，在县财政科当临时工。1964年，谷文昌调到福州任林业厅副厅长，县里有关部门提议，把谷哲慧转正后一起到省城去，被谷文昌一口回绝："组织上调的是我，不是我的孩子，还是让她留在东山锻炼吧。"当年的财政科老同志陈炳文回忆道："当时，我们都以为谷哲慧在临时工岗位只是锻炼锻炼，很快就会转正、提干，没想到从临时工转为正式工，她用了15年。"

1970年，谷豫闽大学毕业，按当时要求，知识分子要到工厂去、到农村去接受锻炼。他要求分配到宁化县禾口公社红旗大队，希望能够照顾下放在这里的父母亲。谷文昌得知后告诉谷豫闽："我这里交通较方便，宁化有很多山区，你还是到更艰苦的地方去锻炼吧。"谷豫闽听了父亲的话，主动向宁化县"四面向"办公室提出要求，分配到更艰苦、别人不愿去的偏远山区去。于是，谷豫闽来到了山高水冷，只有80几户人家的安远公社安家寨，和当地的社员一块劳动。后来又发挥他的学业专长，到县化肥厂当了一名普通技术工人。1972年，谷文昌调到龙溪地区工作，谷豫闽仍然留在宁化。一直到1978年，谷文昌和史英萍双双住院，谷豫闽才在组织的关心下，调到龙溪地区农业生产资料公司工作。

谷文昌的小儿子谷豫东向我叙述了一段难忘的往事。

1976 年，谷豫东高中毕业，最大的愿望就是到工厂当一名工人。当时谷文昌和史英萍已进入花甲之年，体弱多病，大姐已经出嫁，大哥和二姐不在身边，三姐上山下乡，身边特别需要有个孩子照应，谷豫东就向父亲提出留下来当个工人。谷文昌沉默了很久，最后还是动员谷豫东上山下乡，跟大家一起接受贫下中农再教育。谷豫东忍不住和父亲争了起来：“按规定，老人身边没有子女的可以照顾一个留城的名额，我们又没有违反政策，为什么一个也不留呢？”谷文昌还是那句老话：“我是领导干部，如果自身不带头，接下来的工作要怎么做呢？”

谷豫东知道拗不过，只好退一步，要求到东山县当知青。不料，父亲还是坚决反对：“到了东山，大家知道你是谷文昌的儿子，都会想办法照顾你，那你就得不到应有的锻炼。”

谷豫东回忆道：“我当时特别失望，觉得父亲怎么就这么绝情。我为此赌气，有半个月没跟父亲说过一句话。当年 6 月下旬，我被组织安排到南靖县偏远的山村朱坑知青点落户。临行前几天，父亲请来一位朋友拍了一张我和父母的合影，这是我第一次单独与父母合影。现在从照片上还可以看出当初我不太乐意的情绪。6 月底的一个晚上，父亲帮我整理第二天的行装。按照惯例，父亲每一次出差，都是母亲替他收拾行李，可是这一次父亲坚持要亲自帮我打点。上了年纪的父亲，手脚已不利索了，可他还是不停地忙上忙下……”

说到这里，谷豫东眼眶湿润了。一阵静默，他努力控制着自己的情绪，接着说：“我忽然发现，老父亲一边帮我收拾着行李，一边悄悄地擦着眼泪。那一刻，我深切地感受到父亲那份深藏的温情，暗暗责备自己的无知。第二天，父亲正好要到南靖出差，他破例地让我顺路搭坐了他那辆旧吉普车。如果没记错的话，这是我懂事以来第一次沾父亲的光。本以为父亲会送我到朱坑知青点，可是，车开到县林业局，父亲就把我的行李卸了下来。他拍拍我的肩膀，嘱咐我不要有优越感，路只有自己走才会越走越宽。他从口袋里取出前几天拍的那张照片，塞在我手中。烈日下，父亲两鬓的丝丝白发特别耀眼，他的眼窝深深地陷了进去。父亲真的老了……”

谷豫东拿出当年和父母的合影照，哽咽着说："我真后悔当时不理解父亲的苦心，还跟他赌气，这让他老人家多伤心啊！事实上，父亲当时已经患上食道癌了。我真想对父亲说，爸爸，对不起，我错了。可是爸爸他再也听不到了……"

我被深深感染了，这是一个有血有肉、充满真性情的谷文昌，一个铁面无私又充满慈爱的谷文昌。

1976 年 10 月，谷文昌感觉咽喉很难受，利用到上海出差的机会，去医院做了检查，检查结果是恶性肿瘤。谷文昌返回漳州，向龙溪地委作了汇报，在地委的关心下，他到上海肿瘤医院做了手术。做完手术返回漳州，他立即又投入紧张的工作。如果说，他过去是在与时间赛跑，那么，现在是在与生命赛跑，他必须珍惜分分秒秒。

1978 年，谷文昌任龙溪地区副专员，分管侨务工作。谷文昌呕心沥血，抓好归侨政策落实，在他的精心协调下，两年间，龙溪地区安置了两万名越南归侨，解决了一大批长期以来被视为老大难的侨房归属问题。

1979 年，谷文昌病情复发，再次做了手术，但手术效果很差。1980 年 9 月，在组织安排下，由史英萍陪同，再次来到上海肿瘤医院接受治疗，但已经到了食道癌晚期，谷文昌也意识到属于自己的时间已经不多了。谷文昌用平缓的口气对妻子说:“英萍，我们回家吧。明天你陪我去一趟南京路。”

第二天，谷文昌在史英萍的陪伴下来到南京路，在一家服装店里，他亲自为史英萍挑选了一件衣服，这是他第一次也是最后一次给史英萍买衣服。他动情地对妻子说:“记得那一年在东山，你扯了几尺花布给自己做了一件衬衫，还挨了我的批评，我说，东山人民的生活还这么苦，你穿着这样漂亮的衣服出去，心里好受吗？等将来东山百姓都过上好日子了，我一定给你买一件新衣服。现在，东山的百姓生活好了，我实现当时的承诺，这件衣服你就留着做个纪念吧。这辈子亏了你啊！”

史英萍强忍住泪水，默默接过谷文昌买给她的衣服。一切尽在不言中……

回漳州后，谷文昌的病情不断恶化，吞咽越来越困难，血管日渐萎缩，无情的癌细胞已在他全身扩散。为了能增加一点抵抗力，医生建议给他注射人血球蛋白，可听到这种针剂一支要两百多元，他拒绝了:“不必了，像我这样的病，好不了了，不要给国家造成浪费。”他默默忍受着巨大的痛苦，实在忍不住了，才让注射一支杜冷丁。

病痛的折磨使谷文昌经常处于半昏迷状态，清醒的时候，说话也非常吃力。一次，谷文昌清醒过来，他对守护在身边的谷豫闽、谷豫东说:“你们一个叫豫闽，一个叫豫东，就是要你们时刻不要忘记咱河南太行山的故乡，同时要时刻记住福建、记住东山的父老乡亲，更不能忘记共产党的养育之恩。”

1980 年 12 月的一天，他在东山时的通讯员朱才茂前往探望，看着骨瘦如柴的谷文昌，忍不住哭了出来。谷文昌倒过来安慰他:

“别难过，我的情况还好。”他让史英萍在背后垫了一个枕头，支撑着坐起来，吃力地叮嘱朱才茂：“我这次到上海看病，得知木麻黄寿命只有七八十年。你回东山后一定要让林业部门想办法，抓好木麻黄的更新换代，否则将来东山百姓要再受风沙之苦了。”这是他临终前的最后牵挂。

1981 年 1 月 30 日晚，谷文昌的心脏停止了跳动。

谷文昌去世时，身边只留下 700 元钱。去世之后，史英萍一周内就拆除了家中的电话，连同自行车一并上交，她说：“这是老谷生前的交代。”

谷文昌去世后，史英萍始终铭记谷文昌的教诲，她用自己的退休金默默地资助了六位贫困大学生。到了第五位大学生的时候，史英萍已经花完了有限的积蓄。最后，她把订购的牛奶停掉了，用来资助第六位贫困大学生。这些受资助的大学生，并不知道这位慈善大娘原来是一个南下干部，更不知道她是谷文昌的妻子。当记者采访史英萍时，她平静地说：“如果老谷在，也会支持我这样做的。”

这就是谷文昌的家风。家风像一面棱镜，折射出一个党员干部内心深处的世界，是对领导干部人格的透视。人们正是从这样一件件的“细节”“小事”，看到了谷文昌的高贵品格。他始终保存一颗敬畏心，严于律己，慎独慎微，坚守公私分明底线，严格家教家风家规。他知行合一，言行一致，做到集干净与干事于一身、勤政与廉政为一体，体现了共产党人的浩然正气和政治本色。在谷文昌身上，我们看到了信仰的力量、忠诚的力量、人格的力量。

我忽然觉着，有没有找到香炉的捐献者，已经不重要，重要的是，我找寻到香炉背后更为珍贵的东西。

七

即将结束采访，我有一个心愿，想看看在1958年那场倒春寒中存活下来的九棵木麻黄。然而，50年过去了，那九棵树还在吗？如果还在，都长成什么样了？

我造访了县林业局。令我欣喜的是，当年白埕沙丘上那九棵木麻黄还在，而且长得很壮硕。

在林业局同志的引领下，我怀着敬畏的心情，来到这九棵苍劲的木麻黄跟前。林业局同志告诉我，经过技术测定，这就是1958年种下的，在那场倒春寒中存活下来的木麻黄，当地老百姓称这九棵木麻黄为“谷树”。九棵“谷树”能保留至今，还得益于当地百姓的保护。

50多年栉风沐雨，这九棵大树依然枝繁叶茂、郁郁葱葱，而且结满了密密麻麻的木麻黄树籽。九棵大树见证了谷文昌带领东山人民植树造林，治服风沙的艰辛历程，见证了东山岛的巨变。

九棵大树的背后，是浩瀚的林海。一排排木麻黄像战士一样，肩挨着肩，手挽着手，形成一道道迎击风沙的绿色屏障。我仰望着斑驳而粗壮的木麻黄，感受着它的可贵气质和品格。它扎根沙丘荒滩，汲取着大地水分和营养，在艰苦的环境中顽强地生长；它不惧风沙，不惧盐碱，不惧干旱，成为挡风固沙的先锋树种；它朴实无华，正直而挺拔，默默地奉献着一生。这不正是谷文昌的品格吗？

我从一棵树，走近一个人，走进一个共产党人磊落而无私的精神世界。

记得一位哲人说过，人不能决定生命的长度，但可以增加生命的厚度。生命的意义在于创造比生命更为久远的东西。谷文昌的生命是有厚度、有热度的。在谷文昌身上，体现了党性和人民性的高度统一，干事创业激情与求真务实的完美结合，优良传统和时代精神的高度契合。

一位哲人说过："能够激发一颗灵魂的高贵、伟大的，只有虔诚的信仰。"透过谷文昌的感人事迹，我们看到他始终不变的初心。

谷文昌生长在河南林县南太行一个偏僻的小山村。父亲为了养家糊口，上山砍柴，摔死在悬崖下。他随着哥哥到山西长治当长工。燃烧在太行山的抗日烽火，使谷文昌的人生轨迹发生重大转变。在党的培养下，1944 年 3 月，谷文昌成为林北县第七区早期的共产党员。长工出身的谷文昌坚信，共产主义真，党是领路人。苦难的家世，艰辛的经历，阅尽人间冷暖，使谷文昌始终保持劳动人民的本色底色，对人民群众有着真挚而深厚的感情，而党性的长期锤炼，使谷文昌始终牢记党的宗旨，有着强烈的为民情怀。这正是谷文昌克服艰难险阻，带领干部群众干出一番伟业的思想根基。

正是缘于对初心的坚守，他在东山一干就是 14 年，没有丝毫的短期行为，没有丝毫的表面文章，没有丝毫的浮躁心态，把让东山百姓过上幸福美好的生活，作为一切行动的出发点、落脚点；正是缘于对初心的坚守，他带领东山人民锲而不舍，彻底埋葬了风沙灾害，使昔日的荒岛、死岛、苦岛变成了东海绿洲；正是缘于对初心的坚守，他求真务实，勇于担当，毅然提议把"敌伪家属"改为"兵灾家属"，一项德政暖了十万人心；正是缘于对初心的坚守，在三年困难时期，做出了“不能让困难户断炊，不准在东山饿死一个人”的承诺，采取一系列措施，让东山百姓度过难关；正是缘于对初心的坚守，他带领干部群众修水利、筑海堤、建盐田、耕海牧鱼，大力改善群众生活；正是缘于对初心的坚守，他始终用权以廉、持身以正，用自己的行动展示了一名共产党员的人格力量。这样的好官，百姓由衷地信服和爱戴。

在谷文昌在笔记本上，留下了他写下的珍贵手迹：“不带私心搞革命，一心一意为人民。”谷文昌正是用全部忠诚和行动践行了这一承诺。而“不带私心搞革命，一心一意为人民”，用现在的语言表述，不正是“不忘初心、牢记使命”吗?

新时代新征程需要谷文昌精神，谷文昌精神正穿越时空，化作催人奋进的能量。谷文昌永远活在东山人民的心中。他的事业得到永续，他的精神得到永续。

习近平总书记说：“我经常提到五六十年代福建东山县县委书记谷文昌，他一心一意为老百姓办事，当地老百姓逢年过节是‘先祭谷公，后拜祖宗’。”称赞谷文昌“在老百心中树起了一座不朽的丰碑”。

在中央党校校园的中轴线，矗立着马克思、恩格斯、毛泽东、邓小平的塑像，而在校园东西两侧，还分别矗立着焦裕禄、谷文昌两位县委书记的塑像。这是无言的教材，榜样的力量。

又是一年清明节，我来到谷文昌坟前，烧了一炷香，轻轻插在那花岗岩香炉上。我又点上一根烟，放在香炉旁，谷书记生前爱吸烟。

伫立在谷文昌塑像跟前，我看到他正倾听着万顷松涛，深情地守望着心灵的故乡。

我仰望着谷文昌塑像，从心底流淌出一道道炽热的诗行：

谷书记你没有离开东山，
东山百姓把你放在心坎。
你是那挺拔的木麻黄，
扎根荒滩翠染山岗。
你是那绿色的长城，
把美丽蝶岛悉心护防。

谷书记你没有离开东山，
东山百姓把你放在心坎。
你立下了无悔的誓言，
不制服风沙就让风沙把我埋葬。
你践行了庄严的承诺，
共产党人要救民于苦难！

谷书记你没有离开东山，
东山百姓把你放在心坎。
你是一面无私的明镜，
照清每个人的衣冠。
你的精神穿越时空，
化作催人奋进的能量。

谷书记你没有离开东山，
东山百姓把你放在心坎。

你那无限眷恋的双眸，
把心灵故乡深情守望。
你永远和我们在一起，
依然穿着那件褪色的军装。

放歌天地间（节选）

◎ 谌虹颖

2010年的一天，重庆南开中学迎来了他们的杰出校友——著名艺术家阎肃。可容纳800人的大会堂座无虚席，师生们兴致勃勃地聆听一位戎装老人的精彩演讲。这年阎肃年届八旬，仍然精神抖擞，充满活力，他风趣地说："这个舞台我可一点儿都不生疏，我在南开上学的时候常在这里表演，京剧、话剧、快板、相声，哈哈，我可是个文艺活跃分子。"

老人说："在南开学习的那一段日子，学校自由的空气给了我太多发展的空间。全国有不少南开学子，只要一唱校歌，就算接上了暗号。"说到这里，老人煽动全场一起合唱南开校歌：

渤海之滨，白河之津，
巍巍我南开精神。
汲汲浸浸，月异日新，
发煌我前途无垠。
美哉大仁，智勇真纯，
以铸以陶，文质彬彬。
大江之滨，嘉陵之津，
巍巍我南开精神。

老人对南开一往情深，他写过一首特别抒情的诗——《南开忆——难忘的中学时代》："我问高山，我问大海，这一生哪段时光最愉快？啊，难忘的中学时代，在重庆，在南开……"

熟悉的歌声中，他的思绪仿佛回到了那个风雨飘摇的乱世……

1946 年，随着父亲阎襄臣的发迹，阎肃在上流社会生活优渥。

鲜衣怒马，花园洋房，16 岁的阎家大少爷本可以谨遵父命，成为重庆交通局局长的东床驸马，但他放弃了实业救国的理想，毅然投身学运，参加了中共地下党的外围组织，一本《共产党宣言》像黑暗中的明灯，照见了他的初心，他做出了人生最重要的选择：为共产主义奋斗终生。

自此，任凭风雨如磐，初心不改。

那年夏天，阎肃脱掉了宽大的黑色教袍，穿上了鲜艳的南开中学校服，就像挣脱束缚的鸟儿，开始在无垠的天地间自由飞翔。

南开的师资力量非常强大。教地理的老师开口就是“我的老师竺可桢”，果然是名师出高徒，满腹经纶，课讲得又生动又形象。阎肃对各种知识的学习欲望异常强烈，到了如饥似渴、如痴如醉的地步。

他后来回忆：“我那时功课中等，不是前茅，数理化根本不行，底子就差。加上老师用英文讲课，我英文不行，拉丁文派不上用场，很难懂。那三年，除了演戏、闹游行，就是读书了。可以说，高中那三年，我读了很多书，加上古文底子好，这个过程我觉得对我的一生起了很大作用。”

他刚从宗教教育转到正规教育上来，没有上过小学和初中，就直接上高中，基础薄弱，尽管学习很刻苦努力，但考试成绩再也没有像修道院那样冒尖过。

他冒尖的领域是唱歌和演戏。

他对音乐如此热爱，加上在修道院唱诗班打下的基础，理所当然进入了南开中学的合唱团，并担任四声部部长。一个刚从宗教桎梏中解脱出来的青少年，求知欲望是非常强烈的，消化吸收能力也是惊人的。除了音乐课上教的徐志摩、黄志等人的歌曲之外，他什么歌都喜欢学，一学就会，尤其喜欢流行音乐。

抗日战争时期，举国大迁徙，上海各界大批人士迁到了重庆，他们把上海滩十里洋场的许多东西带到了雾都，其中就包括“靡靡之音”，如《夜上海》《如果没有你》之类的歌曲。几十年后，当港台流行歌曲随着改革开放大潮涌入中国大陆之时，阎肃并不陌生，早在新中国成立前的重庆他就耳熟能详。

令他着迷的还有好莱坞的电影和迪斯尼的卡通片。半个世纪之后，他回忆说：“当时，校园里放了许多美国大片，比如《出水芙蓉》《卡萨布兰卡》《北非谍影》等，影响很大，轰动一时，学生是观众的主体之一，那时票价比现在便宜得多，那时的翻译比现在好，名字非常讲究，比如说《六宫粉黛》，这么多年了忘不了。”

当然，令他难忘的还有令人捧腹大笑的米老鼠和唐老鸭。

他从小就跟着父亲看戏，是个小“票友”，对中国传统戏曲的热情从来就没有降温过。对刚刚涌现的中国现代戏剧更是狂热追捧，郭沫若、曹禺创作的话剧，一场不拉，全部看过。

他后来回忆：“那时候是个中西、正反、先进与沉沦‘大杂烩’的时代。”“这个杂，有个来由，当你十几岁，渴望见到这个世界的时候，就进来许多不同品种的东西，都在我这容纳了。这有很大关系，加上我又是什么都喜欢的人。古典音乐我也喜欢，京戏我熟悉极了，川剧我很多剧本都能背。川剧的剧本很讲究文学性，我写词和那有极大关系，它是文白水乳交融，非常自如，让我受益匪浅。”

他因为喜爱川剧，全套的《川剧总集》看过好几遍，甚至不少戏能够大段大段背诵。

他后来回忆："南开业余文艺活动极为频繁，什么都有，我演戏的欲望在那里得到了充分发展。我记得高一、高二我写了个独幕戏，被评为暑假作业的展览作品，那是我的处女作。高二我就是文艺骨干分子了，招生啊，接待啊，都是我们做的。我是学校的业余文艺活跃分子，参加了学校所有的演出，演英文剧、朗诵、说相声、打快板、演话剧，就没闲过，还有唱京戏，都干过。"

他在南开三年，学校的所有演出，"场场少不了穆桂英"。仅有一次例外，那是根据《红楼梦》改编的一个剧叫《玉雷》，纯粹由女生表演。即便如此，他也热心参与了这部剧的舞美。

除了唱歌、演戏之外，他的另一个爱好就是读书，什么书都看。读了很多世界名著，如泰戈尔、莫里哀、莎士比亚、马克·吐温、杰克·伦敦等，还有大仲马、小仲马等大师的作品，尤其喜欢俄罗斯的文学作品，如列夫托尔斯泰、普希金、果戈理、高尔基的作品。

那个时候，他还迷上了还珠楼主的武侠小说。他认为港台流行的新派武侠小说金庸、梁羽生、古龙等，无不是承继了还珠楼主的衣钵。

有一次写作文，他模仿还珠楼主的风格描写打雷："天边黑云翻滚，天际中弥漫着一种无形的压力，突然一道惊雷掠过，'咔嚓'一声，整个天空为之一颤，好似天绅倒挂！"结果被老师批了四个字——"何来怪词！"

那时中国社会正面临着巨大变革，大潮汹涌，八面来风。阎肃的父亲阎襄臣进一步发迹，当上了旅行社的总经理，全家住进了带花园的大洋房，已经跻身于上流社会。阎肃的人生可以有多种选择。他没有选择当少爷，子承父业，继承家族的事业，也没有选择当学者或老式的读书人。

阎肃后来回忆："时代大潮到来之时，我选择了做进步青年。那是个新思潮涌动的时代，当时我可以选择死读书、读死书，当个书呆子，但我没有，我读了很多进步的书，很多是苏联作家的作品。"

这是他人生的第二次重大抉择，他之所以选择勇立时代潮流，做一个进步青年，与一个人有关。

语文老师赵晶片发现阎肃有文艺天赋，就有意识地安排他参加各种文艺活动，让他接触各种具有进步思想的文艺作品。他参加了一个叫"恒社"的文艺团体，在这里他听到了许多被国民党当局明令禁止的歌曲。

当雾都重庆大街小巷的"靡靡之音"在夜幕中飘忽，令人心生迷茫、萎靡不振之时，南开校园里却有另外一种音乐令人振奋，那是"山那边"传来的歌曲，如《山那边哟好地方》《二月里来》《兄妹开荒》《您是灯塔》《跌倒算什么》……如一股清泉注入干涸的心田，是那么解渴！阎肃很快就学会了这些歌曲，并在同学间悄悄传唱，很快一传十、十传百，大部分同学都会了。

他们还公然排演《黄河大合唱》，那种汹涌澎湃的激情、排山倒海的气势，令他们热血沸腾。从这些昂扬向上的歌声中，阎肃看到了中国的希望在"山那边"。

赵老师还向他们推荐了共产党创办的《新华日报》和鲁迅、巴金等进步作家的图书。

在赵老师的引导下，阎肃的创作开始具有"革命"色彩，比较有名的是小话剧《张天师做"道场"》和《升官图》。这两部剧都是阎肃编剧的，主题是讽刺蒋介石和国民党的政治腐败，他们排练好之后，就堂而皇之地在学校大礼堂公开演出，在师生中引起很大轰动。阎肃自编自演，角色还是反派，在《张天师做"道场"》中饰演国民党特务，在《升官图》中演警察局长。他的出场总能引起观众的哄堂大笑。

在学生中有少数人是三青团分子，他们是国民党当局的眼线。突然有一天，赵晶片老师被警察抓走了。大家恍然大悟，原来赵老师是中共地下党员。

这时候，内战愈演愈烈，国民党军队攻占了延安。同学们一直将解放区称为“山那边”，延安是解放区的首府，是照耀黑暗中国的明灯，延安的失陷令同学们对中国的前途和命运十分担忧。

中国人为什么要打中国人？国民党发动内战令国统区物价飞涨，民不聊生，直接影响了学生们的生活，许多家庭困难的学生吃不起饭。中共地下组织适时领导学生发起了一场席卷全国的学潮，他们走上街头示威游行，高呼“反饥饿、反内战、反迫害”的口号。

阎肃是这次学生运动的积极分子，刷标语、办墙报，游行示威走在最前面，带着呼喊口号。从那以后，他参加了所有的学生运动，而且是极为活跃的分子。

三年的中学时光，一晃而过。此时的阎肃虽然思想倾向进步，但还不是一名真正的革命者。

1949 年夏天，他从南开中学毕业，考取了重庆大学。怀抱实业救国的理想，他选择的专业是工商管理。

这时候，国民党在内战中连连败北，国统区的经济更是雪上加霜，通货膨胀令人发指。阎肃后来回忆：“当时，物价飞涨，我们拿一麻袋钱才买一盒火柴，就是你所有资产在一夜之间就成为零。四大家族横征暴敛，那个腐败程度是明目张胆的，我们自然倾向于进步。”

他在大学仍然是文艺骨干，是相当活跃的人物，自然引起了中共地下党的注意，成为重点争取的对象。当时，几乎所有大学的学生会都掌握在共产党地下组织的手里，重庆大学也不例外。就是在这个时候，他悄悄阅读了《共产党宣言》《新民主主义论》等革命书籍，终于明白了“只有共产党才能救中国”。

夜晚，昏黄的灯光下，阎肃翻开《共产党宣言》，发黄的纸页依稀散发着淡淡墨香，那般亲切平易、和蔼近人。他沉浸在这些阐幽发微的远见、鞭辟入里的论述里，一种高山仰止的敬意和故交相逢的暖意油然而生。正是这部旷世经典改写了历史、改变了世界、塑造着未来，也深深地改变了阎肃。

他参加了一系列进步学生运动，成为中共地下党外围组织的成员。像他这样一位富家公子，在两个阶级殊死搏斗的时刻，站在了为穷人打天下的共产党一边，实属难能可贵。

国民党已经失去了大部分江山，污泥浊水汇聚西南，妄图负隅顽抗。重庆处于黎明前最黑暗的时刻。中共地下党的任务是在“第二条战线”，发动工运、农运、学运，瓦解国民党的统治，配合正面战线的解放军，迎接解放。

阎肃晚年接受媒体采访时说：“真正的地下党游行时都不是走在最前头的，是我们这些人走在前头，这一点国民党也清楚。我不是在脸上贴金，当时历次的学生运动我都参加了，青年学子一腔热血。”

正因如此，阎肃受到国民党特务的盯梢、跟踪是难免的。阎肃明知有特务尾随并不在乎，照样大摇大摆穿街走巷。特务想顺藤摸瓜，一举端掉共产党的“窝点”，可是眼睁睁地看到阎肃进了带花园的大洋房。这样人家的公子会是共产党吗？特务们怎么也想不通。

在重庆大学校园里，共产党地下活动异常活跃，但国民党也在学生中发展了很多特务、眼线，甚至许多特务伪装进步，混入了共产党组织内部。每次学运领导开会，研究、确定游行的时间、路线、口号、集会等细节，国民党很快就探知了内情。

袍哥是四川有名的帮会，重庆的大街小巷充斥着袍哥的支支脉脉。国民党特务与袍哥相互勾结，不少特务是袍哥的人，袍哥的头目往往与特务头子称兄道弟拜过把子。因而袍哥成为特务镇压学生运动的帮凶。

当游行队伍浩浩荡荡在大街行进时，突然就从某个小巷里横插进来一支吹吹打打的队伍，不是欢天喜地“迎亲”，就是哭哭啼啼地“送葬”，有时“迎亲”“送葬”两支队伍还无巧不成书地碰到一起了。他们声称“吉时”不能耽搁，只能请学生队伍让路了。这样游行队伍就被腰斩数段，甚至冲得七零八落。

学生们一眼就能看出是特务搞的鬼，可是一阻拦就起冲突，不阻拦人家照样找碴生事。什么“孝子”被撞倒了，什么“伴娘”被踩脚了，摩擦在一起，马上就是一场街头混战。那些走卒从花轿或棺材里取出大棒，朝手无寸铁的男女学生猛抡。棒子上钉着钉子，像狼牙棒，一打便血光四溅。

街道两边卖馄饨、喝馄饨的突然抄出家伙，朝学生大打出手，这时候才明白是特务和袍哥事先打了埋伏。不少学生惨遭毒手，喋血街头，甚至丢了性命。

阎肃后来回忆：“每次上街游行，我们都会遭到血洗。国民党特务对付学生可有一套……只要想治你，人家就有办法。你不知道谁是特务，谁是袍哥。他对你一目了然，你在明处啊。所以较场口血案啊，我们都经历了。特务我接触过，国民党的特务，他是生怕你不知道他是特务，你要知道他是特务，他才好横行霸道，才好为所欲为，他想怎么做就怎么做。那时候，我们吃大亏了。”

那时的青年学生血气方刚，有一股前仆后继的气概，不怕流血牺牲，更不怕被抓、被关、被严刑拷打。

阎肃的父亲对儿子卷入学潮，开始并未在意，后来发觉他是学生里的骨干分子，猜到儿子八成与共产党有染，也没有进行干涉，而是睁一只眼闭一只眼。

中国又将面临改朝换代的巨变，蒋家王朝已经被推翻，共产党在北平建立了新的国家政权，解放军正以摧枯拉朽之势席卷大江南北。虽然蒋介石纠集残兵败将拼凑所谓西南防线，但是正如秋后的蚂蚱，蹦跶不了几天。重庆的达官贵人正在竞相逃往台湾和香港。

阎家何去何从？阎襄臣举棋不定。他耳闻共产党的政策是劫富济贫，作为资本家恐怕是“革命”的对象，他颇有几分担忧。朋友帮他搞到了去台湾的船票，他对蒋介石十分失望，发誓不去台湾。朋友劝他去香港，他想了想，觉得自己年过花甲，这件事应该由长子做主。

阎肃已经参加了共产党的外围组织，一直在暗中跟国民党做斗争，迎接解放军还来不及呢，怎么可能逃亡？他说：“你们谁爱走谁走，反正我是不走。”阎襄臣寻思他是白手起家，也没干过什么坏事，共产党不会把他怎样，于是说：“那听老大的吧，全都留下，迎接解放！”

阎肃后来回忆：“我能从宗教教育中解脱出来，进而信仰共产党，其实是一种必然。抗日战争爆发的时候，我还是一个小学生，我的童年是在‘中华民族到了最危险的时候’度过的，民族的危亡感像低气压一样沉重地压在我们这一代中国人的心头上。作为一个少年，我充满感情地阅读了自鸦片战争以来的历史典籍，心中好像压着一块石头，我们这古老的国家什么时候才能扬眉吐气呀？所以，我选择跟共产党走就是这种必然。”

1949 年 11 月 29 日夜，刘邓大军的炮声震撼了山城重庆。蒋介石从林园官邸乘汽车匆忙逃往白市驿机场，他登上“美龄”号专机，准备在飞机上过夜，待天亮再起飞。听说共产党军队已逼近机场，吓得他午夜 3 时就下令起飞，逃离了重庆。

11 月 30 日上午，重庆各界群众鸣放鞭炮、挥舞彩旗欢迎解放军入城。阎肃和他的那些能歌善舞的大学同学更是欢天喜地，纵声高歌：“解放区的天是明朗的天，解放区的人民好喜欢……”他们盼望已久的时刻终于到了，雾都重庆仿佛云开雾散，突然晴空万里。

重庆一解放，中共地下组织开始公开活动。阎肃被转为新民主主义青年团团员。他是大学里的文艺骨干，参加了青年团的各种宣传活动，异常活跃，受到西南团工委的瞩目。

1950 年 5 月，中共西南局在重庆开办了一个规模很大的暑期学员班，学员来自重庆各大学和中学的学生，经过暑期培训和考试，有的人取得了赴苏联和东欧社会主义国家留学的资格，有的人取得了转学清华、北大等名校的资格。

阎肃是暑期学员班大专文艺部副主任，主任是西南团工委派来的。阎肃根据上级指示，积极组织学员开展业余文艺活动，他的才华和工作热情深受组织器重。暑期培训即将结束时，团工委组织部正式找阎肃谈话：“你是否考虑不念书了？西南团工委要成立一个青年艺术工作队，准备下乡宣传土改。”

阎肃又一次面临人生的重大抉择，参加文艺工作队就得中断大学学业，可能还会危及尚不稳固的初恋。

新中国成立前，家里给他介绍了一门亲事，对象是重庆交通局局长的千金，官商联姻，也算门当户对。姑娘叫李效兰，才貌双全。旧社会视“戏子”为下九流，谁会放弃大学不上，去当什么“戏子”呢？确实叫人想不通。阎肃的同学不是留学，就是上了北大、清华等名校，都走了。李效兰也考取了北大。

阎肃偏偏就做出了令人意外的抉择。

他后来回忆：“说老实话，我还真愿意。我当时学的是工商管理系，我想当厂长，想实业救国，共产党依靠工人。到那时候，我想，干脆搞宣传也挺好。”

阎肃毫不犹豫地服从了组织的安排。组织还给他布置了一项任务，动员有文艺特长的学生，把队伍给拉起来。他毫不含糊，答应立即招兵买马，拉队伍。

他在大学是最活跃的文艺骨干，同学中间谁能唱、谁能演、谁能舞、谁能吹拉弹奏，他一清二楚，他把这些人召集起来，动员他们参加西南青年艺术工作队。他把话说在前头：“这是干革命，以后的日子是艰苦的……”可是谁都不怕艰苦，没有一个人退出，于是一支文化素质较高、艺术水准也不错的队伍就拉起来了。

就这样，阎肃放弃了大学生活，放弃了实业救国梦，也放弃了“冬妮娅式”的初恋。

阎肃能做出令常人无法理解的抉择，固然与他热爱文艺有关，更重要的是他的组织观念之强超乎常人。从1950年的这个暑期开始，他把自己完全交给了组织，一辈子恪守这样一个信念：组织需要我干啥就干啥，“小我”服从“大我”，没什么价钱可讲。

朝鲜爆发了战争，战火很快烧到了鸭绿江边，中国政府做出了“抗美援朝，保家卫国”的决定。“雄赳赳，气昂昂，跨过鸭绿江……”这首志愿军战歌风靡全国。阎肃有事没事哼唱这首歌，感觉特别提气，有一种鼙鼓催征的效果。没想到，有一天他真的会唱着这首歌“跨过鸭绿江”。

这是 1953 年上半年的事，阎肃随西南青年艺术工作团去朝鲜慰问演出。

此时，战争已经接近尾声，经过两年多的战火摧残，朝鲜满目疮痍，到处是断壁残垣，城市化为一片焦土，桥梁断裂，公路上到处是弹坑，山头上的草木像被剃过一样，光秃秃的，矗立着几根烧得乌黑的树桩，这是美军飞机的“杰作”。这宛如人间地狱的惨况，使阎肃想起当年日军重庆大轰炸时的情景，一股对侵略者的仇恨之火油然而生。

阎肃主动要求打前站，到了部队，先去摸底采访，了解这支部队有哪些光辉战例，有哪些战斗英雄，有哪些英雄壮举，然后将这些典型人物、典型事例编成节目。有一套现成的模板，旧瓶装新酒，曲调是一首朝鲜民歌，结尾是“嗷，嗨呀”，唱词是新编的。比如：“张东海啊，打掉了美国一个加强排呀，嗷，嗨呀……”或者“三班有个李晓明呀，打起仗来真勇敢啊，嗷，嗨呀……”

这种节目演的是本部队熟悉的人和事，因此大受欢迎，火得不行，每次演出战士们山呼海啸、欢声雷动。

还有一个舞蹈也非常受欢迎，名叫《侦察兵》，阎肃还是演反派——滑稽的美国兵，他的出场总能掀起高潮。

除志愿军部队之外，他们还经常去朝鲜人民军部队慰问演出，连带慰问驻地附近的老百姓，因此学会了很多朝鲜歌曲。也是走到哪儿编到哪儿，现编现演，总是“中朝人民团结紧啊……”这么几句。他的发音虽然不准，但朝鲜人能听懂。

半个世纪后，阎肃随总政代表团去朝鲜访问，故地重游，那些沉睡在记忆深处的歌曲一下子被唤醒了，一股脑儿全冒了出来，他走到哪儿唱到哪儿。负责接待的朝鲜人很惊讶，没料到这位中国老军人能唱这么多朝鲜歌，发音很纯正，全是金日成时代的老歌，有《游击队之歌》《人民军之歌》，还有民歌。双方距离马上拉近了。

阎肃第一次去朝鲜，将近三个月，经常遭遇美国飞机的轰炸。防空警报一响，马上往树林里钻，或趴到弹坑里，或就地卧倒。深入前线演出，条件很艰苦，也是一把炒面一把雪，尤其是“三八线”一带，冒着敌人炮火的威胁，从一个阵地转移到另一个阵地，钻入坑道和“猫耳洞”，每天要演两三场，他们的慰问演出鼓舞了士气，也提升了演员们自身的勇气。

由于阎肃能说会道，极富感染力，因此成了朝鲜战场的最佳“引苦员”。“诉苦”是中国人民解放军开展政治工作的一个“法宝”，每逢战前动员，就要拿出这个法宝，引导战士控诉“三座大山”（帝国主义、封建主义、官僚资本主义）对劳动人民的残酷压迫，激发战士对阶级敌人的刻骨仇恨。

具有表演天才的阎肃客串“引苦员”，被部队请到连、排引导战士们诉苦。他的保留节目是“瞎老妈”的故事。阎宇在《我的阎肃爸爸》一书中有一段很传神的描写：

> “瞎老妈苦哇……”在听到爸爸一上来这句沉重的叹息时，本来还放松着的战士们立刻肃穆起来。爸爸接着讲，“瞎老妈原来有三个儿子，但不幸的是，在那万恶的旧社会……大儿子在抗日时被日本的炸弹炸死了，瞎老妈哭啊，哭啊，哭瞎了一只眼睛……后来，二儿子出去扛长活儿，回家的路上又被国民党反动派抓了

壮丁，活不见人，死不见尸；瞎老妈哭啊，哭啊，两只眼睛都哭瞎了。就剩下个三儿子相依为命，可万万没想到，老三也……”每当讲到这儿，战士们也都开始痛哭流涕了，并相继高呼口号：“打倒！打倒！”爸爸完成任务了，又转到下个连排“引苦”去了。据说，爸爸是最受欢迎的“引苦员”。

战士们怀着对美帝国主义的刻骨仇恨冲上了炮火连天的战场。一仗下来，一个连往往损失了一半兵力。看着一具具遗体被担架抬下来，想起昨晚他们观看演出时那一张张笑脸，阎肃心如刀绞。

战争的残酷深深刻在他的脑海中，他一辈子也忘不了上甘岭上的那棵树。据守那个山头的是志愿军的2个连，美军倾泻了190余万发炮弹和5000多枚航空炸弹，把山头削低了2米，土石被炮火炸松1米多深，整个山一片焦土，唯独那棵树劫后余生，树干只剩2米高，就像被砍了头，斫去了四肢，又经过了火刑，可是它居然没死，冬去春来，又发出了新枝绿叶。

这是上甘岭上的一棵树，一个令人肃然起敬的顽强的生命！阎肃非常严肃地与它合了一张影。

阎肃第二次去朝鲜，战争已经结束，但双方仍在“三八线”对峙，仍能闻到硝烟味。

有一天，他们翻山越岭去部队慰问演出，当他翻过一座山头，被眼前的景象深深震撼了。只见漫山遍野全是墓碑，那种墓碑高2尺、宽尺余，上方雕刻一颗红五星，碑面刻着烈士的姓名、年龄、职务、所在部队番号，不少墓碑连名字都没有。墓碑横成列，竖成行，像一支整齐列阵准备接受检阅的大军，一律面朝祖国的方向。

阎肃在碑林前久久伫立，心中涌起一股悲壮之情，嘴里反复念叨着清代诗人龚自珍的诗："青山处处埋忠骨，何须马革裹尸还。"这些埋骨异国的有名或无名的烈士，他们为了祖国人民和朝鲜人民付出了年轻的生命，自己还有什么不能付出的呢？

回顾两次去朝鲜慰问演出的经历，阎肃坦诚地说："说实话，这对我后来的创作有教育和启迪。你说抗美援朝对我有立竿见影的影响？没有，但有潜移默化的影响。对以后写歌，这个印象是有的。比如我写《天职》，羊鸣谱曲的，'当我们呐喊着奔向战场，哪有那许多儿女情长……眼睛里飞舞的是雷、是火、是钢'，脑子里马上有抗美援朝的印象。上甘岭那树我还有照片，我去过。我写《军营男子汉》也是这个道理，这段生活不是白体验的。搞创作，主要是要有感受。后来有一次，抗美援越有可能去，但没有去；珍宝岛也没有去成。到朝鲜是对一生都有好处的一次体验。"

从朝鲜战场归国后，阎肃又面临人生的第四次抉择：他所在的西南青年艺术工作队，要由西南团工委转隶于西南军区，纳入军队编制，意味着要穿军装了。俗话说："好男不当兵，好铁不打钉。"不过这是老皇历旧观念，阎肃所处的是一个崭新的时代。

1953 年，朝气蓬勃的新中国一片欣欣向荣的景象。抗美援朝战争取得了伟大胜利，世界头号强国美国纠集十七国组成的"联合国军"，被中国人民志愿军从鸭绿江边赶回到"三八线"，被迫在停战协定上签字。志愿军打出了新中国的威风，使新中国在世界的威望达到了一个新的高度，国人充满了自豪感。

这一年在阎肃的个人成长史中具有非凡的意义，他参了军，入了党，当了模范。

当再次面临人生抉择之时，他又一次毫不犹豫地选择了服从组织安排，于是穿上了军装，成为人民解放军的一员。穿上崭新的军装，右手握拳，面对军旗庄严宣誓——他一辈子都忘不了这个神圣时刻，也从未忘记《军人誓言》。

他后来说过“平生最爱是军装”的大实话，穿上军装，参加国宴不嫌俗，参加劳动不嫌雅，可谓雅俗共赏。这一年，他23岁，是一个生龙活虎的小伙子。岂料军装一穿就是整整63年，直到86岁，一身戎装躺在鲜花丛中，向人间告别。

经过土改的残酷斗争和抗美援朝战争的洗礼，阎肃在政治思想上成熟了许多，他满腔热血，浑身有使不完的劲，工作积极性、主动性更强，受到上下左右的好评。穿上军装不久，他就光荣地加入了中国共产党。

这又是一个神圣而庄严的时刻，他用自己一生的言行举止真实履行了入党誓言。

入了党的阎肃更加严格要求自己，什么工作都抢着干。当时，上级要求每位文工团员都要“一专、三会、八能”，除了自己最擅长的专业之外，还要触类旁通，掌握其他表演技能，成为多面手。这对多才多艺的阎肃不是难事。

在舞台上，他唱歌、跳舞、说相声、打快板、演反派……十八般武艺样样精通。同时，还要兼任舞台监督，拉幕布、催场，最麻烦的是看护那几盏宝贝汽灯。

那个时代缺电，下部队巡回演出，舞台照明全靠这有些娇贵的宝贝。阎肃格外小心，生怕汽灯一灭，全场一片漆黑，非演砸不可。

他后来回忆说：“当时我管照明，自己就琢磨怎么能做好。当时舞台照明用的是汽灯，里面有一个石棉的灯罩，就像一个椭圆形的灯泡辐射出里面很强的光。这个灯罩有一个特点，油气会凝固在上面，烧一次就灰了，轻轻一碰就碎。为了节约成本，我就想要一个灯罩多用几次。我弄了一个盒子支撑着灯罩，让它四面不着地儿，把中间的口焊住，让空气流动，避免了油气附着。然后，我走到哪儿就抱着这个灯罩，像爱护眼睛一样爱护它。这样，一个灯罩在我手里可以用到七八次。”

事情不管大小，他都用心去做，开心去做，自得其乐。拉大幕，他拉得比别人讲究；跑龙套，他跑得比别人认真；点汽灯，他把汽灯当眼睛一样爱护，一年演出几百场，从没熄过一盏灯。

“几度墨汁干，木凳欲坐穿。望水想川江，梦里登红岩。”这是阎肃创作歌剧《江姐》的真实写照。

1961 年，阎肃因创作《刘四姐》崭露头角，更开心的是拿到了一笔稿费。“独乐乐不如众乐乐”，这是阎肃一贯的人生态度，所以，这笔钱理所当然地成了他和同志们下馆子打牙祭的“公款”。

酒酣耳热之际，同志们起哄：“咱今儿‘吃’完了‘刘四姐’，明儿呢？”阎肃一拍胸脯作答：“放心吧，这儿还有个姐呢！”

大家都没太把他这话当回事，以为也就是酒桌上一乐呵，殊不知，阎肃心中这个“姐”早已让他魂牵梦萦。

秋风摇曳百木的时节，正值新婚的阎肃请了 20 天假。

新娘李文辉的工作地在涿州空军第六航空学校。陪伴阎肃上列车的除了简单的行李之外，就是一本翻得卷了边的《红岩》。

他的思绪似飞驰的列车般完全沉浸在江姐和战友们的喜怒哀乐中。

这样一群铁骨铮铮的年轻人，聚集在崇高信仰的旗帜下，把灵与肉、血与魂一并奉献，面对敌人带血的刺刀，他们高扬正义与真理。“对着死亡我放声大笑，魔鬼的宫殿在笑声中动摇……”

他们从血雨腥风中走来，在白色恐怖里周旋，于敌人严刑拷打中挺立，完成一次次情操与信仰的壮举。

组织上没有布置任务，但是阎肃无法按捺住内心的创作渴望——一定要把江姐搬上歌剧舞台。

他心中的这团火已经烧了太久。此时，仿佛奔涌的熔岩找到了爆发的山口，江姐在他的脑海中呼号、奔走，在他的灵魂深处激起千重浪，他的创作灵感像泉水一样喷涌而出。他几乎忘了此行的主要目的，和李文辉一见面就兴奋地说出了要创作《江姐》的想法。李文辉是了解他的，故意给他泼了一盆“凉水”，说：“全国已经有几十个版本的《红岩》剧目了，互相之间竞争很大，这又不是你的任务，就自己搞，能行吗？”

阎肃自信满满，滔滔不绝：“这你可不知道，我有金刚钻儿呀。你想啊，重庆的生活我太熟了，我参加过学生运动、闹过学潮，与中共地下组织的英雄们并肩战斗过，还参加过‘土改’、清匪反霸，还去过歌乐山的‘中美合作所’。重庆的革命斗争历史、乡土人情和风俗习惯，国民党的残暴统治、地下党员的英勇斗争我了如指掌，我心中对革命先辈的那种感觉太强烈了。我相信，即使是炒冷饭，我也能炒得比别人好吃。告诉你吧，这一路我都想好了，在设计上，我有许多独特的地方。在人物选择上，我不会重复他们都在塑造的英雄群像，我就突出江姐这个独一无二的人物，再选用与众不同的配角和反面人物，在细节表现上，更加细腻感人；在表现手法上，我要借鉴和运用戏曲元素，比戏剧更吸引人、更带劲。这些个东西呀，统统都在我肚子里呢，人说十月怀胎，我呀，已经怀了9个月了，就差这一锤子，就瓜熟蒂落了！”

李文辉见他早已胸有成竹，不禁莞尔一笑：“得，咱这‘姐’就让位给你那‘姐儿’了，快动笔吧。”

白天，李文辉去上班，他伏案疾书。晚上，和爱妻不唠家常、不说绵绵情话，而是将创作的内容诵之舞之蹈之，情到深处，泪水潸然……

后来人们常说阎肃闭关18天写出新中国歌剧史上的巅峰之作，这当然与他满腹诗书、才华横溢有着密切关系，但更客观地说，实则是因为江姐早已活在他心中，他几乎就是将腹稿誊写到稿纸上。

他心中有熊熊燃烧的火焰和激情，因为他坚信，江姐和战友们用鲜血和生命凝聚的那种对党忠诚的革命意志、对共产主义信仰的精神世界，将是共产党人要永远坚持和保持的一份基本的品质，正是基于这样一份基本的品质，我们的党才能从胜利走向更大的胜利。

20天假期转瞬即逝，阎肃踏上归途。这次伴随他的，除了那本翻卷了边的《红岩》，还有一部新创作的歌剧初稿，这就是日后红遍大江南北的《江姐》。

果然，剧本一出手，空军政治部上上下下立马传开了，说阎肃又创作出一个好本子，准会火。

剧本一级级往上呈送，很快送到了一个人手上。《江姐》能打造成长盛不衰的经典之作，与这个人的倾力扶持和把关是密不可分的。

他曾自豪地说：“我有两支部队，一支是几十万的作战部队，一支是500人的文工团。”他还有一句广为流传的话，“我一手抓文，一手抓武。每年能打下几架敌机，演一台好戏，我的日子就好过一点儿了！”

他就是新中国首任空军司令员刘亚楼上将。

他几乎是一口气读完了《江姐》初稿，剧本又很快传回到文工团，上面多了刘亚楼批示的八个大字：精雕细做，打造精品。

此后相当长一段时间，阎肃便成了司令员家的常客。阎肃晚年回忆说："打这开始刘司令员就抓住不放，都是手把手教，亲自改。插曲《我为共产主义把青春奉献》中有段唱词：'春蚕到死丝方尽，留赠他人御风寒；蜂儿酿就百花蜜，只愿香甜满人间。'刘司令反复斟酌，将首句改为'春蚕到死丝不断'。这一改，含意深厚，体现了共产党人至死不渝的坚定信念和人格力量。"

关于刘亚楼亲自修改《江姐》的细节数不胜数。

据资料记载，刘亚楼有关《江姐》修改意见的批示达52次之多。

1965年，春寒料峭，刘亚楼身染沉疴，病榻之上仍有23次亲笔批示。

3月18日，刘亚楼派人给空政文工团领导打电话说："我没有什么指示了，告诉同志们我身体很好，病情有所好转。"

这是阎肃听到的刘司令员最后一次捎话。

50天后，1965年5月7日，这位心心念念牵挂着空军文艺工作、牵挂着《江姐》的共和国将军驾鹤西去。

尽管开局一片叫好，真正完成的过程却是路漫漫其修远兮。羊鸣、姜春阳、金砂三位作曲家担纲音乐创作。

三位音乐大师使出了浑身解数，不分白天黑夜连轴转，全身心地投入音乐的创作之中。

冬去春来，整整一年，经过日夜奋战，词曲都初具雏形。

北京灯市口。文工团会议室。歌剧《江姐》第一稿剧本审查会。

由阎肃念剧本，羊鸣、姜春阳、金砂三人唱。他们边念边唱，舞之蹈之，摇头晃脑挺入戏的，还带着表情和手势，自我感觉良好。

没想到，在座的几位审查者不说话，光摇头，把不满意写在了脸上。

这几位可都是音乐领域的重量级专家。政委陆友是延安鲁艺音乐系第二期学员，他的系主任是大名鼎鼎的吕骥。团长黄河是歌剧《董存瑞》作曲者之一，副团长牛畅是歌剧《王贵与李香香》作曲者之一，副团长刘敬贤是歌剧《王秀鸾》作曲者之一。

会议结束时，陆友宣布了结论："剧本还要修改，但音乐问题更大，既不像川剧也不像民歌，基本是个'四不像'。我的意见是：推倒重来，全部作废！"

一桶凉水从头浇到脚，阎肃和哥儿几个都像霜打的茄子——蔫了。羊鸣说："你那词儿还只是修改，可咱这曲儿一个音符都不能要。天哪！"姜春阳和金砂也着急上火地接话，说："歌剧是要唱的，如果不唱，光照剧本念，那就叫话剧了。歌剧团岂不成了话剧团……"

怎么办？真正的艺术根植于生活，他们决定深入民间，寻找创作灵感。于是，他们先后到浙江、上海、河北等地，并三次入川，学习了京剧、河北梆子、川剧、越剧、沪剧、婺剧、评剧等剧种，以及四川清音、四川扬琴、金钱板、杭州滩簧等民间说唱音乐。除了搜集音乐素材，还学习民间乐器的使用、乐队的组成，充实创作思路。

关于这段经历，阎肃晚年回忆说："后来到江南采风，剧团走到哪儿我们三个跟到哪儿，人家以为我们是特务，有一次直接给请到县委去审查了，以为我们想干什么诸如给敌特分子找秘密空投地点，或是想炸社会主义水库之类的破坏活动。后来人家一调查，真有这三个作曲家。这一搞又搞了一年。1963年，作曲出来后，大师傅和面都哼哼，院里小孩子跳皮筋也哼哼，大受欢迎。江南的和四川的音调一糅合，文工团领导说好，底下观众说好，政治部领导说好，刘司令就喜欢上了。这好东西谁都说好。”

在创作过程中，阎肃也提出他的见解，认为要把民族风格、民族语言的抑扬顿挫和表现乡土风情的韵律结合起来，加强音乐的多元性和唯美性，经过多次推敲、反复琢磨、不厌其烦地修改，后来被文艺界称为“民族音乐的瑰宝”的《江姐》音乐创作任务终于大功告成。

曲子几经折腾，词也数易其稿。究竟多少稿阎肃自己也记不得了，但他印象最深的是那一次，剧本里叛徒甫志高劝降江姐时有段唱词：

多少年政治圈里较短长，
到头来为谁辛苦为谁忙？
看清这武装革命是空流血，才知道共产主义太渺茫。
常言说英雄豪杰识时务，何苦再出生入死弄刀枪？
倒不如，抛开名利锁，逃出是非乡，醉里乾坤大，笑中岁月长。
莫管他成者王侯败者寇，再休为他人去做嫁衣裳！

刘少奇、刘志坚、刘亚楼都说这段词美则美矣，但副作用太大。阎肃回忆说，刘司令员真跟他急眼了，说：“三个姓刘的提意见，你就是没有改。难道我们三个姓刘的还抵不过你一个姓阎的？今天我要在家里关你的禁闭！你就在我家里改，改出来我才放你走。”把他关在书房里改。他一着急，两个钟头硬给憋出来了，就改成了这模样：

你如今一叶扁舟过大江，怎敌他风波险恶浪涛狂？
你如今身陷牢狱披枷锁，细思量何日才能出铁窗？
常言说活着总比死了好，何苦再宁死不屈逞刚强？
倒不如，激流猛转舵，悬崖紧勒缰，
干戈化玉帛，委屈求安康。
人逢绝路当回首，退后一步道路更宽广！

看完，刘亚楼同志点点头表示认可，只对最后两句添了几个字，改为：“人逢绝路，回首是常事，退后一步，道路会更宽广！”

又有一天，刘亚楼把阎肃叫到家里。刘司令员说，在莫斯科看歌剧《卡门》，主题歌非常好，我看《茶花女》都有主题歌，《江姐》是不是也可以写一个？“短小一点，可以流传。”这是司令员给阎肃的基本要求。

很快，阎肃的第一稿出来了：

行船长江上，哪怕风和浪，
风急浪险也寻常，
心中自有红太阳……

作曲的三人把这首歌谱成了带有川江号子与民谣相结合、歌唱性很强的歌曲，一试唱就给刘司令员直接毙掉了：“这哪是江姐，是江姐的丈夫还可以，要写女同志！”

阎肃听到这批评也跟着乐了，心悦诚服。可不是嘛，人家刘司令员是行家，一语中的。可是怎么写才是为江姐量身定制的呢？

他秉灯熬夜苦思冥想，但终究不得要领。

情急之下，他猛然想起受上海音乐学院之邀写的《红梅组曲》，里面有三首歌，其中一首是《红梅赞》，组曲写完后，还没有交稿。这歌是否能与江姐结缘呢？

傍晚，创作小组几个人边散步边碰撞灵感，阎肃不太确定地说："我这儿有首歌，是一个朋友约写的，叫《红梅赞》，你们听听词儿：'红岩上红梅开，千里冰霜脚下踩，三九严寒何所惧，一片丹心向阳开……'"阎肃还没念完，稿子就被羊鸣、姜春阳、金砂三人抢走了。

四个人连夜讨论，越议越热烈，这首词的内涵也愈加清晰起来：

红梅的生长环境是十分险恶的，用它来象征我们革命的艰难与不易。当时为抗日战争时期与解放战争初期，中共中央南方局和八路军办事处的驻地就设在重庆，也就是在敌人的心脏。红梅生长在最险恶的地方，这就寓意着我们的同志像红梅一样，也是在最危险的地方与敌人展开斗争工作的。红梅开在最危险的地方，但同时也象征着凝聚了党的巨大革命精神的地方。正是因为生长在特殊的环境下才使红梅具有了坚韧不拔、不畏艰险、傲雪凌霜的品质。即使是"三九严寒"和"千里冰霜"的恶劣环境，红梅也不会畏惧。这也暗示出我们党的同志不畏惧环境的艰险，与敌人斗争在第一线，早已把自己的生死置之度外，为了革命的胜利甘愿把生命献出的伟大精神。

随后，阎肃把新作的《红梅赞》歌词拿给刘亚楼审阅。用傲然怒放的红梅来暗喻江姐的英雄形象，用红梅傲然挺立的气质和坚韧不拔的品格来表现一个女共产党员的博大胸怀和视死如归的态度，以及她对新中国成立的坚定信心，真是再恰当不过了。刘司令员一口气读完之后激动不已，当即拍板，说："得了，就是它了！"

词唤曲生，曲伴词行，词曲相谐。歌词这么美，立意这么新，动情的旋律仿佛自己张开了翅膀，羊鸣很自然地想起了在成都听过的四川清音和在杭州听过的丝弦弹唱，婉转动听的旋律、弹拨节奏中迸出的阳刚之气，不就是江姐的灵魂、《江姐》的音乐种子吗？

优美动听、感情深沉、形象鲜明的《红梅赞》奔泻而出，经过试唱、加工、再试唱、再加工，几个回合后，终于定稿。

这首英雄赞歌，出自真情、来自实感、发自心底，有一种实实在在的情感冲动和向往追求，蕴含着一种生命的坚守与情怀，一种精神的虚静与高逸，一种哲思的积淀与升华，其词与曲在艺术与思想上完美统一，富有层次、余韵无穷，仿佛微风中静静流淌于石上的山泉溪涧，清冷透亮而又蜿蜒回环，有不尽之意。

果然，这首歌不仅成为江姐的化身，也为歌剧《江姐》的很多唱段提供了音乐动机。熟悉这部歌剧的人都会发现，很多唱段的起始，都与《红梅赞》有着异曲同工之妙。

此曲在整部歌剧中一共演奏了四次，每一次都很恰当地根据剧情的发展和人物刻画的需要而加以变化，不拘泥于简单和一般的旋律重复，可以称得上是歌剧主题曲创作的典范。《红梅赞》旋律第一次响起是在第一场江姐要奔赴川北时，在朝天门码头与孙明霞一起唱的；第二次是在第二场中由男声伴唱唱出的，江姐正痛苦悲伤地回忆自己的丈夫彭松涛；第三次演奏是在第七场江姐刑场就义前，这时二胡独奏《红梅赞》主题曲；第四次演奏是在剧终，江姐在准备就义时昂首挺立，面带笑容，视死如归，眼里充满了对新中国成立的向往，这时雄壮的合唱又一次将《红梅赞》主题曲引出。

回忆起《红梅赞》音乐的创作过程，羊鸣说："因为这是非常重要的主题歌，我们先后写了八个不同版本，最后一稿出来，还怕不能被传唱，改了 20 多遍仍很担心，不知道这样写到底行不行。但定稿不久，空政文工团原驻地——灯市口同福夹道大院里，演员唱、孩子唱，连食堂的大师傅也边和面边唱‘红岩上红梅开……’我们心里就有了底，这首歌肯定能流行！”

歌剧《江姐》的唱段中，除了《红梅赞》，还有一首《绣红旗》堪称“红梅双姝”。金砂用细腻深沉、刚柔相济的笔调，写出了这首发自肺腑的内心独白般的歌曲。这两首黎明时刻的悲壮歌曲如此动人心魄，将身陷狱中的共产党人对新中国的热爱与渴望之情抒发得淋漓尽致，仿若灵魂的倾诉，倾倒了全国歌迷，感动过数以亿计的听众。

历时两年多，剧本数易其稿，音乐反复加工，直到公演，掀起了一股“红梅热”。这无疑与当时创作上的精益求精分不开。

1964 年 9 月 4 日，华灯初上。空政文工团在中国儿童剧场首场公演七幕歌剧《江姐》。

一切准备就绪。后台的气氛显得特别肃静，所有人的情绪都是兴奋之中带着紧张，走路说话都带着小心。演员们都能听得见自己怦怦的心跳声，一贯风风火火、笑声朗朗的阎肃似乎也受了感染，压低了嗓音，放轻了脚步。大家伙两年的酸甜苦辣就要见分晓了，台前台后都铆足了劲儿，生怕有分毫差池。

第三遍催场铃声响过，剧场鸦雀无声。

大幕徐徐拉开，把观众带回到那个激情燃烧的岁月……

台下座无虚席，观众的心很快随着剧情跌宕起伏。整部戏作词精美，曲调悠扬，演员的表演丝丝入扣，打动人心，剧情高潮不断。台上泪水涟涟，台下哭声一片，全场演员、观众的情绪完全交融在一起。

太成功了！演出结束时，观众全体起立，雷鸣般的掌声持续不停，久久不肯退场，场面之热烈，超乎想象。

公演第二天，观众席上出现了两位“重量级”的观众，外交部副部长刘晓和夫人观看了演出，对《江姐》赞不绝口。刘晓曾与周恩来一道参加过三次上海工人武装起义，彼此非常熟悉。他回去后把这部戏介绍给了周恩来：“空政文工团有一出很不错的歌剧，名叫《江姐》。”

9 月 6 日黄昏，中国儿童剧场门口熙熙攘攘，观众正在入场。

一辆红旗轿车远远地停住了，周恩来和邓颖超事先没有通知，也没带随行人员，如同普通观众一样来到售票窗口排队买票。

门厅工作人员一见周总理，扭头就往里边跑，口中直嚷：“周总理看演出来啦！”

刘敬贤等团领导正在后台忙碌，听说周总理来了，又惊又喜，被弄了个措手不及，忙跑出来迎接。好在他们平时都在前排预留了四个空座位，便迎过去请周总理、邓颖超入座。副团长刘敬贤、干事顾正平一左一右坐两边，陪同观看。

演出中间，刘敬贤早已打好了腹稿，准备向周总理介绍剧情，但他见总理看得聚精会神，手随着音乐旋律，在椅子扶手上轻轻打着拍子，便意识到总理已融入剧情中，什么都不需要说了。

蒋对章这个人物是阎肃特别设计的一个剧中的笑点，每逢他一出场，观众席便响起欢乐的笑声。看到剧中蒋对章把口中烟嘴在袖口擦一擦递给沈养斋时，周总理和邓颖超也忍不住笑个不停。

幕间休息时，在休息室里，大家请周总理做指示，总理微笑着把脸转向邓颖超说：“你就说说吧。”邓颖超高兴地说：“你们演得很好，情节很感人，歌曲也很好听。”

周总理、邓颖超平易近人的作风使大家感到非常亲切，没有一点儿压力。

1964年10月12日夜，演员们结束了一天的演出，回到文工团驻地。刘敬贤正想休息，突然接到报告：“毛主席明天要来看演出，地点定在人民大会堂三楼小礼堂。”

刘敬贤顿时睡意全无，心中说不清是激动还是紧张，这可是天大的喜讯！他马上打电话给王静敏副主任，王静敏要求对演员暂时保密，并特别强调：“要保证安全。”

此时演员们都已上床，一个紧急通知把他们叫了起来。

刘敬贤下达了明晚的演出任务，虽然没有讲谁来看演出，但大家从团领导那神秘的笑脸上，已经隐隐约约猜到了明天的演出有多重要。

那时公演地点已从中国儿童剧场挪到了民族文化宫礼堂，服装、道具、灯具全搁在民族文化宫，离明晚人民大会堂演出还不足20个小时。会一散，汽车轰鸣，大队人马直奔民族文化宫搬东西、装台。

那一夜，所有演职人员都一宿未合眼，一直忙碌到东方破晓。

1964年10月13日晚，人民大会堂三楼小礼堂灯火辉煌。这一晚，对《江姐》剧组来说，意义非凡。毛泽东、刘少奇、周恩来、朱德等一起观看了空政文工团的歌剧《江姐》。

毛泽东看戏时很能入戏，他神情专注，看得十分认真，脸部表情随着剧情的发展而变化。

演出结束后，毛泽东等领导人走上舞台和演员握手合影，次日《人民日报》头版刊登了合影照片。

毛泽东专门召见了空政文工团的领导和有关演员，并做出高度评价，说：“你们的剧情催人泪下，主题歌《红梅赞》唱得人心潮澎湃。我看你们的歌剧打响了，可以走遍全国嘛，到处演出了。”

当他得知编剧是阎肃时，夸奖道：“这个人懂得古语喽！”随后又惋惜江姐的牺牲，说：“那么好一个同志，为什么让她死了呢？是否可以不要江姐死，要把沈养斋抓住。就让双枪老太婆带兵把沈养斋包围。”

毛主席这一动感情可真叫阎肃为难了。无论是烈士原型，还是《红岩》小说，江姐最后都是英勇就义了，这要在歌剧里让她活着，观众能接受吗？怎么改得了啊！

这天晚上，刘亚楼正在南京主持一个会议。他守候在电话机旁，掐着演出结束的时间拨通了长途，急切地说：“找阎肃。”阎肃拿起电话，一五一十地告诉司令员，毛主席笑了，毛主席流泪了……汇报了半天，最后一句话是：“报告司令员，演出相当成功！”

这可把刘亚楼高兴坏了，当即做了一个非常大手笔的决定：第二天派专机把《江姐》剧组的全体人员接到南京，高规格宴请。

晚宴上，南京军区空军领导给刘亚楼敬酒，刘亚楼不喝，叫他们给文工团的同志敬酒。

刘亚楼高兴地说：“知道他们是谁吗？昨天毛主席看了他们演的《江姐》！我代表空军党委——一级党委啊！向大家敬酒，要把戏搞得更好，不要翘尾巴……”

1964 年 11 月的一天，《江姐》仍在热演。

那天晚上，阎肃到文工团大院街对面的一个小剧场，看红旗越剧团排演《红楼梦》。因当时大院门口正在修路，弄得阎肃一腿一脚的石灰，他也没当个事儿。看了一会儿，感到胃里有些不舒服，阎肃就一个人从剧场出来，准备回宿舍歇会儿。

刚走到团门口，突然，一辆吉普车在身边停下，车上人喊道：“阎肃，你在这儿啊？找你半天了，快上车，有紧急任务！”

阎肃一愣，心想，这么晚了还有什么任务，他看着政治部的同志，随口说：“什么任务啊？我可没穿军装。”

阎肃那天身上只裹了件又破又旧的黑棉袄，老棉裤上沾满了石灰，围着条大围脖，几天没刮胡子，尽显“邋遢本色”，阎肃不修边幅也习惯了。来人看了一下，也显出无奈的样子，但还是催道：“快上车吧，来不及了！”阎肃赶紧上了车。

车在拐过几条街后，直接开进了中南海。进入中南海后，经过几道岗哨询问，司机答：“是阎肃。”哨兵立刻放行。

到这时，阎肃才知道，是毛主席看过《江姐》后深为感动。那天，是毛主席想要见见写这部歌剧的年轻人。

车子在一幢小楼前停下，当阎肃随工作人员走进一个小会客厅时，毛主席已经在那里了。

阎肃见到毛主席，激动紧张得一时不知该如何是好，按说应该行军礼，可又没有穿军服，而且觉得自己当时的那身打扮，尤其是满腿的石灰、满脸的胡子也实在是过于狼狈，只好傻傻地站在那儿。

这时，毛主席笑着向阎肃走过来。阎肃有一段生动盎然的回忆：

> 到毛主席跟前，主席很高大、魁梧，一看真是伟人，我鞠了个大躬：“毛主席，我来晚了。”主席和在场的人都笑了，毛主席拉着我的手，他的手很大，五根手指跟小胡萝卜似的，非常有力。他声音很洪亮，但一口湖南话，夸了我半天，我基本上没听明白。这不像他们写书，把我写得太不堪了，说我当时浑身哆嗦，我哪儿

哆嗦了。我不太懂，我明白他在夸我《江姐》写得好，我很难回答：我说好吧，骄傲了；我说不好吧，他都说好了，你还说不好。我只好说："主席，我一定继续努力。"这也是我当时的一种真实心态。主席说："好，我送你四本书。"就是一套《毛泽东选集》，我一直珍藏着呢。

《江姐》剧组抵沪之时正值岁末。为迎接1965年元旦，上海各大剧团也相继推出了至今依然闻名遐迩的剧目，如《智取威虎山》《红灯记》《芦荡火种》（京剧《沙家浜》的前身）等。

璀璨的跑马灯、木质的旋转门、古朴的橱窗、老式的柜台……这些老上海独有的建筑装饰和标志性艺术品，无一不流露着当年的情怀。《江姐》剧组在惊艳其繁华、摩登的同时，心里也多了一份忐忑，在"高大上"十里洋场的大上海，革命江姐会受到欢迎吗？

后来的事实证明，他们的担心是多余的，观众的掌声可以说明一切。

《江姐》如同一席饕餮盛宴，让品位独特的上海人大呼过瘾，争相热议。演出43场，场场爆满，观众高达71800人次。

从1965年1月1日开始，南京军区空军政治部文工团、上海越剧院、出新越剧团、上海市人民沪剧团、上海实验歌剧院先后在沪上演了《江姐》。前后6家剧团在同一城市同演一个剧目，时间约有2个月，形成了中国戏剧界罕见的文化景观。

演出期间，有几天下着小雨，但观众热情不减，买票的队伍绵延长达1000米。

据《上海人民广播电台1965年1月汇编》称，歌剧《江姐》演出达到了震撼人心、轰动全城的艺术效果。

上海电视台打破历史最高纪录，一个月内连续5次播放歌剧《江姐》实况录像。

与此同时，上海电台以转播、教唱、选播、音乐编辑等方式播放《江姐》多达29次、近35小时。虽然盛况空前，但仍远远不能满足观众的需求，数百封来自民众的点播信，代表成千上万的观众和听众，要求回放歌剧《江姐》。

上海人民美术出版社拍摄并出版了《江姐》的摄影图片集。中国唱片社灌制了《红梅赞》《绣红旗》等精彩唱段。《文汇报》用整整一版的篇幅刊登了《江姐》的歌词选辑，该报在“编后记”中对剧本评论道：“好的剧本，离不开好的语言。《江姐》的语言写得非常好，特别是它的歌词，句句抓人，字字珠玑。看起来，引人入胜；读起来，朗朗上口；唱起来，铿锵入耳。把这些歌词当成独立的篇章来看，可颂可读，是文学性很强的诗词创作……这些歌词又是通俗易懂的。它运用了旧诗词，但谁也不觉得晦涩难懂，明白如话，而意味无穷……”

鲜为人知的是，这不是组织下达的创作任务，而是阎肃对国家前途、党的命运深深思索后的主动作为。

此后，武汉等地的剧团闻讯从外地专程赶来上海，纷纷登门取经，并迅速调集精兵强将，购置服装、道具，开始学习或移植歌剧《江姐》。据《文汇报》的统计数字，在上海向空政文工团取经的剧团，先后有32家。

剧组受邀南下，移师广州。1965年1月17日起，在广州最好的戏院——南方戏院，先后为广州市驻军及中南局，省、市党政机关演出4场，观众有4000多人。1月21日开始正式公演，再次轰动全城。

1 月 23 日，国家京剧院一团在广州市东乐戏院公演京剧《红灯记》，广州人民广播电台对《江姐》和《红灯记》均进行了转播，广州戏剧界更是将两部剧放在一起，召开座谈会，讨论如何向《江姐》剧组学习，搞好戏剧改革。

1 月 29 日，著名粤剧名伶红线女在《羊城晚报》上发表长篇文章《为什么我们没有〈江姐〉这样的戏——歌剧〈江姐〉观后自省》。她写道："《江姐》我一连看了两遍，还嫌不够……《江姐》是个好戏，是个使我深深激动的好戏。但是，它使我激动的，显然还不仅是它本身的成就，而是因为这些成就促使我想起了我自己，想起了我们粤剧院、粤剧界。希望粤剧界的同志们把《江姐》的编演当作一面明镜，照照我们自己，改变现状，急起直追！"

一时间，《江姐》的影响力和知名度超过了《红灯记》《沙家浜》等京剧"样板戏"而独占鳌头。

那时还没有发达的网络等传播手段，但所有纸媒对《江姐》的报道铺天盖地，好评如潮：《人民日报》1964 年 9 月 12 日第 5 版发表叶林的《把革命英雄形象搬上新歌剧的舞台——看空政文工团演出歌剧〈江姐〉》，《光明日报》1964 年 9 月 15 日第 4 版发表韦明的《一片丹心向阳开——赞歌剧〈江姐〉》，《光明日报》1964 年 9 月 21 日第 2 版发表宁干的《革命英雄的颂歌——看空政文工团演出歌剧〈江姐〉》，等等。

1965 年 2 月底，歌剧《江姐》还到了香港，公演 6 天，同样引起轰动，场场爆满，连加演的夜场票都销售一空。

各种研讨会上，许多同行、专家伸出大拇指，同样的题材，还是阎肃写得好。

《江姐》描写的狱中生活不是低沉压抑、残忍血腥的，反而充满了与敌人斗智斗勇的欢乐，昂扬的情绪，鲜亮的色调。这种带有革命英雄主义和革命浪漫主义色彩的描写显示了信仰的力量、意志的力量、智慧的力量，迥然不同于一般格调压抑的刑狱文学作品。整个剧的编排，以江姐为主线，成功塑造了一个临危不惧、视死如归、大义凛然的英雄形象。《江姐》成为历演不衰的民族歌剧精品，被誉为中国歌剧的三座里程碑之一。

有人说，阎肃充满传奇的一生是不可复制的。他却说："我这一生是在用一种歌唱和赞美的方式来爱党爱国爱军队。"他用生前歌、生后名，无声地标注了文艺工作者应有的追求和理想，这是一种激励，更是一种引领。他的一片丹心、一腔热血、一身正气，让他成为深受全国人民爱戴的一代艺术大师。

（节选自谌虹颖《放歌天地间——艺坛将星阎肃》，黄山书社 2017 年）

县委书记的榜样焦裕禄

◎ 穆青　冯健　周原

1962年冬天，正是豫东兰考县遭受内涝、风沙、盐碱三害最严重的时刻。这一年，春天风沙打毁了20万亩麦子，秋天淹坏了30多万亩庄稼，盐碱地上有10万亩禾苗碱死，全县的粮食产量下降到了历史的最低水平。

就是在这样的关口，党派焦裕禄来到了兰考。

展现在焦裕禄面前的兰考大地，是一幅多么严重的灾荒的景象啊！横贯全境的两条黄河故道，是一眼看不到边的黄沙；片片内涝的洼窝里，结着青色的冰凌；白茫茫的盐碱地上，枯草在寒风中抖动。

困难，重重的困难，像一副沉重的担子，压在这位新到任的县委书记的双肩。但是，焦裕禄是带着《毛泽东选集》来的，是怀着改变兰考灾区面貌的坚定决心来的。在这个贫农出身的共产党员看来，这里有36万勤劳的人民，有烈士们流血牺牲解放出来的90多万亩土地。只要加强党的领导，一时就有天大的艰难，也一定能杀出条路来。

第二天，当大家知道焦裕禄是新来的县委书记时，他已经下乡去了。

他到灾情最重的公社和大队去了。他到贫下中农的草屋里，到饲养棚里，到田边地头，去了解情况，视察灾情去了。他从这个大队到那个大队，一路走，一路和同行的干部谈论。见到沙丘，他说："栽上树，岂不是成了一片好绿林！"见到涝洼窝，他说："这里可以栽苇、种蒲、养鱼。"见到碱地，他说："治住它，把一片白变成一片青！”转了一圈回到县委，他向大家说：“兰考是个大有作为的地方，问题是要干，要革命。兰考是灾区，穷，困难多，但灾区有个好处，它能锻炼人的革命意志，培养人的革命品格，革命者要在困难面前逞英雄。”

焦裕禄的话，说得大家心里热乎乎的。大家议论说，新来的县委书记看问题高人一着棋，他能从困难中看到希望，能从不利条件中看到有利因素。

“关键在于县委领导核心的思想改变”

连年受灾的兰考，整个县上的工作，几乎被发统销粮、贷款、救济棉衣和烧煤所淹没了。有人说县委机关实际上变成了一个供给部。那时候，很多群众等待救济，一部分干部被灾害压住了头，对改变兰考面貌缺少信心，少数人甚至不愿意留在灾区工作。他们害怕困难，更害怕犯错误……

焦裕禄想：“群众在灾难中两眼望着县委，县委挺不起腰杆，群众就不能充分发动起来。‘干部不领，水牛掉井’，要想改变兰考的面貌，必须首先改变县委的精神状态。”

夜，已经很深了，焦裕禄躺在床上翻来覆去睡不着。他披上棉衣，找县委一位副书记谈心去了。

在这么晚的时候，副书记听见叩门声，吃了一惊。他迎进焦裕禄，连声问：“老焦，出了啥事？”

焦裕禄说："我想找你谈谈。你在兰考十多年了，情况比我熟，你说，改变兰考面貌的主要问题在哪里？"

副书记沉思了一下，回答说："在于人的思想的改变。"

"对。"焦裕禄说："但是，应该在思想前面加两个字：领导。眼前关键在于县委领导核心的思想改变。没有抗灾的干部，就没有抗灾的群众。"

两个人谈得很久，很深，一直说到后半夜。他们的共同结论是，除"三害"首先要除思想上的病害，特别是要对县委的干部进行抗灾的思想教育。不首先从思想上把人们武装起来，要想进行除"三害"的斗争，将是不可能的。

严冬，一个风雪交加的夜晚，焦裕禄召集在家的县委委员开会。人们到齐后，他并没有宣布议事日程。只说了一句："走，跟我出去一趟。"就领着大家到火车站去了。

当时，兰考车站上，北风怒号，大雪纷飞。车站的屋檐下，挂着尺把长的冰柱。许多逃荒的灾民扶老携幼拥挤在候车室里。他们正等待着国家运送灾民前往丰收地区的专车从这里开过。

焦裕禄指着他们，沉重地说："同志们，你们看，他们绝大多数人，都是我们的阶级兄弟。是灾荒逼迫他们背井离乡的，不能责怪他们，我们有责任。党把这个县里 36 万群众交给我们，如果我们不能领导他们战胜灾荒，应该感到羞耻和痛心……"

他没有再讲下去，所有的县委委员都沉默着低下了头。这时有人才理解，为什么焦裕禄深更半夜领着大家来看风雪严寒中的车站。

从车站回到县委，已经是半夜时分了，会议这时候才正式开始。

焦裕禄听了大家的发言，最后说："我们经常口口声声说要为人民服务，我希望大家能牢记着今晚的情景，这样我们就会带着阶级感情，去领导群众改变兰考的面貌。”

紧接着，焦裕禄组织大家学习《为人民服务》《纪念白求恩》《愚公移山》等文章，鼓舞大家的革命干劲，鼓励大家像张思德、白求恩那样工作。

这之后，焦裕禄又专门召开了一次常委会，回忆兰考的革命斗争史。在残酷的武装斗争年代，兰考县的干部和人民，同敌人英勇搏斗，前仆后继。有个地区，在一个月内曾经有 9 个区长为革命牺牲，烈士马福重被敌人破腹后，肠子被拉出来挂在树上……焦裕禄说：“兰考这块地方，是同志们用鲜血换来的。先烈们并没有因为兰考人穷灾大，就把它让给敌人，难道我们就不能在这里战胜灾害？”

一连串的阶级教育和思想斗争，使县委领导核心在严重的自然灾害面前站起来了。他们打掉了在自然灾害面前束手无策、无所作为的懦夫思想，从上到下坚定地树立了自力更生消灭“三害”的决心。不久，在焦裕禄倡议和领导下，一个改造兰考大自然的蓝图制订出来了。这个蓝图规定在三五年内，要取得治沙、治水、治碱的基本胜利，改变兰考的面貌。这个蓝图经过县委讨论通过后，报告了中共开封地委，焦裕禄在报告上，又着重加了几句：

“我们对兰考的一草一木都有深厚的感情。面对着当前严重的自然灾害，我们有革命的胆略，坚决领导全县人民，苦战三五年，改变兰考的面貌。不达目的，我们死不瞑目。”

这几句话，深切地反映了当时县委的决心，也是兰考全党在上级党组织面前，一次庄严的宣誓。

“吃别人嚼过的馍没味道”

焦裕禄深深地了解，理想和规划并不等于现实，这涝、沙、碱三害，自古以来害了兰考人民多少年啊！今天，要制伏“三害”，要把它们从兰考土地上像送瘟神一样驱走，必须进行大量艰苦细致的工作，付出高昂的代价。

他想，按照毛主席的教导，不管做什么工作，必须首先了解情况，进行调查研究。“没有调查就没有发言权”。要想战胜灾害，单靠一时的热情，单靠主观愿望，事情断然是办不好的。即使硬干，也要犯“闭塞眼睛捉麻雀”的错误。要想战胜灾害，必须详尽地掌握灾害的底细，了解灾害的来龙去脉，然后作出正确的判断和部署。

他下决心要把兰考县 1800 平方公里土地上的自然情况摸透，亲自去掂一掂兰考的“三害”究竟有多大分量。

根据这一想法，县委先后抽调了 120 个干部、老农和技术员，组成一支三结合的“三害”调查队，在全县展开了大规模的追洪水，查风口，探流沙的调查研究工作。焦裕禄和县委其他领导，都参加了这次调查。那时候，焦裕禄正患着慢性的肝病，许多同志担心他在大风大雨中奔波，会加剧病情的发展，劝他不要参加，但他毫不犹豫地拒绝了同志们的劝告，他说：“吃别人嚼过的馍没味道。”他不愿意坐在办公室里依靠别人的汇报来进行工作，说完就背着干粮，拿着雨伞，和大家一起出发了。

每当风沙最大的时候，也就是他带头下去查风口、探流沙的时候，雨最大的时候，也就是他带头下去冒雨涉水，观看洪水流势和变化的时候，他认为这是掌握风沙、水害规律最有利的时机。为了弄清一个大风口，一条主干河道的来龙去脉，他经常不辞劳苦地跟着调查队，追寻风沙和洪水的去向，从黄河故道开始，越过县界、省界，一直追到沙落尘埃，水入河道，方肯罢休。在这场艰苦的调查中，焦裕禄简直变成一个满身泥水的农村“脱坯人”了。他和调查队的同志们经常在齐腰深的水里吃干粮，蹲在泥泞里歇息……

有一次，焦裕禄从埛阳公社回县城路上，遇到了白帐子猛雨。大雨下了七天七夜，全县变成了一片汪洋。焦裕禄想：“洪水呀，等还等不到哩，你自己送上门来了。”他回到县里后，连停也没停，就带着办公室的三个同志察看洪水去了。眼前只有水，哪里有路？他们靠着各人手里的一根棍，探着，走着。这时，焦裕禄突然感到一阵阵肝痛，不时弯下身子用左手按着肝区。三个青年恳求他：“你回去休息吧，把任务交给我们，我们保证按照你的要求完成任务。”焦裕禄没有同意，继续一路走，一路工作着。

他站在洪水激流中，同志们为他张着伞，他画了一张又一张水的流向图。等他们赶到金营大队，支部书记李广志一看见焦裕禄就吃惊地问：“一片汪洋大水，您是咋来的？”焦裕禄抡着手里的棍子说：“就坐这条船来的。”李广志让他休息一下，他却拿出自己画的图来，一边指点着，一边滔滔不绝地告诉李广志，根据这里的地形和水的流势，应该从哪里到哪里开一条河，再从哪里到哪里挖一条支沟……这样，就可以把这几个大队的积水，统统排出去了。李广志听了非常感动，他没有想到，焦裕禄同志的领导工作竟这样的深入细致！到吃饭的时候了，他要给焦裕禄派饭，焦裕禄说：“雨天，群众缺烧的，不吃啦！”说着，就又向风雨中走去。

送走了风沙滚滚的春天，又送走了暴雨连连的夏季，调查队在风里、雨里、沙窝里、激流里度过了一个又一个月，方圆跋涉了五千余里，终于使县委抓到了兰考“三害”的第一手资料。全县有大小风口 84 个，经调查队一个个查清，编了号、绘了图；全县有大小沙丘 1600 个，也一个个经过丈量，编了号，绘了图；全县的千河万流，淤塞的河渠，阻水的路基、涵闸……也调查得清清楚楚，绘成了详细的排涝泄洪图。

这种大规模的调查研究，使县委基本上掌握了水、沙、碱发生、发展的规律。几个月的辛苦奔波，换来了一整套又具体又详细的资料，把全县抗灾斗争的战斗部署，放在一个更科学更扎实的基础之上。大家都觉得方向明，信心足，无形中增添了不少的力量。

“榜样的力量是无穷的”

夜已经很深了，阵阵的肝痛和在县委工作沉重的担子，使焦裕禄久久不能入睡。他的心在想着兰考县的 36 万人和 2574 个生产队。抗灾斗争的发展是不平衡的，基层干部和群众的思想觉悟也有高有低，怎样才能充分调动起群众的革命积极性？怎样才能更快地在全县范围内开展起轰轰烈烈的抗灾斗争……

焦裕禄在苦苦思索着。

在多年的工作中，焦裕禄白天到群众中调查访问，回来读毛主席著作，晚上“过电影”。他所说的“过电影”，主要是指联系实际来思考问题。他说：“无论学习或工作，不会‘过电影’那是不行的。”现在，全县抗灾斗争的情景，正像一幕幕的电影活动在他的脑海里，此时此刻，他觉得深入群众，深入实际，调查研究的方法是多么重要！他决定发动县委领导同志再到贫下中农中间去，集中群众的智慧寻求解决困难的办法。他自己更是经常住在老贫农的草庵子里，蹲在牛棚里，跟群众一起吃饭，一起劳动。他带着高昂的革命激情和对群众的无限信任，在广大贫下中农间询问着、倾听着、观察着。他听到许多贫下中农的要求和呼声，看到许多队自力更生、奋发图强的革命精神。他在群众中学到了不少治沙、治水、治碱的办法，总结了不少可贵的经验。群众的智慧，使他受到极大的鼓舞，也更加坚定了他战胜灾害的信心。

韩村是一个只有27户人家的生产队。1962年秋天遭受了毁灭性的涝灾，每人只分了12两红高粱穗。在这样严重的困难面前，生产队的贫下中农提出，不向国家伸手，不要救济粮、救济款，自己割草卖草养活自己。他们说：摇钱树，人人有，全靠自己一双手。不能支援国家，心里就够难受了，决不能再拉国家的后腿。就在这年冬天，他们割了27万斤草，养活了全体社员，养活了8头牲口，还修理了农具，买了7辆架子车。

秦寨大队的贫下中农社员，在盐碱地上刮掉一层皮，从下面深翻出好土，盖在上面。他们大干深翻地的时候，正是最困难的1963年夏季，他们说：“不能干一天就干半天，不能翻一锨就翻半锨，用蚕吃桑叶的办法，一口口啃，也要把这碱地啃翻个个儿。”

赵垛楼的贫下中农在七季基本绝收以后，冒着倾盆大雨，挖河渠，挖排水沟，同暴雨内涝搏斗。1963年秋天，这里一连九天暴雨，他们却夺得了好收成，卖了 8 万斤余粮。

双杨树的贫下中农在农作物基本绝收的情况下，雷打不散，社员们兑鸡蛋卖猪，买牲口买种子，坚持走集体经济自力更生的道路，社员们说："穷，咱穷到一块儿；富，咱也富到一块儿。"

韩村、秦寨、赵垛楼、双杨树，广大贫下中农自力更生的革命精神，使焦裕禄十分激动。他认为这就是在毛泽东思想哺育下的贫下中农革命精神的好榜样。他在县委会议上，多次讲述了这些先进典型的重大意义，他说："榜样的力量是无穷的，我们应该把群众中这些可贵的东西，集中起来，再坚持下去，号召全县社队向他们学习。"

1963 年 9 月，县委在兰考冷冻厂召开了全县大小队干部的会议，这是扭转兰考局势的大会，是兰考人民自力更生、奋发图强的一次誓师大会。会上，焦裕禄为韩村、秦寨、赵垛楼、双杨树的贫下中农鸣锣开道，请他们的代表到主席台上，拉他们到万人之前，大张旗鼓地表扬他们的革命精神。他把群众中这些革命的东西，集中起来，总结为四句话："韩村的精神，秦寨的决心，赵垛楼的干劲，双杨树的道路。"他说：这就是兰考的新道路！是毛泽东思想指引的道路！他大声疾呼，号召全县人民学习这四个样板，发扬他们的革命精神，在全县范围内锁住风沙，制伏洪水，向"三害"展开英勇的斗争！

这次大会在兰考抗灾斗争的道路上，是一个伟大的转折。它激发了群众的革命豪情，鼓舞了群众的斗志，有力地推动了全县抗灾斗争的发展。它使韩村等四个榜样的名字传遍了兰考；它让毛泽东思想的伟大红旗，在兰考 36 万群众的心目中，高高地升起！

从此，兰考人民的生活中多了两个东西，这就是县委和县人委发出的“奋发图强的嘉奖令”和“革命硬骨头队”的命名书。

“当群众最困难的时候，共产党员要出现在群众面前”

就在兰考人民对涝、沙、碱三害全面出击的时候，一场比过去更加严重的灾害又向兰考袭来。1963 年秋季，兰考县一连下了 13 天雨，雨量达 250 毫米。大片大片的庄稼汪在洼窝里，渍死了。全县有 11 万亩秋粮绝收，22 万亩受灾。

焦裕禄和县委的同志们全力投入了紧急的生产救灾。

那是个冬天的黄昏。北风越刮越紧，雪越下越大。焦裕禄听见风雪声，倚在门边望着风雪发呆。过了会儿，他又走回来，对办公室的同志们严肃地问：“在这大风大雪里，贫下中农住得咋样？牲口咋样？”接着他要求县委办公室立即通知各公社做好几件雪天工作。他说：“我说，你们记住：第一，所有农村干部必须深入到户，访贫问苦，安置无屋居住的人，发现断炊户，立即解决。第二，所有从事农村工作的同志，必须深入牛屋检查，照顾老弱病畜，保证不许冻坏一头牲口。第三，安排好室内副业生产。第四，对于参加运输的人畜，凡是被风雪隔在途中的，在哪个大队的范围，由哪个大队热情招待，保证吃得饱，住得暖。第五，教育全党，在大雪封门的时候，到群众中去，和他们同甘共苦。最后一条，把检查执行的情况迅速报告县委。”办公室的同志记下他的话，立即用电话向各公社发出了通知。

这天，外面的大风雪刮了一夜。焦裕禄的屋子里，电灯也亮了一夜。

第二天，窗户纸刚刚透亮，他就挨门把全院的同志们叫起来开会。焦裕禄说："同志们，你们看，这场雪越下越大，这会给群众带来很多困难，在这大雪拥门的时候，我们不能坐在办公室里烤火，应该到群众中间去。共产党员应该在群众最困难的时候，出现在群众的面前，在群众最需要帮助的时候，去关心群众，帮助群众。"

简短的几句话，像刀刻的一样刻在每一个同志的心上。有人眼睛湿润了，有人有多少话想说也说不出来了。他们的心飞向冰天雪地的茅屋去了。大家立即带着救济粮款，分头出发了。

风雪铺天盖地而来。北风响着尖利的哨音，积雪有半尺厚。焦裕禄迎着大风雪，什么也没有披，火车头帽子的耳巴在风雪中忽闪着。那时候，他的肝痛常常发作，有时疼得厉害，他就用一支钢笔硬顶着肝部。现在他全然没想到这些，带着几个年轻小伙子，踏着积雪，一边走，一边高唱《南泥湾》。

这一天，焦裕禄没烤群众一把火，没喝群众一口水，风雪中，他在9个村子，访问了几十户生活困难的老贫农，在许楼，他走进一个低矮的柴门。这里住的是一双无儿无女的老人。老大爷有病躺在床上，老大娘是个盲人。焦裕禄一进屋，就坐在老人的床头问寒问饥。老大爷问他是谁？他说："我是您的儿子。"老人问他大雪天来干啥？他说："毛主席叫我来看望您老人家。"老大娘感动得不知说什么才好，用颤抖的双手上上下下摸着焦裕禄。老大爷眼里噙着泪说："解放前，大雪封门，地主来逼租，撵得我串人家的房檐，住人家的牛屋。"焦裕禄安慰老人说："如今印把子抓在咱手里，兰考受灾受穷的面貌一定能够改过来。”

就是在这次雪天送粮当中，焦裕禄也看到和听到了许多贫下中农极其感人的故事。谁能够想到，在毁灭性的涝灾面前，竟有那么一些生产队，两次三番退回国家送给他们的救济粮、救济款。他们说：把救济粮、救济款送给比我们更困难的兄弟队吧，我们自己能想办法养活自己！

焦裕禄心里多么激动啊！他看到毛泽东思想像甘露一样滋润了兰考人民的心，党号召的自力更生、奋发图强的精神，在困难面前逞英雄的硬骨头精神，已经变成千千万万群众敢于同天抗、同灾斗的物质力量了。

有了这种精神，在兰考人民面前还有什么天大的灾害不能战胜！

“县委书记要善于当‘班长’”

焦裕禄常说，县委书记要善于当“班长”，要把县委这个“班”带好，必须使这“一班人”思想齐、动作齐。而要统一思想、统一行动，就必须靠毛泽东思想。

他是这样想的，也是这样做的。

有一位从丰收地区调来的领导干部，提出了一个装潢县委和县委领导干部办公室的计划。连桌子、椅子、茶具，都要换一套新的。为了好看，还要把城里一个污水坑填平，上面盖一排房子。县委多数同志激烈地反对这个计划。也有人问:“钱从哪里来？能不能花？”这位领导干部管财政，他说:“花钱我负责。”

但是，焦裕禄提了一个问题:

“坐在破椅子上不能革命吗？”他接着说明了自己的意见:“灾区面貌没有改变，还大量吃着国家的统销粮，群众生活很困难。富丽堂皇的事，不但不能做，就是连想也很危险。”

后来，焦裕禄找这位领导干部谈了几次话，帮助他认识错误。焦裕禄对他说：兰考是灾区，比不得丰收区。即使是丰收区，你提的那种计划，也是不应该做的。焦裕禄劝这位领导干部到贫下中农家里去住一住，到贫下中农中间去看一看。去看看他们想的是什么，做的是什么。焦裕禄作为县委的班长，他从来不把自己的意见，强加于人。他对同志们要求非常严格，但他要求得入情入理，叫你自己从内心里生出改正错误的力量。不久以后，这位领导干部认识了错误，自己收回了那个“建设计划”。

有一位公社副书记在工作中犯了错误。当时，县委开会，多数委员主张处分这位同志。但焦裕禄经过再三考虑，提出暂时不要给他处分。焦裕禄说，这位同志是我们的阶级弟兄，他犯了错误，给他处分固然是必要的；但是，处分是为了达到治病救人的目的。当前改变兰考面貌，是一个艰巨的斗争，不如派他到最艰苦的地方去，考验他，锻炼他，给他以改正错误的机会，让他为党的事业出力，这样不更好吗?

县委同意了焦裕禄的建议，决定派这个同志到灾害严重的赵垛楼去蹲点。这位同志临走时，焦裕禄把他请来，严格地提出批评，亲切地提出希望，最后焦裕禄说:“你想想，当一个不坚强的战士，当一个忘了群众利益的共产党员，多危险，多可耻啊！先烈们为解放兰考这块地方，能付出鲜血、生命；难道我们就不能建设好这个地方？难道我们能在自然灾害面前当怕死鬼？当逃兵？”焦裕禄的话，一字字、一句句都紧紧扣住这位同志的心。这话的分量比一个最重的处分决定还要沉重，但这话也使这位同志充满了战斗的激情。阶级的情谊，革命的情谊，党的温暖，在这位犯错误的同志的心中激荡着，他满眼流着泪，说：“焦裕禄同志，你放心……”

这位同志到赵垛楼以后，立刻同群众一道投入到治沙治水的斗争中。他发现群众的生活困难。提出要卖掉自己的自行车，帮助群众，县委制止了他，并且指出，当前最迫切的问题，是从思想上武装赵垛楼的社员群众，领导他们起来，自力更生进行顽强的抗灾斗争，一辆自行车是不能解决什么问题的。以后，焦裕禄也到赵垛楼去了。他关怀赵垛楼的两千来个社员群众，他也关怀这位犯错误的阶级弟兄。

就在这年冬天，赵垛楼为害农田多年的24个沙丘，被社员群众用沙底下的黄胶泥封盖住了。社员们还挖通了河渠，治住了内涝。这个一连七季吃统销粮的大队，一季翻身，卖余粮了。

也就在赵垛楼大队“翻身”的这年冬天，那位犯错误的同志，思想上也翻了个个儿。他在抗灾斗争中，身先士卒，表现得很英勇。他没有辜负党和焦裕禄对他的期望。

焦裕禄，出生在山东淄博一个贫农家里，他的父亲在解放前就被国民党反动派逼迫上吊自杀了。他从小逃过荒，给地主放过牛，扛过活，还被日本鬼子抓到东北挖过煤。他参加了革命队伍，在部队、农村和工厂里做过基层工作。自从参加革命一直到当县委书记后，他始终保持着劳动人民的本色。他常常开襟解怀，卷着裤管，朴朴实实地在群众中间工作、劳动。贫农身上有多少泥，他身上有多少泥。他穿的袜子，补了又补，他爱人要给他买双新的，他说："跟贫下中农比一比，咱穿得就不错了。"夏天他连凉席也不买，只花 4 毛钱买一条蒲席铺。

有一次，他发现孩子很晚才回家去。一问，原来是看戏去了。他问孩子："哪里来的票？"孩子说："收票叔叔向我要票，我说没有。叔叔问我是谁？我说焦书记是我爸爸。叔叔没有收票就叫我进去了。"焦裕禄听了非常生气，当即把一家人叫来"训"了一顿，命令孩子立即把票钱如数送给戏院。接着，他又建议县委起草了一个通知，不准任何干部特殊化，不准任何干部和他们的子弟"看白戏。"

…………

"焦裕禄是我们县委的好班长，好榜样。"

"在焦裕禄领导下工作，方向明，信心大，敢于大作大为，心情舒畅，就是累死也心甘。"

焦裕禄的战友这样说，反对过他的人这样说，犯过错误的人也这样说。

他心里装着全体人民，唯独没有他自己

县委一位副书记在乡下患感冒，焦裕禄几次打电话，要他回来休息；组织部一位同志有慢性病，焦裕禄不给他分配工作，要他安心疗养；财委一位同志患病，焦裕禄多次催他到医院检查……焦裕

禄心里，装着全体党员和全体人民，唯独没有他自己。

1964 年春天，正当党领导着兰考人民同涝、沙、碱斗争胜利前进的时候，焦裕禄的肝病也越来越重了。很多人都发现。无论开会、作报告，他经常把右脚踩在椅子上，用右膝顶住肝部。他棉袄上的第二和第三个扣子是不扣的，左手经常揣在怀里。人们留心观察，原来他越来越多地用左手按着时时作痛的肝部，或者用一根硬东西顶在右边的靠椅上。日子久了，他办公坐的藤椅上，右边被顶出了一个大窟窿。他对自己的病，是从来不在意的。同志们问起来，他才说他对肝痛采取了一种压迫止痛法。县委的同志劝他疗养，他笑着说："病是个欺软怕硬的东西，你压住他，他就不欺侮你了。"焦裕禄暗中忍受了多大痛苦，连他的亲人也不清楚。他真是全心全意投到改变兰考面貌的斗争中去了。

焦裕禄到地委开会，地委负责同志劝他住院治疗，他说："春天要安排一年的工作，离不开！"没有住。地委给他请来一位有名的中医诊断病情，开了药方，因为药费很贵，他不肯买。他说："灾区群众生活很困难，花这么多钱买药，我能吃得下吗？"县委的同志背着他去买来三剂，强行让他服了，但他执意不再服第四剂。

那天，县委办公室的干部张思义和他一同骑自行车到三义寨公社去。走到半路，焦裕禄的肝痛发作，疼得蹬不动车，两个人只好推着自行车慢慢走。刚到公社，大家看他气色不好，就猜出是他又发病了。公社的同志说："休息一下吧。"他说："谈你们的情况吧，我不是来休息的。"

公社的同志一边汇报情况，一边看着焦裕禄强按着肝区在做笔记。显然，他的肝痛得使手指发抖，钢笔几次从手指间掉了下来。汇报的同志看到这情形，忍住泪，连话都说不出来了，而他，看来还是神情自若的样子，说：

“说，往下说吧。”

1964年的3月，兰考人民的除“三害”斗争达到高潮，焦裕禄的肝病也到了严重关头。躺在病床上，他的心潮汹涌澎湃，奔向那正在被改造着的大地。他满腔激情地坐在桌前。想动手写一篇文章，题目是：《兰考人民多奇志，敢教日月换新天》。他铺开稿纸，拟好了四个小题目：一、设想不等于现实；二、一个落后地区的改变，首先是领导思想的改变；领导思想不改变，外地的经验学不进，本地的经验总结不起来；三、榜样的力量是无穷的；四、精神原子弹——物质变精神，精神变物质。

充满了乐观主义的焦裕禄，从兰考人民在抗灾斗争中表现出来的英雄气慨，从兰考人民一步一个脚印的实干精神中，已经预见到新兰考美好的未来。但是，文章只开了个头，病魔就逼他放下了手中的笔，县委决定送他到医院治病去了。

临行那一天，由于肝痛得厉害，他是弯着腰走向车站的。他是多么舍不得离开兰考呵！一年多来，全县149个大队，他已经跑遍了120多个。他把整个身心，都交给了兰考的群众，兰考的斗争。正像一位指挥员在战斗最紧张的时刻，离开炮火纷飞的前沿阵地一样，他从心底感到痛苦、内疚和不安。他不时深情地回顾着兰考城内的一切，他多么希望能很快地治好肝病，带着旺盛的精力回来和群众一块战斗啊！他几次向送行的同志们说，不久他就会回来的。在火车开动前的几分钟，他还郑重地布置了最后一项工作，要县委的同志好好准备材料，等他回来时，向他详细汇报抗灾斗争的战果。

“活着我没有治好沙丘，死了也要看着你们把沙丘治好！”

开封医院把焦裕禄转到郑州医院，郑州医院又把他转到北京的医院，在这位钢铁般的无产阶级战士面前，医生们为他和肝痛斗争的顽强性格感到惊异。他们带着崇敬的心情站在病床前诊察，最后很多人含着眼泪离开。

那是个多么令人悲恸的日子啊！医生们开出了最后的诊断书，上面写道:“肝癌后期，皮下扩散。”这是不治之症。送他去治病的赵文选同志，不相信这个诊断，像傻了似的，一连声问道:“什么，什么？”医生怀着沉重的心情，低声说:“焦裕禄同志最多还有 20 天时间。”

赵文选呆了一下，突然放声痛哭起来。他央求着说：

“医生，我求求你，我恳求你，请你把他治好，俺兰考是个灾区，俺全县人离不开他，离不开他呀！”

在场的人都含着泪。医生说:“焦裕禄同志的工作情况，在他进院时，党组织已经告诉我们。癌症现在还是一个难题，不过，请你转告兰考县的群众，我们医务工作者，一定用焦裕禄同志同困难和灾害斗争的那种革命精神，来尽快攻占这个高地。”

焦裕禄又被转到郑州河南医学院附属医院。

焦裕禄病危的消息传到兰考后，县上不少同志去郑州看望他。

县上有人来看他，他总是不谈自己的病。先问县里的工作情况，他问张庄的沙丘封住了没有？问赵垛楼的庄稼淹了没有？问秦寨盐碱地上的麦子长得怎样？问老韩陵地里的泡桐树栽了多少？

…………

有一次，他特地嘱咐一个县委办公室的干部说：

“你回去对县委的同志说，叫他们把我没写完的文章写完；还有，把秦寨盐碱地上的麦穗拿一把来，让我看看！”

五月初，焦裕禄的病情进一步恶化了。在这种情况下，县委的一位副书记匆匆赶到郑州探望他。当焦裕禄用干瘦的手握着他的手，两只失神的眼睛深情地望着他时，这位副书记的泪珠禁不住一颗颗滚了下来。

焦裕禄问道：“听说豫东下了大雨，雨多大？淹了没有？”

“没有。”

“这样大的雨，咋会不淹？你不要不告诉我。”

“是没有淹！排涝工程起作用了。”副书记一面回答，一面强忍着悲痛给他讲了一些兰考人民抗灾斗争胜利的情况，安慰他安心养病，说兰考面貌的改变也许会比原来的估计更快一些。

这时候，副书记看到焦裕禄在全力克制自己剧烈的肝痛，一粒粒黄豆大的冷汗珠时时从他额头上浸出来。他勉强擦了擦汗，半晌，问道：

“我的病咋样？为什么医生不肯告诉我呢？”

副书记迟迟没有回答。

焦裕禄一连追问了几次，副书记最后不得不告诉他说：“这是组织上的决定。”

听了这句话，焦裕禄点了点头，镇定地说道：“啊，我明白了……”

隔了一会儿，焦裕禄从怀里掏出一张自己的照片，颤颤地交给这位副书记，然后说道：“现在有句话我不能不说了。回去对同志们说，我不行了，你们要领导兰考人民坚决地斗争下去。党相信我们，派我们去领导，我们是有信心的。我们是灾区，我死了，不要多花钱。我死后只有一个要求，要求组织上把我运回兰考，埋在沙堆上，活着我没有治好沙丘，死了也要看着你们把沙丘治好！”

副书记再也无法忍住自己的悲痛，他望着焦裕禄，鼻子一酸，几乎哭出声来。他带着泪匆匆地告别了自己的战友……

谁也没有料到，这就是焦裕禄同兰考县人民，同兰考县党组织的最后一别。

1964 年 5 月 14 日，焦裕禄同志不幸逝世了。那一年，他才 42 岁。

在他生命的最后时刻，中共河南省委和开封地委有两位负责同志守在他的床前。他对这两位上级党组织的代表断断续续地说出了最后一句话：“我……没有……完成……党交给我的……任务。”

他死后，人们在他病床的枕下发现两本书：一本是《毛泽东选集》，一本是《论共产党员的修养》。

他没有死，他还活着

事隔一年以后，1965 年春天，兰考县几十个贫农代表和干部，专程来到焦裕禄的坟前。贫农们一看见焦裕禄的坟墓，就仿佛看见了他们的县委书记，看见了他们永远也不会忘记的那个人。

一年前，他还在兰考，同贫下中农一起，日夜奔波在抗灾斗争的前线。人们怎么会忘记，在那大雪封门的日子，他带着党的温暖走进了贫农的柴门；在那洪水暴发的日子，他拄着棍子带病到各个村庄察看水情。是他高举着毛泽东思想的红灯，照亮了兰考人民自力更生的道路；是他带领兰考人民扭转了兰考的局势，激发了人们的革命精神；是他喊出了“锁住风沙，制伏洪水”的号召；是他发现了贫下中农中革命的“硬骨头”精神，使之在全县发扬光大。

这一切，多么熟悉，多么亲切啊！谁能够想到，像他这样一个充满着革命活力的人，竟会在兰考人民最需要他的时候，离开了兰考的大地。

人们一个个含着泪站在他的坟前，一位老贫农泣不成声地说出了 36 万兰考人的心声：

“我们的好书记，你是活活地为俺兰考人民，硬把你给累死的呀。困难的时候你为俺贫农操心，跟着俺们受罪，现在，俺们好过了，全兰考翻身了，你却一个人在这里……”

这是兰考人民对自己的亲人、阶级战友的痛悼，也是兰考人民对一个为他们的利益献出生命的共产党员的最高嘉奖。

焦裕禄去世后的这一年，兰考县的全体党员，全体人民，用汗水灌溉了兰考大地。三年前焦裕禄倡导制订的改造兰考大自然的蓝图，经过三年艰苦努力，已经变成了现实。兰考，这个豫东历史上缺粮的县份，1965 年粮食初步自给了。全县 2574 个生产队，除三百来个队是棉花、油料产区外，其余的都陆续自给。许多队有了自己的储备粮。1965 年，兰考县连续旱了 68 天，从 1964 年冬天到 1965 年春天，刮了 72 次大风，却没有发生风沙打死庄稼的灾害。19 万亩沙区的千百条林带开始把风沙锁住了。这一年秋天，连续下了 384 毫米暴雨，全县也没有一个大队受灾。

焦裕禄生前没有写完的那篇文章，正由 36 万兰考人民在兰考大地上奋力集体完成。在这篇文章里，兰考人民笑那起伏的沙丘“贴了膏药，扎了针”，笑那滔滔洪水乖乖地归了河道，笑那人老几辈连茅草都不长的老碱窝开始出现了碧绿的庄稼。笑那多少世纪以来一直压在人们头上的大自然的暴君，在伟大的毛泽东时代，不能再任意摆布人们的命运了。

焦裕禄虽然去世了，但他在兰考土地上播下的自力更生的革命种子，正在发芽成长。他一心为革命，一心为群众的高贵品德，已成为全县干部和群众学习的榜样，这一切宝贵的精神财富，今天已化为强大的物质力量，推动着兰考人民在自力更生、奋发图强的大道上继续前进。

焦裕禄同志，你没有辜负党的希望，你出色地完成了党交给你的任务，兰考人民将永远忘不了你。你不愧为毛泽东思想哺育成长起来的好党员，不愧为党的好干部，不愧为人民的好儿子！你是千千万万在严重自然灾害面前，巍然屹立的共产党员英雄形象的代表。你没有死，你将永远活在千万人的心里！

领跑者

◎ 洪放　朱斌峰　许冬林

2016年4月，包拯故里古庐州，大蜀山下滨湖城，玉兰花开迎来了春天，也迎来了习近平总书记。

习近平总书记亲临安徽视察，在合肥，他走进中国科学技术大学，与中科大的师生亲切交流；他走进中国科学技术大学先进技术研究院，检阅了一项项安徽高新技术企业科技创新成果。他在评价安徽时说，在他的印象中，安徽是农业大省、制造业低端，但现在看到安徽拥有如此多的先进技术，他感到很惊讶。他充分肯定安徽“三日不见当刮目相看”，为安徽自主创新成果“点赞”，殷切勉励安徽要敢于做一些领跑的事情，从现有层次的梯队中往上走，加强改革创新，努力闯出新路。他对合肥更是寄予厚望，称赞：“合肥这个地方是‘养人’的，培养出了这么多优秀人才，是创新的天地。”

1978年3月，全国科学技术大会召开，春雷阵阵，邓小平同志那句“科学技术是生产力”的论断如同科技现代化的宣言。2016年春天，习近平总书记来到玉兰花开的合肥，激荡起安徽科技创新的春潮——“科学的春天”已成为鼓舞时代前行的响亮号角。而2018年3月在北京召开的两会上，李克强总理作政府工作报告时说，我国科技创新由跟跑为主转向更多领域并跑、领跑，成为全球瞩目的创新、创业热土。这是一个又一个春天的故事。

一百多年前，梁启超在《少年中国说》里写道：“少年强则国强，少年进步则国进步”。科技创新是大国崛起的基石。中国的快速发展，中华民族的伟大复兴，必须要走一条通过知识创新、技术创新来推动经济社会发展的道路，要建设和发展一批创新型城市，引领地区和国家层面的创新进步。

在这样一个全球科技竞赛的大棋局之中，安徽合肥有幸成为国家创新驱动发展战略的一个试点、一处前沿阵地、一道高地风景，甚至成为领跑者。

合肥，居皖之中，地处贯穿中国东西的两条大河长江与淮河之间，怀抱一颗翡翠明珠——全国五大淡水湖之一的巢湖，是我国中部地区环境优美、气候宜人、科教资源丰富的一座大城市。1997年，合肥被列入全国首批三个国家技术创新试点城市之一，试点建设至今已有二十一年历史。2004年，合肥成为首个国家科技创新型试点市。2010年，合肥被科技部列入首批20个国家创新型城市试点城市（区），被国家发改委列入16个国家创新型城市试点，是两部委共同支持的8个国家创新型城市之一。2017年1月，国家发改委和科技部批复合肥综合性国家科学中心建设方案……这一串串坚实的足迹折射出一座城市万马奔腾的时代步伐。

作为科技创新的"国家队"老队员，合肥有这份实力和底气。

在2015年英国《自然》指数排名中，合肥科研成果产出位居全国前五名。李克强总理在《2016年政府工作报告》"十二五"成就中提到三个原创性成果——量子通信、高温铁基超导、中微子振荡，其中量子通信、高温铁基超导，都属于合肥。截止到2017年底，合肥全市专利申请和授权分别达56797件和18798件，同比增长25%和11.7%。合肥在创新投入上也不断增强。2017年，合肥全市财政科技支出30.07亿元，占地方财政支出3.11%。同时，合肥的创新平台体系也颇为完善。合肥综合性国家科学中心获批建设，中科大先进技术研究院等高端研发平台建设成效明显，现已建成67家国家级研究机构，建成各类众创空间47家、科技企业孵化器37家、高新技术企业1600多家，增加值突破1400亿元科技对规模以上工业增长的贡献率达到54.3%。合肥是安徽科技创新的先行者，而今安徽正以合肥为龙头，在不断加大开放融合的局面，围绕“一带一路”、长江经济带等国家战略，以国际化创新平台为载体，加强与国内外高端研发机构、大学和创新领先企业合作，加速高端创新资源集聚融合，深度融入全球创新体系，推进源头创新品牌化、优势产业国际化、新兴产业规模化、传统产业高端化、生产制造智能化、创业创新常态化、区域发展协调化，提升合肥国家创新型城市区域科技、经济、社会创新发展的国际化水平。到2020年，将基本建成合肥综合性国家科学中心，成为国家原始创新发源地和源头创新高地。到2030年，将建成具有国际一流水平、面向国内外的综合性国家科学中心，为我国科技创新长远发展和创新型国家建设提供有力支撑。这是一代代安徽人的梦想之路，更是这一代安徽人的新长征路。

创新，是安徽的旗帜；科学，是安徽的气质。

上篇：重器

科　学　岛

煦暖的阳光朗照，地上映着一片片静静的树影。梧桐树刚刚爆芽，青松苍翠挺拔，空气里飘浮着淡淡的玉兰花香。中国科学院合肥物质科学研究院门前的草坪上，紫色的玉兰花正含苞欲放。而不远处池塘边的一棵白玉兰，花开正盛，树下的草坪上落英缤纷，好像一群白鸟翩翩飞来，此刻正落在草间低语。这是科学岛春天的风光。

"科学岛"是中国科学院合肥物质科学研究院（简称"合肥研究院"）的别称，坐落在董铺岛上。合肥西郊风景清幽美丽的大蜀山脚下，有个董铺水库，水库北边有一座三面环水、偏东南方向伸出的半岛，就是董铺岛。现在，合肥人干脆称呼整个董铺岛为"科学岛"了。

科学岛上，一条创新大道自西北向东南贯穿而过，中科院合肥研究院下属的研究机构安徽光学精密机械研究所、等离子体物理研究所、固体物理研究所、合肥智能机械研究所、强磁场科学技术中心等十几家科研机构，如同珍珠一样镶嵌在创新大道两侧。这一家家研究机构，楼层不高，外观朴素，它们或掩映在葱郁的林荫下，或挺立在平坦的草坪上，每一栋楼都像是默然端坐正在沉思的智者。

科学岛是安静的，但这安静里蕴含着沸腾的生长，崛起着科技的重器。这些大国重器标志着这里的科研步伐在与世界并跑，甚至，许多科研与成果已经成为全球的领跑者。

"人造小太阳"：领跑全球核聚变

这是一片平坦的草坪，草坪边立着几株海棠，在春风里正开得娇艳动人。不远处，中国科学院等离子体物理研究所——著名的全超导托卡马克核聚变装置就坐落在那里，那是科学岛上升起的一轮"人造小太阳"。

这是一座矗立在分外高大亮敞的大厅中间的近似锅炉的大科学装置，它就是令中国人骄傲和兴奋的全超导托卡马克 EAST，是中国自主设计、研制并为世界所瞩目的磁约束可控核聚变实验装置，主机高 11 米，直径 8 米。主机的顶端挂着一面鲜艳的五星红旗，昭示着这里是全世界研究可控核聚变的一块高地。

为什么说它是“人造小太阳”呢？太阳的能量全部来自核聚变，人类在了解了太阳这种核聚变反应之后，发明了氢弹，但氢弹爆炸是瞬间释放能量，容易造成灾难。现在，科学家们做的是控制能量释放，要让核聚变的能量一点一点地放出，为人类所用。科学岛上的“人造小太阳”又被称为“东方超环”，这座高达 11 米的大装置，只是全超导托卡马克 EAST 的主机部分，只是这个科学大装置的冰山一角，所在的大厅也只是一个核心反应区，整个研究所的地上地下、楼上楼下，都是它的附属部件所在区域。这座大装置是中国科学家们独立自主建起的全世界第一个全超导核聚变实验装置，在此之前，全世界没有一个国家做出超导核聚变实验装置，只有三个国家做出的超导也只能算是半超导，没有一个国家实验过用全超导让这个装置运行。科学岛上全超导托卡马克 EAST，在低约束下达到了运行 400 多秒的时间后。去年，又实现了在高约束下运行 101 秒的新成绩，在全超导的情况下，装置运行时间被科学家们从几秒拉到了几百秒，创造了新的世界纪录，标志着我国磁约束聚变研究在稳态运行的物理和工程方面将继续引领国际前沿。

中国科学院等离子体物理研究所的科学家们像夸父逐日一样，日夜奋战在实现梦想的科研之路上。

国家领导人对全超导托卡马克 EAST 科研团队的研究充满期待，前后三任总书记、总理还有 14 位常委都曾先后到过等离子体所。2013 年 10 月，俄罗斯总理梅德韦杰夫来安徽访问，首站便是到科学岛参观全超导核聚变实验装置。因为，全超导托卡马克 EAST 不仅是安徽的名片、中国的名片，也已经是全世界研究核聚变的一张名片。

站在“人造小太阳”前，举目凝望高高悬挂在全超导核聚变实验装置主机上方的五星红旗，不由让人心生万千崇敬。是的，这是一面红旗，在合肥的科学岛，在我们的科研战线上，五星红旗的骄傲是那些默默无闻埋头钻研的科学家们书写的。

稳态强磁场：跃居世界五强

夏天，正是科学岛上的植物生长得最为蓬勃茂盛的时节。梧桐树浓荫蔽日，阳光透过叶子缝隙，在静静走过的行人肩上洒下一片清凉的绿意。远处，河边的芦苇丛丛簇簇，在晚风里轻轻摇曳。

一座安静的岛屿！即使白天走过，也不见喧哗，不闻尘嚣。可往往是，越安静的地方越是在酝酿着大动静，越是会爆出大壮举。2017 年 9 月 27 日，科学岛上又爆出一则新闻：中国建成稳态强磁场装置又一“大国重器”诞生了。中国成为继美国、法国、荷兰、日本之后第五个拥有稳态强磁场装置的国家，跃居世界五强。

站在大装置前，犹如凝视一座浮在科学海洋里的岛屿。粗看那些磁体装置，一个个外观相似，都像一个个大锅炉，可是这些装置却各有使命和身份。而围绕着锅炉的是各种粗细长短不等的管道，还有技术装备系统、科学实验测试系统等，它们相互关联，组成一个整体。

作为合肥综合性国家科学中心的重要基础设施，稳态强磁场实验装置采取了“边建设边运行”的创新模式，从 2010 年底试运行到 2016 年，为国内外众多研究机构提供了实验条件，科研成果有 800 多篇发表在《科学》《自然》等杂志上。

与此同时，依托稳态强磁场大装置，科学家们将磁力显微镜、扫描隧道显微镜、原子力显微镜集成在一起，建成组合显微镜，同时对一个点进行观测。合肥研究院的院长匡光力曾经自豪地说：“我们做出来的组合显微测量系统，都是原创成果，属于世界上的孤品。有了磁场条件和测量系统，我们看到的任何东西都是新的，别人难以企及。”

科学岛的春天，在如画的风景中，一家家科研机构所于柳荫间，一个个国之重器立于岛屿上，鼎立出科技中国的雄姿。水波不言自环绕，桃李成行在报春，科学岛正和同步辐射一起，和中国科学技术大学先进技术研究院一起，通过多学科交叉研究，催生变革性技术，培育战略性新兴产业，以“源头创新”的姿态，引领着整个科技在信息、能源、健康、环境等领域向更新更远的创新高地冲锋。

中　科　大

一方绿树成荫、樱花成景的校园里，缀着紫藤的老北门守护着往事；梧桐大道深处的少年班学院，流传着神童的传说；以第19298号小行星命名的中国科大星，是2007年国家天文台为中科大五十华诞献上的特殊礼物，正托举起熠熠闪光的科学精神……这就是中国科技大学——安徽科技创新的又一个大器天成、科学厚植的重镇。

城校缘：一座以科大知名的城市

世界顶级科学期刊《自然》(Nature)所属的自然出版集团制定了一个“自然指数”，通过统计在68家学术界公认的一流科学杂志发表的论文数量，衡量各个国家或研究机构的基础研究产出。

2014 年，自然出版集团做了一个中国特辑，介绍中国基础研究产出最高的 11 个城市，以及位于这些城市的研究机构和它们的研究成果。其中，大部分城市导言说的是这个城市怎样，只有合肥的导言与众不同："合肥在许多年里都保持着低调。然而，随着中国科学技术大学在理科研究中持续不断地开辟新天地，这座城市正在进入全球视野。"在国外学术界人士眼里，合肥这座城市的基本印象就是"USTC（中科大）所在的城市"。可见，对于合肥而言，不是城市提升了大学的知名度，而是大学提升了城市的知名度。

中科大跟安徽是怎样结缘的呢？ 1958 年，为了培养"两弹一星"项目急需的人才，中国科学技术大学在北京成立，它的创办被誉为"中国教育史和科学史上的一项重大事件"，此后不到两岁便被列为全国重点大学，成就斐然。1970 年，许多在京机构疏散，中科大经过颠沛流离，在时任安徽省委书记李德生的支持下落户安徽合肥。后来，中科大多次想迁回北京，毕竟它要依托中科院办学，但在安徽极力挽留下终究没有走。

改革开放后，"科学的春天"来临，中科大声名鹊起，少年班、CUSPEA（中美联合培养物理类研究生计划）等成为亮点，在天文学和物理学、数学等方面有了一些具有国际显示度的成果。21 世纪，中科大的原创研究出现了爆炸性增长：单分子化学、铁基超导、纳米材料、量子信息……这些成果频频出现在顶级科学期刊上。但是，当时中国经济的主要驱动力是劳动密集型产业，中科大对安徽的帮助主要在软实力层面，对经济的直接拉动效应不大。然而近年来，这种格局发生了本质性的改变。以 2016 年 5 月召开的科技创新大会为标志，中国迈入可持续发展之路。在这样的时代背景下，安徽忽然发现本地的高校和科研院所成了无价之宝，于是以科大为依托，致力于将合肥建设成全世界科学特色最强的大城市。

合肥因中科大的到来而成为科教之城，科技创新是它血液里的基因，世界第一台 VCD、世界第一台仿生搓洗式全自动洗衣机、世界第一台变容式冰箱、中国第一台微型计算机、中国第一台窗式空调、中国第一台激光大气污染监测雷达等诞生于此。十年春华秋实，合肥产值亿元以上的工业企业从 102 户猛增至 1189 户，形成汽车、家电、装备等 4 个千亿元级产业规模，以上工业年产值从 1488 亿元跨越至万亿元级别，“工业战舰”已经成为合肥经济崛起的一支重要生力军。据《每日经济新闻》报道，2017 年全国 26 个省会城市，合肥规模工业增速 9.4%，位列第八，固定资产投资总量 6351.4 亿元，排名第六，持续快速增长的工业跑出了合肥“加速度”。合肥工业最具竞争力的地方还在于工业缝合科技创新，在相关领域具有全球话语权：2017 年，康宁合肥工厂成功点炉，标志着全球最大尺寸的 10.5 代玻璃基板项目，正式投入生产；彩虹（合肥）光伏玻璃二期项目窑炉成功点火，标志着全球第一条日熔化能力八百吨每天的全氧燃烧光伏玻璃生产线建成并投入使用；全球首条——京东方合肥 10.5 代 TFT-LCD（薄膜晶体管液晶显示器件）项目正式实现产品下线与客户交付，意味着合肥携手京东方站上了全球显示产业的制高点……合肥工业成果已经做到走出中国，全球瞩目。2013 年，英国《自然》杂志权威发布，合肥科研实力跃居全国第三，仅次于北京和上海。两年后，合肥再登《自然》杂志榜单，成为中国十大科研产出城市第五名。合肥拥有全国第二个综合性国家科学中心，被业内称作“科研皇冠上的明珠”；拥有国家级经济技术开发区（合肥经开区）、国家级高新技术产业开发区（合肥高新区），享受着国家在政策、资金等多方面的支持，成就斐然；而清华、北大、北航等名校纷纷入驻合肥设立研究院，推出了一大批科技创新平台……而今，“创新高地，滨湖名城”合肥被国家委以重任，成为“中国制造2025”试点示范城市，正式跻身制造业“国家队”——合肥科技创新之路，与中科大不无关系。

当然，中科大只是一面旗帜，在安徽仅合肥就拥有高等院校60所，在长三角省会城市中数量最多，比南京多7所，比杭州多21所。2017年，教育部、财政部、国家发改委印发《关于公布世界一流大学和一流学科建设高校及建设学科名单的通知》，公布了一流大学建设高校42所、一流学科建设高校95所名单，中科大、国防科技大、安大、合工大4校18学科入选，奏响了冲刺国际前列、打造顶尖学府的冲锋号。中国科技大学、中国科学院在皖机构等科教资源，为安徽的科技创新发展提供了雄厚的智力支撑。

合肥与中国科技大学的城校情缘，是安徽科技创“芯”的缩影。安徽与高校亲密牵手，血脉相连，互相成就，演绎出动人的情缘，也以科学的名义重新定义着八皖之地的气质。

科学芯：一座以“X”为造型的建筑

2017年4月24日，中国智能机器人佳佳作为新华社特约记者，越洋采访了美国著名科技观察家凯文·凯利。

“佳佳，你能唱首歌或放段音乐吗？”大洋那边的凯利通过网络视频提问。

“你可以自己找啊。”身着中国传统服装的佳佳用流利的英文给了个俏皮回答。

“你有没有会唱的歌？”凯利坚持。

“嗯，除非你告诉我歌的名字。”

佳佳是中国科技大学研发的中国首台特有体验交互机器人，她的外形面貌源于在中科大女生中征集的模特形象，皮肤使用了高级仿生材料，初步具备了人机对话理解、面部微表情、口型、躯体动作搭配、大范围动态环境自主定位导航和云服务等功能。这是全球首次由高仿真智能机器人以记者的身份与人的交互对话，被视为具有标志性意义，预示着将来人工智能的应用范围会逐步扩大。

在安徽合肥高新区一座“X”形建筑内，潜伏着众多像佳佳这样的顶尖技术的创新成果。这座建筑是中国科技大学先进技术研究院综合主楼，名为“未来中心”，寓意探索未来世界。它的“X”形立面，寓意“四方共建，八方合作”，是指由安徽省、中国科学院、合肥市和中国科学技术大学按照“省院合作、市校共建”的原则建设而成的区域产业技术创新研究院。它于2012年7月28日破土动工，同年10月24日中科大先研院隆重揭牌，随后幢幢科研大楼迅速崛起，一批“国家级、战略性”科技创新平台建设加快推进，开启了安徽协同创新之路。2017年，中科大先研院纳入合肥综合性国家科学中心建设范畴，立足于打造“政产学研用”五位一体的协同创新平台，发挥区域协同创新的“芯片效应”，成为高校、科研院所科技成果转移转化和区域经济产业转型升级的战略合作平台，成为一个孵化梦想、凝聚智慧的摇篮。

这是高端人才荟萃之地：这座“科学芯”始终将民族自主创新作为建设的首要任务，以平台为载体、以项目为引导，组建创新团队40多支，有效推进了平台、项目、人才一体化建设。原法国汤姆逊公司资深科学家陈志波博士，对科技创新和技术转化有着丰富经验，他加入中科大先研院后，以Intel联合实验室为载体，以视频多媒体项目为引导，快速组建起一支高水平的创新团队。现已申请国家发明专利九项，指导培养工程硕士数十名，实现了基于云端资源的自动图像修补技术、“场景视频”订阅演示系统、远程体感教育系统等多项创新产品原型展示，为后续的创新成果转化奠定了坚实的基础……这座“X”形建筑正在加快建成具有国际影响的高层次人才聚集中心。

这是科技创新策源之地：这座“科学芯”以公共性、开放性和实用性为目标，联合相关科研机构和企业，通过技术合作、技术转移以及成果转化等方式，先后与中科大省部级以上重点实验室建立蛋白质与多肽药物、量子计算与精密测量等应用工程技术中心五个，通过与英特尔、贝克曼、中电集团等知名企业合作建设联合实验室47家。它率先在世界领域开展量子远程大规模保密通信应用工程，研发的“新型农业光伏系统”项目在第43届日内瓦国际发明展上获得金奖，涌现出农林废弃物生物转化、石墨烯复合材料等一批领先国内外行业的应用技术，被认定为安徽省服务机器人产业技术创新战略联盟试点和“安徽省功能膜产业技术创新联盟”，并着眼于区域新兴战略产业发展需求，推进电子技术、未来信息、新材料与先进制造、生物医药四个产业共性技术创新平台建设……这座“X”形建筑正在加快建成具有国际影响的高科技产业孵化基地。

作为创新安徽的浓墨重彩之作，中科大先研院在安徽举起协同创新的大旗，带动了众多科研人员创新创业激情，掀起了国内外高校来肥建设新型研发机构的热潮，为助力安徽招大引强、招才引智和服务科技创新、促进区域产业和经济发展砥柱中流。

五年风雨路，桃李渐成行。据不完全统计，中科大先研院这汇聚创新因子的“智慧森林”，以知识产权、品牌和服务置换、赠送以及现金投资等方式，加大高新技术企业持股孵化和专业服务力度，累计孵化出科技创新企业204家，其中国家级高新技术企业21家，孵化企业申请各类专利400多项，累计开发新产品240项，销售收入4.45亿元，带动企业研发投入1.32亿元，拉动产业投资3.12亿元，呈现出百舸争流的气象。

这就是除上海之外的中国唯一一个先进技术研究院，年轻的中科大先研院副院长陈林开玩笑说：“美国有硅谷，而安徽有先研院（IAT）。”

中篇：群雕

哈佛八剑客

2018年2月7日，一场名为“科学岛之春”的社区春晚在科学岛拉开帷幕。“哈佛八剑客”中的代表们身披红围巾，站在台上齐唱《我的中国心》，一度把晚会的气氛推向高潮。“长江，长城，黄山，黄河，在我心中重千斤……”铿锵的歌词伴着雄壮的音乐，台上台下，无不感怀激动。“流在心里的血，澎湃着中华的声音，就算身在他乡也改变不了，我的中国心。”深情的歌声从大厅里飘出来，飘荡在科学岛的树林和实验室上空，飘荡到远方，飘荡到世界各地华人学子的心田里……

基础研究和应用基础研究，归根结底是顶尖人才的竞争。十九大报告提出：“要瞄准世界科技前沿，强化基础研究，实现前瞻性基础研究、引领性原创成果重大突破。加强应用基础研究，拓展实施国家重大科技项目……培养造就一大批具有国际水平的战略科技人才、科技领军人才、青年科技人才和高水平创新团队。”

这样一个呼唤人才、重用人才的大好时代，在科学岛，一场以“哈佛八剑客”为代表的海外人才回国创业奋斗搞科研的滚滚春潮正在涌动。他们“不想当祖国发展的看客”，怀着爱国情怀，抓住机遇，先后回国上岛，成长为合肥强磁场科学中心的骨干力量。

王俊峰：哈佛归来

2009 年夏天，美国大西洋之畔一座古老的城市波士顿，在夜风轻拂之下已经沉入静谧梦乡，可是，哈佛大学医学院博士后王俊峰的妻子却突然接到丈夫打来的电话，让这个原本静悄悄的波士顿之夜瞬间荡起了涟漪。此时，王俊峰身在合肥，科学岛上的空气里正飘着淡淡的草木清香。王俊峰在电话里激动地跟妻子描述一座安静美丽的岛屿，希望把他们的家也搬到岛上。电话那头，妻子安静地听着，没有发表任何意见，但这不代表她没有犹豫。在美国，他们已经有工作，有绿卡，两个孩子都出生在美国，几乎不认识中文了。

其实，王俊峰一直就想给自己找一个可以一展身手的科研平台。1995 年从北大毕业后便去了美国，在美国学习了数年，于 2004 年进入哈佛大学医学院生化与分子药理学系从事博士后工作。

在美期间，一个偶然机会，王俊峰得知 2008 年，中国要在安徽合肥的科学岛建设稳态强磁场实验装置，建成后，中国将成为世界第五个拥有稳态强磁场装置的国家。

王俊峰内心已有触动，他曾经在美国的强磁场实验室里工作过，太清楚强磁场对现代科学研究的意义。强磁场可以使物质特性发生变化，它与极低温、超高压一样，是现代科学实验需要的极端条件之一。

这也许是一个机会！这就是一个机会！

2009 年 6 月，科学岛像是一处世外桃源，在历经十几个小时的长途飞行之后，39 岁的王俊峰第一次踏上科学岛，见到了中科院合肥物质科学研究院党委书记匡光力——一个他们眼里没有官腔、惜才、实干的“不像领导的领导”。

王俊峰找匡光力时，匡光力也在找像王俊峰这样的科研人才。当年，匡光力作为项目负责人，在向国家争取建设稳态强磁场实验装置项目时，他坚信这个装置很有可能在硬件上进入世界一流水平，并助推中国的科研进入世界前沿科研领域。但是，要实现这个梦想，他需要高精尖人才，需要既懂强磁场又懂生命科学的科学家来领导这一方向的研究。

匡光力满怀热情地接待王俊峰，他陪着王俊峰参观整个科学岛。在办公室，匡光力给王俊峰泡了一杯好茶，然后两个人相对坐下，开怀畅谈，关于科研、理想、科学报国。当时强磁场科学中心才起步不久，正处于第一个五年建设阶段，许多项目还是一张白纸状态。他们谈了两天，这两天里，窗外的植物在初夏的阳光下拔节生长，王俊峰心里的理想似乎也在向着阳光节节攀升。此后，他在电话里依旧激动地跟妻子描述他在科学岛的见闻与感受：“一个崭新的国家大科学装置平台将在这里拔地而起，在这个平台上，只要你敢想，就有无数可能……”

王俊峰的妻子最后同意了丈夫的意见，他们准备搬家，回国。

回国的飞机刚到上海，中科院合肥物质科学研究院早已经安排了两名工作人员开车到机场等他们，汽车行驶 6 个小时后到达合肥，王俊峰一家住进了强磁场科学中心为他们早已租好的房子里。时值午夜，跨越万里归来的游子，终于在祖国的土地上进入甜美的梦乡。第二天一早，匡光力就迫不及待地来问候王俊峰一家，他们双手相握，笑语喧哗。窗外，旭日照耀窗棂，城市醒来，江淮大地在他们的笑声和朝阳里生动蓬勃地开始新的一天。

做科研、拿方案，刚上岛，王俊峰的任务就不轻。除此之外，他还身兼伯乐之责，替强磁场科学中心招揽人才——面向世界，特别是面向美国，引进高精尖缺的人才。

如今，回忆起与匡光力的那次夏日初见，王俊峰依旧内心充满感慨激动。在他心里，非常重视人才的匡光力，“磁场”才是最强的。

而紧随王俊峰其后归来的刘青松说：“中国对人才的重视已经达到无以复加的程度。”

八剑客：学子回国

“哈佛八剑客”里第二个回来的是刘青松和他的爱人刘静。

早在王俊峰离开波士顿的饯别宴上，就有不少朋友半开玩笑地跟他说：“你先回去探探路，如果行我们也去看看。”

刘青松和王俊峰是老朋友。就像当年中国要建稳态强磁场实验装置的消息在王俊峰的心里砸下一朵浪花一样，他回国创业的消息也在刘青松的心里砸下了一朵巨大的浪花。

在这之前，已经有一批批中国地方官员到哈佛大学等一些高校宣讲中国的发展和人才政策，以吸引人才回国创业。许多留学生也意识到此时的祖国正值科研创业的黄金时代，其中就包括担任哈佛大学中国学生学者联合会主席的刘青松。2010 年，刘青松带着哈佛医学院一支十人的中国留学生代表团回国考察，当飞机在北京落地、他走出舱门的那一刻，分外感到一种“终于回到自家地盘”的舒心和坦然。他带着这支留学生代表团从北往南一路考察，期间，北京、上海的许多科研单位都向他们伸出了热情的双手，开出了相当优厚的回国条件。

到上海后，刘青松决定顺便去合肥科学岛看望王俊峰。匡光力和王俊峰接待了他，当知道刘青松也有归国发展的意向时，他们极力邀请刘青松来科学岛。但是，那时的科学岛对刘青松并无多大吸引力，他是做抗肿瘤药物研发的，而科学岛上生命科学研究才起步，医药方面更是空白。在刘青松眼里，那时的强磁场科学中心还没有完全建成，要钱没钱，要人没人，要设备没设备，如果在这里创业，估计是困难重重。

《孙子兵法》里有言：攻心为上，攻城为下。为了留下刘青松，匡光力开始了一场充满理想激情与爱国深情的“攻心战”。他说，国家正大力支持科研发展，钱和设备将来都会有的。科学岛上有化学、材料、物理等很多交叉学科，正是你药学研究需要的，这些条件哈佛医学院未必有，何况还有强磁场装置。50 岁刚出头的匡光力坐在刘青松面前，面带微笑，娓娓而谈，像一位温厚的长兄。匡光力是安徽六安人，皮肤微黑，戴着眼镜，有一种皖西大别山区人的朴实、憨厚与真诚。匡光力说：“青松，你今年 32 岁，我 32 岁的时候从德国学成归国来到科学岛，也是抱着创业的决心，如今为科学岛打开了新的天地。”匡光力的这句话打动了刘青松，刘青松终于做下决定。谈话结束，他步出门外，掏出手机，给妻子刘静打了一个电话，告诉妻子自己的决定。刘静支持他，她相信他的选择是对的，这之后，她自己的科研事业也在科学岛重新开始。

现代科学研究，靠一人闯天下单打独斗已经不行，而要靠一支充满默契的有力的团队发起集团冲锋，方能拿下高地。落户科学岛后，刘青松向院领导申请了一个特殊的权力——团队人才的招聘自主权。他说：一个人干不成这个事情。它是一个高度多学科交叉的事业，所以我需要一帮人来一块儿做才能行。匡光力回应他说：你到哈佛去找人，你觉得符合研究的实际需要，能够正好上下成为一个很重要的相关研究链条，你就把他请过来。

2012 年，刘青松回到哈佛，去找人，组建自己的团队。

对于回国发展，王文超和张欣夫妇起先并没有这样的计划，但在刘青松的召唤下，随后不久他们结束了哈佛医学院的课题，带着两个孩子回国，来到了科学岛，决定在这里干一番事业。

刘青松还邀请到了从事核酸结构生物学研究的张钠和从事转基因动物模型研究的林文楚。

不久，“哈佛八剑客”最后一位科学家——任涛也结束了他的哈佛课题，奔赴科学岛而来。由此，王俊峰、刘青松与刘静夫妇、王文超与张欣夫妇、张钠、林文楚、任涛，八位来自哈佛医学院的博士后，在强磁场科学中心的生命科学部成为同事，书写了一段“哈佛八剑客”回归祖国搞科研的时代传奇。这样，从生物大分子，到细胞、动物、药物，一条研究的链条全部打通了。

归巢地：凤凰于飞

合肥科学岛上人才济济，汇聚着科学报国的热流，彰显出凤凰于飞的气象。

科学岛上现已有 300 多位从海外归来的科研人员，其中刘青松的团队就有 20 多位，他们从世界各地来到这里，把科学岛作为自己的理想之“归处”。王俊峰曾经在和一个归国青年交流时说：“祖国就是一个强磁场，对这个国家没信心的人，是不会选择主动回国的。”

这些海外归来的科学家，刚来岛上时，条件还是很艰苦的。那时，科研大楼还没有完全建好，为了不耽误工作，他们的实验室安在了树林边的一栋平房里。这个房子被他们艺术地称为“森林小屋”，但住进去就一点儿不艺术了。40 多年前的房子，可想其破旧，外墙斑驳，窗栏锈蚀，室内潮闷。夏天，屋里能见到体型庞大、长相骇人的爬行类昆虫，甚至有工作人员被蜈蚣咬过。

不仅科研条件简陋，在生活上他们也遇到了各种各样的困难。在“哈佛八剑客”中，有三位“60 后”、五位“70 后”在合肥定居，买房，孩子上学，都成了迫切要解决的问题。匡光力说：“他们原来拿的都是绿卡，办驾照或者到银行办个账户、办个信用卡都会遇到很多这样那样的困难……我们跟省里反映，及时协调有关部门都帮助解决了。”

“红日初升，其道大光，河出伏流，一泻汪洋……鹰隼试翼，风尘翕张”。虽然条件简陋、生活不便，但科学家们科研的热情和创业的抱负却如同红日，如同汪洋，如同凤凰展翅向天穹。“万人计划”领军人才、“万人计划”青年拔尖人才、“青年千人计划”、中科院“百人计划”、安徽省“百人计划”……这些国家、地方的人才政策让他们的科研得到了资金、项目、人员的倾斜。刘青松说，他们和钱学森、李四光等老一辈归国人员所处的时代背景不同，先辈们是“祖国需要”，他们更是“需要祖国”。

他们把诺贝尔奖得主的照片贴在墙上，还用毛笔在实验室的墙上写上座右铭：尊重科学，追求效率，关爱生命，敬畏制度。他们以此勉励自己，勉励整个团队，在忙碌中迎接着科学岛上的一个个清晨与黄昏，也迎接着他们的一项项科研成果。

现在的王俊峰，是强磁场科学中心磁共振生命科学部的负责人，他的团队最新的研究成果是关于一个叫 FGF21 的蛋白。这个蛋白，他们利用核磁共振技术花了三年时间成功解析了它的结构，又花了三年时间对它进行了改造。FGF21 是人体本身具有的一个蛋白，它像胰岛素一样可以有效降低血糖，但它比胰岛素还要好，因为不会产生胰岛素抵抗，所以国际上许多生物实验室和制药公司都在研究它。王俊峰的团队已经对 FGF21 的突变体申请了专利，目前正在进行产业化的转化工作，未来，FGF21 这个突变体的药物一旦进入货架，那将是许多糖尿病人的福音。

回国后的五年，刘青松团队针对多种癌症开发了 20 多种新型激酶抑制剂，申请了 40 多项中国和国际专利，还有一个针对白血病的创新药物也即将向国家监管机构申请临床试验。2015 年，在中科院和安徽省以及合肥市政府的支持下，他们还成立了一家生物医药公司负责这些科研成果的转化，公司总经理是任涛。

栽下梧桐树，引得凤凰来。人才资源是创新发展的第一资源，近年来，安徽省陆续开辟人才激励、人才引进、人才职称的绿色通道，在医疗、教育、落户上全部“绿灯”。“政府投资入股，上市后股份奖励”，“实施股权和分红奖励”，“高校试点编制‘周转池’”……无论是在人才资源上还是在科技转化上，安徽省先后出台了一系列配套政策，构建和完善覆盖创新各个环节的创新体系。

合肥，是一片科学报国的热土。

墨 子 之 星

2017年9月29日，世界首条量子保密通信干线——“京沪干线”正式开通。结合“京沪干线”与“墨子号”的天地链路，我国科学家成功实现了洲际量子保密通信。这标志着我国已构建出天地一体化广域量子通信网络雏形，为未来实现覆盖全球的量子保密通信网络迈出了坚实的一步——这是发生在合肥的科学传奇之一。

为什么把量子卫星称为“墨子号”呢？“量子之父”潘建伟曾经这样解释：通过对中国科技史研究，发现墨子其实在2400年之前，就已经设计了小孔成像的实验来证实光是沿着直线传播的，这是现在所有照相机、摄像学的根本基础。由于量子星本来是用光量子做的，所以在历史考量中墨子是最古老的光学家，也说明在两千多年前，中国的科学成就在世界所居的位置，因而他就把他的团队研制的量子卫星称为“墨子号”了。

从古今到未来，墨子之星在穿梭。

“墨子号”：量子穿梭的如歌行板

2016年8月16日，一颗名为“墨子号”的实验卫星在酒泉卫星发射中心成功发射，它是我国科学家自主研制的世界首颗量子科学实验卫星，将在世界上首次实现卫星和地面之间的量子通信。

2017年5月，中科院又宣布一个重磅消息——中国量子计算机诞生！这是由中科大教授潘建伟、陆朝阳、朱晓波和浙大王浩华教授组成的科研攻关团队取得的成果，是历史上第一台超越早期经典计算机的基于单光子的量子模拟机，将为最终实现超越经典计算能力的量子计算机奠定基础。

2017年6月15日，中国“墨子号”卫星首次实现“千公里级”星地双向量子纠缠分发，消息登上《科学》杂志。一个多月后又传来好消息：“墨子号”首次成功实现“千公里级”的星地双向量子通信，相关成果在线发表在《自然》杂志上。中科院院长白春礼曾评价“墨子号”系列成果时说：为我国在国际上抢占了量子科技创新制高点，成为国际同行的标杆，实现了“领跑者”的转变。

2017年7月，中科院量子信息与量子科技创新研究院在中科大先进技术研究院揭牌。此举可谓是为组建量子信息科学国家实验室排兵布阵，目标是争创量子信息科学国家实验室，抢占世界量子信息领域发展制高点，打造领跑世界的创新基础平台。

2017年9月，中科院举行新闻发布会，宣布世界首条量子保密通信干线——“京沪干线”正式开通。“京沪干线”这条线路开通后，实现了连接北京与上海、贯穿济南与合肥2000多公里的量子通信骨干网络，全线路密钥率大于20kbps，满足上万用户的密钥分发业务需求，可为沿线金融机构、政府部门等提供高安全等级的量子保密通信业务支持。

2017年10月又传喜讯，中科大郭光灿院士团队开发的“本源量子计算云平台”也正式上线。这是全球首个上线投用的基于半导体量子芯片的量子计算云平台，凭借我国自主研发的量子芯片和首款量子编程语言，公众可上网使用量子计算并编写自己的“量子软件”。

…………

一路行板一路歌，“墨子”开启量子通信新篇章。

2017年春天，习近平总书记来到量子京沪干线运管中心，听取量子信息与量子科技发展情况汇报。潘建伟站在总书记身边，重点介绍了量子通信网络建设、运行和应用情况。习近平总书记对量子通信研发工作给予肯定。

如今，在京沪干线实时监控系统的大厅里，一个超大的电子显示屏红蓝闪烁，穿梭着量子之光。准确地说，是大厅的一整面墙都成了电子显示屏。当工作人员启动显示屏时，显示屏的左右两边分别显示出“北京量子保密通信网”和“上海量子保密通信网”两个城域网的图谱。图谱上，蓝色背景上是一个个红色的亮点，仿佛满天星辰点缀着浩瀚夜空，那每一个红点便是一家银行所在的网点。两个图谱之间，是量子通信从北京到上海途经 32 个站点的一个显示图谱——+ 那量子卫星在浩瀚星空实现着与乌鲁木齐和北京的地面站之间的星地量子纠缠分发的图谱，不正展示着一种科技的辽阔和远景，展示着中国人自主科技研发的自信和豪迈吗？这自信里有文化自信，也有民族自信。合肥的科学家们在量子信息研究，包括量子通信和量子计算这条大路上，走得自信，而豪迈。

潘建伟：与科学“纠缠”的量子之父

“嗅每一片落叶的味道，对世界保持着孩童般的好奇。只是和科学纠缠，保持与名利的距离。站在世界的最前排，和宇宙对话，以先贤的名义，做前无古人的事业”。

“2016 感动中国十大人物”的颁奖典礼上，这段颁奖词所呈献的科学家，就是潘建伟——物理学家、中科院院士、中国科学技术大学常务副校长。

其实早在 2016 年 1 月 8 日的国家科学技术奖励大会上，潘建伟领衔的“多光子纠缠及干涉度量”项目就获颁国家自然科学奖一等奖。他曾因41岁成为“最年轻中科院院士”而引起轰动，没想到又以45岁的年龄优势，再次刷新中国自然科学领域最高奖的“最年轻获奖者”纪录。

2017年12月，《自然》杂志以《量子之父》为题报道了潘建伟。文中写道：在中国，有人称他为“量子之父”。对于这一称呼，潘建伟当之无愧。在他的带领下，中国成为远距离量子通信技术的领导者。美国马里兰大学量子物理学家克利斯朵夫·门罗认为，潘建伟的过人之处在于能找到关键问题，敢于冒险。他说：“拥有他是中国之幸。”

有人说，潘建伟是中国离诺贝尔奖最近的那个人，他使中国在量子领域从落后到完美，实现对美国弯道超车，当之无愧为“量子之父”。纵观潘建伟几十年的科研生涯，我们发现他始终保持着一颗初心。作为科学家，他始终怀着对自然、对科学的最初的好奇心，所以，他更是科学的蓝天下那个永远追风的少年。

1970年，潘建伟出生于浙江东阳。东阳自古就有“兴学重教，勤耕苦读”的优良传统，这里人文荟萃，英才辈出，有“教育之乡”的美誉。曾被朱元璋誉为“开国文臣”的宋濂曾写过一篇文章《送东阳马生序》，身为东阳人的宋濂勉励他的东阳同乡马君则珍惜太学里的优厚条件，发奋读书，学有所成。

童年时期的潘建伟，是一个在乡村的天地之间自由快乐长大的野孩子。春阳下，轻风里，他欢快得像一段奔跑嬉戏的清泉，跟随外婆在乡野挖野菜；夏天，他下河游泳，和小伙伴们一起抓鱼捉虾；秋天，跑到山上采野果子，他像神农尝百草一样，甚至把山上的许多树叶和野果尝一尝……踏着露珠上学，追着夕阳回家，童年的他活泼顽皮，对这个世界充满好奇。

妈妈说他是个捣蛋鬼，爸爸那时在城里工作，给他买玩具，他经常把玩具拆得东一块西一块，有时拆完了还能组装回来，有的拆了就拆了，爸爸也不责怪他。除了玩具，爸爸还给他买了许多童话故事书，阅读又满足了他对文字搭建的世界的好奇。

上初中时，家搬到了县城，这一次搬家对他学习的影响可谓巨大。第一次写作文，题目叫《难忘的一天》。那天，他是班上第一个交作文的学生，他暗自得意，也纳闷其他同学为什么迟迟不交。写作文这么简单的事，有必要那么辛苦吗？“难忘的一天”有那么难吗？他回想小学阶段最难忘的一天，那一天晴空万里，阳光灿烂，自己戴上了红领巾，成了少先队员，很开心，很难忘，于是一挥而就。作文分数下来，他得了 40 分，相当低，他很难为情。那时他数学好，在班上已经担任班长。

刚从农村到县城上初中时，不仅语文不好，英语也令他苦恼，26 个英文字母，太多了，而且还有发音，想想就烦。他曾跟父亲说，我长大也不想干什么，英语就不学了吧。一直对他几乎“放养”的父母，这一回没有同意他的“不学英语”，那就只有学下去了。

在县城读书的潘建伟，不学则已，一旦拾起来学了，就有一股不服输的精神。凭着从前在家阅读了那么多童话故事所打下的语文基础，作文很快就赶上来了。学英语，他请教老师的同时，还经常把同学约回家一起学，经过一年努力，英语成绩也赶上来了。

初中升高中时，他为了考重点中学东阳中学，经常周末骑车到东阳中学校门外的池塘边转一圈。在那里流传着东阳中学校友——中国科学技术大学老校长严济慈“眉凝白霜苦读书”的传说。严济慈在东阳中学读书时，每天早起在水边读英文词典，后来同学们每有不懂的英文单词就会向严济慈请教，严济慈被同学们戏称为“活词典”。严济慈发奋读书，后来学有所成，不仅成为著名的教育家，也是著名的物理学家。他曾在居里夫人的实验室工作过，和居里夫人有着很好的友情，在科研上也得到过居里夫人的帮助和支持。潘建伟每天都骑车在东阳中学边转，他后来在学弟学妹们面前毫不矫饰地解释是“借此沾点儿灵气”。其实，这灵气就是勤奋苦读的精神。

但潘建伟的勤奋苦读似乎又和别人不一样，他喜欢让自己在轻松的环境下学习，学要快乐地学。高中时，周末他经常带上作业跑到山上去做。在树荫下，一边写作业一边享受着淡淡的阳光。静寂的山林里，昆虫在草间轻吟浅唱，微风偶尔拂过林梢，野花吐幽香，草木散清气，这一切让他内心也变得宁静，做作业的效率反而更高了。

这个喜欢把自己置身于大自然中思考问题的习惯，一直伴随着他。有人说他活得“随意”，但是，更准确地说应该是“悠然”，他有一种诗人的悠然境界——不管外界如何纷扰，我自低头做我喜欢的事。

这种“悠然”，刷新了我们对科学家的认识。也许，在这之前，我们印象里的科学家都是整天待在实验室里不出来，饿了就煮一个鸡蛋吃，揭开锅盖时才发现锅里煮的是手表。我们没想到，科学家也有像潘建伟这样爱挖野菜、爱吃荠菜的。

是的，这是一个爱吃荠菜的科学家。

童年时，他挎着篮子在东阳的山野清风之间挖过无数回荠菜，出国以后，在异国的土地也挖过荠菜。在奥地利学习时，通常一天的工作做完之后，他会关了实验设备，到多瑙河边散散步、晒晒太阳、吹吹风，有时干脆躺到草地上美美享受大自然的抚爱。春天，多瑙河边生有许多荠菜，他就经常一棵一棵采回家，亲自下厨，烹成美味，与家人一起分享。2003 年春天，本来他应该尽快去海德堡的，去发展量子存储技术，结果因为喜欢采摘多瑙河边的荠菜，一拖再拖出发的时间。等到 7 月份，多瑙河边的荠菜采不到了，他才去了海德堡。去后才知道，人家的一项实验已经做过了，他很快就调整好心态，慢慢做，成果就出来了。紧锣密鼓的生活节奏往往逼不出来成绩，反而是他这样，把自己放在一种不急不躁的状态中，更容易出成果。现在的潘建伟，忙完一天的工作以后，依然喜欢到大自然里随意走走，有时捡到一截树枝，他会凑近闻闻，感受大自然的气息。他活得接地气，在大自然之中，他像一枚柔软的种子睡在春天温湿的土壤里，随时都有萌芽破土的欣喜。

他就在这种悠然的状态下，跟量子"纠缠"不曾休。

从东阳中学毕业，他考进中国科学技术大学近代物理系，先后获得学士、硕士学位。在上大学之前，选专业时，有很多人都选择了在外人看来比较"务实"的经管类专业。他曾跟父亲探讨过专业选择，父亲告诉他，喜欢什么就选什么。于是，他选择了物理，后来，又情有独钟于量子研究。

学习期间，班上高手如林，甚至还有好几个状元，但是，潘建伟却不想在分数上和他们比试高低。那时，他是爱因斯坦的崇拜者，他喜欢去钻研自己真正感兴趣的东西，他的这股钻劲一直保持至今。

硕士毕业后，他决定出国读博，却迟迟连研究方向和导师都没选好。有人催他，他说，我是要选准方向，选对导师，不是为了出国而出国，而是要把最先进的技术学回来。出人意料的是，最终他竟然放弃了一位诺奖得主做自己的导师，转而选择了这位诺奖得主的弟子、名不见经传的塞林格教授。

而当时，他的同学有人选择了诺贝尔奖得主做导师，有人选择了美国科学院的院士做导师，相比之下，潘建伟的选择似乎是“不智”的。可是，他当时的想法很质朴，他觉得选导师不能是奔着导师的声望而去，而应该更看中导师是否身处科学最前沿，是否正处于学术的活跃期。在他看来，许多诺贝尔奖得主年事已高，也与学术最前沿有了距离，而科学是年轻人的世界，所以，他选择了当时才四十几岁的塞林格教授做自己导师。

到了奥地利维也纳，转火车去因斯布鲁克，风尘仆仆，行李一放，潘建伟就迫不及待地去拜访导师。导师的窗外就是阿尔卑斯山，风景如画，塞林格教授问他：“你的梦想是什么？”潘建伟脱口回答：“我要在中国建一个世界一流的量子物理实验室。”

事实证明，潘建伟的选择是正确的。他在塞林格教授的指导下，在《自然》杂志上发表论文，宣布实现了量子态的隐形传输，这一实验被学术界公认为量子信息实验领域的开山之作。这一年，潘建伟 27 岁。博士毕业后，国外有许多实验室向他发来邀请，可他只想回到祖国。他说：“从出国的那天起，我就没想过会在国外待下去。”

科学家不是不食人间烟火，科学家不是不解人世风情。潘建伟活得质朴接地气，潘建伟情到深处也流泪。

妻子是他的高中同学，他曾在 17 岁时的日记本上写下心愿，希望通过自己的努力，将来娶她为妻。这一努力，就是九年，直到 26 岁，她终于做了他的新娘。可是，在妻子怀孕又不小心跌倒需要照顾时，他流泪告别妻子，因为他当时有工作在身需要回国。女儿出生后，有一次得肺炎，而他同样因为工作不能留下来照顾孩子，无限歉疚，一个人流泪去了机场。

在奥地利留学时，正赶上国庆五十周年，他在中国驻奥地利大使馆里观看关于“两弹一星”的纪录片。当他看到科学家郭永怀在飞机失事时和警卫员紧紧抱在一起而人们事后费劲分开两具烧焦的遗体发现完好保存着科学数据的公文包时，潘建伟在众人面前控制不住，流下眼泪。老一辈科学家的科学精神和爱国精神，总是令他动容。

从奥地利回国后，申请科研项目，组建实验室和科研团队，在峰回路转中，局面一点点打开。没想到的是，潘建伟归国后又出国了，只是这一次，不仅是他一人，还有他的团队。潘建伟向中国科学技术大学递交了一份特殊的申请——赴德国海德堡大学学习量子存储技术。并且，在他的布局下，他的一批学生陆续被推荐到国外各顶尖实验室：陈宇翱赴德国慕尼黑研究超冷原子调控技术，陆朝阳赴英国剑桥研究量子点光源技术，张强赴斯坦福学习单光子探测技术……“当时，如果我在国外仅掌握一项技术，我觉得回国可能什么都干不成。我说咱们做一个约定，大家把几个技术全学会，然后在适当的时候一起回来，合起来做一点儿别人、别的团队做不了的事情。”这是潘建伟对他当年的布局的考虑。

2009 年国庆前夕，潘建伟给他在中科大的开山弟子陈宇翱发了一条信息：“宇翱，我正在人民大会堂看《复兴之路》，感慨良多！甚望你能努力学习提升自己，早日学成归国，为民族复兴、科大复兴尽力！建伟。”

出去，是为了更好地回来。出国留学的人有许多，许多人怀着美国梦，可是，在潘建伟心里，只怀揣一个梦，就是中国梦。几年之后，潘建伟回来了，他的“梦之队”成员像飞鸟归巢一样，也一个个翩翩飞回，回到中科大上海研究院办公楼。

2016 年 4 月，中国青年科技工作者协会会议在潘建伟的家乡金华召开期间，潘建伟跟家乡的孩子们签名合影。站在孩子们中间的潘建伟微笑着，依旧那么谦和、那么质朴。他给孩子们签名时，写的是“科学是美”。

而他，和量子“纠缠”了一辈子，难分难舍。这样的一种“纠缠”，是美，是执着。

“梦之队”：量子光耀的璀璨群星

中科大上海研究院办公楼的大厅墙上，铭刻着著名物理学家、中科大近代物理系首任系主任赵忠尧生前的一段话：回想自己一生，经历过许多坎坷，唯一希望的就是祖国繁荣昌盛、科学发达。我们已经尽了自己的力量，但国家尚未摆脱贫困与落后，尚需当今与后世无私的有为青年再接再厉，继续努力。

每一个进出研究院大厅的年轻人都能看到墙上这段话，这是先辈的期望，是勉励，也是鞭策。

潘建伟年轻，他的整个团队年轻，团队里的陈宇翱和陆朝阳两位甚至是“80 后”。

陈宇翱于 2004 年在德国最高博士生奖学金“德国电信精英奖”资助下，跟随导师潘建伟前往德国海德堡大学，攻读博士学位。留德深造期间，陈宇翱的科研能力得到了快速提升，取得了一系列引人注目的成就。当年，他在德国收到导师发来的信息时，正在实验室做实验，一时感慨激动不已，竟想马上就扔下手里的活儿回到祖国去。2011 年，陈宇翱入选首批“青年千人计划”，全职回国担任中科大教授。“今天，我们已经在量子信息领域占据了一席之地，并且在很多方面已经超过了维也纳的团队。”陈宇翱相信，导师潘建伟最初的梦想已经实现。2013 年，陈宇翱获得菲涅尔奖，他第一时间将喜讯报告给恩师。潘建伟听说弟子获奖，比陈宇翱还要高兴，在电话里连连道贺。他祝愿陈宇翱“再攀高峰”，也叮嘱记者:“我希望媒体不要太早关注他，让他可以潜心学术，获得更大的发展。”

潘建伟和他的学生陆朝阳之间，也有一段很神奇的师徒缘，他们同是东阳中学的校友。当年，潘建伟仰慕校友严济慈，然后考进了严济慈工作过的中科大。十几年后，陆朝阳也仰慕校友潘建伟，也因此考进了中科大。1998年寒假前夕，潘建伟回到母校作科普报告，介绍国际上最新的量子物理实验结果，当时作为高一新生的陆朝阳就坐在台下，静静地听着，他觉得十分有趣。

但是，在中科大读本科时，陆朝阳和潘建伟并无多少交集。陆朝阳在中科大物理系毕业后，原计划是保送到微电子专业读硕士，然而一次偶然的同乡聚会，让他和潘建伟走到了一起。那是2003年秋天，中科大的又一届新生已经入校读书，按照历年的习惯，同籍的学长要请大一的新老乡聚一聚。就在这样的一个东阳老乡会上，陆朝阳见到了刚刚回国也受邀参加的潘建伟。当时，潘建伟在量子物理和量子信息研究方面已经颇有成就，他的到来，似乎让这个原本寻常的老乡会有了不一样的意义。在陆朝阳眼里，这位大师兄亲切随和又知识渊博，他们的聊天从学术科研到时事、家常，十分轻松融洽。也就是在这次聊天后，陆朝阳修改了志愿，他被保送到合肥微尺度物质科学国家实验室量子物理和量子信息研究部，开展光子纠缠和量子计算机方面的研究，师从潘建伟。

陆朝阳的气质跟中科大其他科学家相比，既有共通之处，又有小差异。他既具有中科大人的执着、内敛、低调、安静，又有一种“80后”的轻盈与阳光。他的脸上常常荡漾着一抹不易察觉的微笑，他像一条活泼的小溪流，又欢快又清澈。外界对他有许多可爱的称谓，如“鬼才陆朝阳”“量子技术大神陆朝阳”等。2016年，陆朝阳入选《自然》十大“中国科学之星”，塞林格教授评价他为“操纵光子的巫师”。

陆朝阳经常受邀参加各类会议和科学论坛，也经常给年轻学子作科普报告。他略显清瘦，戴着眼镜，站在大屏幕前侃侃而谈。如果他不开口说出“量子”之类的物理学术语，你也许会以为台上站着的是一个韩国明星。但是，陆朝阳一开口说“量子”之后，年轻的学子们就觉得他比韩国明星还要酷还要帅。他开场就引用丹麦物理学家玻尔的话：“如果谁不对量子物理感到困惑，他就肯定没有理解它。”他在讲述过程中，会时不时爆一句“可能有好奇宝宝会继续追问”之类的话，让会场气氛变得轻松，让科普变得时尚。他展示的PPT报告中，会随性地加上“机智的我早已看穿这一切”之类的表情包。

2017年6月，陆朝阳获颁2017年度菲涅尔奖，以表彰他“在量子光源、量子隐形传态和光学量子计算机方面的杰出贡献”。欧洲物理学会菲涅尔奖，是奖励量子电子学和量子光学领域杰出青年科学家的国际最高荣誉，每两年颁发一次。陆朝阳是中国第三位获得菲涅尔奖的科学家，此前的两位，一位是他的老师潘建伟，一位是他的师兄陈宇翱。他们都是潘建伟的团队“梦之队”的核心成员。

当年，陆朝阳在潘建伟门下读硕士时，就已经表现不凡。他完成了把光学平台从中科大西区搬迁到东区的实验室、重建实验平台，并且升级到具备操纵六光子纠缠的能力。那时候，他为了完成任务，牺牲了所有双休日和节假日，基本上每天在实验室待到晚上11点之后才回宿舍。有一年寒假，他做完实验出来后才发现外面下了厚厚的大雪，于是就一个人踏着积雪，从东区走回西区。也不觉得累，只觉得夜色下的雪实在太美了。

夜色下的雪是美的。在陆朝阳眼里，科学也是美妙的。

在潘建伟的“梦之队”里，还有徐飞虎和印娟等一帮干将。从理论物理到实验物理，再到应用实践，徐飞虎攀登科学的步伐踏过了量子世界的千山万水，有人说他是量子世界的“徐霞客”。印娟是一位女将，在量子研究这样的巅峰位置，还有这样一位淑女，让人觉得枯燥的量子世界也柔情起来。

身为“梦之队”的领队，潘建伟颇具独特的领袖风采，又如师如兄，他温暖关心团队里的每一个成员，清楚了解每一个人的特点，细心为每一个人做好研究方向上的部署规划。团队里每一个成员都发自心底地敬他爱他信他服他。“这支团队之所以能取得成功，是与团队成员之间亦师亦友、至诚至真的合作氛围分不开的。”中科大科研部副部长朱霁平说。

梦之队的核心成员之一陆朝阳曾说，这个时代需要仰望星空的年轻人，我们应当勇于担当，甘于坚守。量子卫星发射之后，《华尔街日报》上有篇评论，说在经过一千年的沉寂之后，中国发誓要回到创新之巅。而就在那巍巍山巅之上，在那星月灿烂的天空下，一群青年正迎风而立！

刘庆峰——中国声谷

科技到底能走多远？请看一个可以载入中国甚至全球人工智能史册的成果：国家医学考试中心正式发布“2017 年国家执业医师考试临床综合笔试”合格线，因为一个特殊的“考生”引起公众关注和热议。在本次测试中，科大讯飞和清华大学联合研发的人工智能机器人“智医助理”取得了456分的成绩，成为全球第一个通过国家医师资格考试的机器人。

科大讯飞是中国最重要的人工智能企业之一。十八年前，科大讯飞成立。十八年后，科大讯飞已经成人。从被外界笑称为草台班子到亚太地区最大的语音上市公司，从中国语音产业的拓荒者到世界语音产业的领军者，这家企业就是安徽创造的一个传奇，而其所在的中国声谷则是安徽创造的样板。这里聚集着一群为智能中国发声的人。

刘庆峰：声动中国

说起中国声谷，就不能不提“中文语音产业国家队”科大讯飞的董事长刘庆峰，他是为中国发声的人。

刘庆峰出生于安徽泾县，那里黄山余脉、九华山支脉穿境而过，两千年前李白曾应汪伦之邀，畅游桃花潭，留下“桃花潭水深千尺，不及汪伦送我情”的千古绝句。而1978年春天，少年天才宁铂的故事传遍大江南北。受此影响，5岁的刘庆峰喜欢数学，初中就开始自学立体几何、微积分、线性代数。1985年，12岁的他参加泾县初中数学、物理竞赛，包揽两个第一，隔年又以全县第一的成绩考入宣城中学。他发誓要报考中科大，1990年被推荐到清华大学汽车工程专业时，他想都没想就放弃了，转而参加当年的高考，最终以高出清华大学录取分数线40分的成绩，被中科大电子工程系录取。

刘庆峰在校时数理方程、力学、电磁场、光学等课程都是全系第一。大二那年，五一刚过，王仁华教授就敲开了他宿舍的门。王仁华教授是中科大电子工程系的博导，曾在日本东京大学做过访问学者，是我国著名的人机语音通信、数字信号处理专家，他一眼就相中了19岁的刘庆峰，“数理计算能力强，是个语音技术研究的好苗子”。从此，刘庆峰跟着王仁华教授搞科研，大三时就带队参加了国家“863”项目，要知道，即便是在学风相当开放的中科大，能够进入实验室最起码也得是硕士。1996年，已是研二的刘庆峰获得中国科学院院长奖学金特别奖，同年夏天带队参加全国“挑战杯”大学生科技作品竞赛，其参赛的“语音合成系统”以优良的语音自然度，毫无争议获得了一等奖，并且是唯一可达到实用门槛的作品。

“看来，语音技术真的可以实现产业化。”1999年12月30日，26岁的刘庆峰正式创办了科大讯飞，仅靠一张蓝图就融来3000多万资金。之后，他与中科院声学所、社科院语言所和清华大学等科研院校结成紧密的合作关系，完成了我国语音产业核心源头技术的资源整合。随着人工智能的风潮到来，科大讯飞快速增长，2007年营收达到2亿元，净利润突破5300万，2008年成功登陆深交所，成为中国第一个由在校大学生创业的上市公司，也是中国语音产业唯一的上市公司。如今，在人工智能新时代，科大讯飞的缔造者刘庆峰充满豪气地宣称：“我坚信数年内科大讯飞一定是人工智能领域中国的No.1，毫无争议的No.1。”

中国声谷：让世界聆听我们的声音

科大讯飞是中国声谷的先行者。从科大讯飞一枝独秀，到集聚数百家人工智能企业，中国声谷自成立以来，聚焦发展“声音产业”，探索用声音唤启万物互联时代。科大讯飞在中文语音市场占有70%以上的市场份额，国人最常使用的手机应用中，诸如微信、QQ、滴滴出行、高德地图、携程、大众点评、新浪微博等，使用的语音技术全部来自科大讯飞。科大讯飞通过这些终端覆盖超过11.3

亿用户，每天在线服务量达35亿次。

中国声谷，是由工信部与安徽省共建的全国唯一定位于人工智能领域的国家级产业基地。从2012年工信部和安徽省一起探讨启动中国声谷项目开始，在五年时间里，中国声谷人工智能产业从无到有，成功跻身我国人工智能大发展第一方阵。它依托科大讯飞等全球领先的语音技术与应用，以语音语义、量子计算、机器视觉、生物识别等核心技术引领，夯实智能芯片基础产业，扩大人工智能硬件和服务，布局智能终端、大数据、智慧城市、虚拟现实、信息安全等主导产业。现已入驻科大讯飞、华米科技、科大国盾、赛为智能等200多家企业，2016年实现产值327亿元，增长44.1%，占全国核心产业总产值的9.6%，2017年上半年对安徽工业增长贡献率攀升至65%。未来，中国声谷将抢占人工智能跨时代变革先机，形成人工智能技术深度创新应用格局，在政务、教育、医疗、交通等重要领域打造五个以上人工智能创新应用示范，形成20个以上人工智能深度应用场景，力争到2020年营业收入目标达到1000亿元，为安徽省打造全国智慧经济发展高地，建立一个放眼全球的人工智能生态高地。

走进位于合肥高新区的科大讯飞展厅，位于展厅右侧的电视屏幕里，李瑞英和康辉在向我们热情地打招呼："您好，欢迎您光临科大讯飞。"在这个约200平方米的产品展示区，展出着国际技术领域领先的语音产品："灵犀语音助手"，不仅可以实现语音翻译、快递查询、订车票、订酒店、查美食等功能，还能识别国内20多个方言语种；"讯飞听见"，在全球首次实现发布会上字音同步转写，已为300余场会议提供实时转写和字幕直播服务；"智能车载"，使用者仅仅通过语音，就可以在复杂的行驶环境中轻松获取导航、语音通信等功能……这就是中国声谷的“声音”。

中国声谷，声动世界。

下篇：领跑之路

安 徽 智 造

玉兰花开，春风拂面。这个季节，一场安徽高新科技成果的盛宴正在铺陈：从全球领先的机器人到无人机，从大尺寸液晶面板到新款笔记本电脑，从石墨烯复合材料到微小型燃气轮机，从纳米水净化技术到口服胰岛素胶囊，从奇瑞全铝车身电动汽车到江淮IEV6S纯电动汽车……累累硕果展开着科学新时代的无限想象。

这是点石成金之路：量子通信技术创新运用于国家量子通信京沪干线建设，以科大讯飞为龙头的智能语音技术产业正在扩张，质子医疗技术进入临床推广阶段……安徽充分利用丰富的科教资源，坚持基础研究领先、应用研发见长，以科技成果孵化高新科技产业，一批新技术和新产业已经崭露头角，形成高精尖技术产业创新“丛林”。

这是大国工匠之梦：建成全球首条10.5代线，构筑世界最大的新型显示面板生产基地，首创光伏“制造＋应用”模式，形成电池、组件、逆变器、储能产品和电站建设的光伏产业链……安徽以科技成果转化推动制造业群升级，创生战略性新兴产业，迈开了智能制造的步伐。

从科学的春天出发，安徽从制造走向智造，科技创新绽放出“领跑者”的姿态。

科技安徽航天梦

影片《厉害了，我的国》中，C919国产大飞机翱翔的身姿掠过长空，惊艳世界，其发动机机匣、叶片，以及G600、运20等机型配套发动机叶片，均产自皖省企业——安徽应流机电。而合肥工业大学教授段泽民曾带领团队，全程参与了C919大型客机雷电防护方面的研制工作，为我国首架大飞机上天保驾护航。

“长天挥剑战雷电”，是段泽民的人生写照。在合肥蜀山新产业园内，有一个不起眼的小院子，偶尔会传来雷击试验的几声“炮响”。就在这片方寸之地，合肥工业大学教授段泽民带领着他的团队，承担起我国航空工业各类飞行器的雷电防护试验工作，填补了飞机雷电防护试验技术在国内研究领域的空白。

20世纪90年代，我国在飞机雷电防护领域的研究几乎一片空白。1992年，正在承担重点飞机型号研制工作的一家研究所，找到段泽民当时所在的中国科学院等离子体物理研究所。段泽民和同事临时拼凑起实验室，关起门来干了40多天，完成了我国历史上首次飞机雷电防护试验。“中国要独立发展航天工业，雷电防护技术根本绕不开。”1995年，由于研究所条件有限，段泽民选择停薪留职创业，他最初的实验室位于合肥市宁国路上一栋小楼房的三层，大约200平方米，第一层是印刷厂，第二层是歌舞厅。每次雷电试验发出轰的一声巨响，热闹的歌舞厅便会霎时间安静下来，歌厅老板常常无奈地说：“老哥，能不能轻点儿？”此后二十多年，段泽民承担了我国几乎全部的军机和大部分民机的雷电防护试验，在为 ARJ21 飞机开展雷电防护适航取证试验中，还获得了美国联邦航空局（FAA）的认可。

2008 年，国产大飞机 C919 项目正式启动，段泽民团队承接下 C919 的雷电防护工作。和传统飞机相比，C919 采用了碳纤维复合材料制造，这种材料可以大大减轻飞机自重，但也带来明显的弱点——耐温特性低，更怕雷击。为解决这个矛盾，实验室提出设想：在碳纤维复合材料内部增加一些金属结构件，在不增加重量的前提下，这个金属结构件刚好能符合电子设备接地接零的要求，这样就能够满足飞机雷电安全和不添加飞机负担的双重要求。实验室里进行了几百次实验，最终研制出在飞机机翼中设计雷电分流条肋的技术方案。在这套防雷系统的保护下，C919 可以承受住两百千安以内雷电的打击，抗雷能力非常强，完全符合国际要求，开创了我国飞行器雷电防护试验研究工作。如今，当年 200 平方米的实验室已经发展成为中航工业合肥航太电物理技术有限公司，段泽民和他团队让安徽智造的“航天梦”越飞越高。

智能时代创造梦

2017 年 7 月 27 日，机器人世界杯在日本名古屋举行，中国科学技术大学自主研发的机器人柔性手爪，在家庭机器人类别创新性最强的“开放挑战”测试中，获得唯一的“最佳操作奖”。这款机器人突破了刚性手爪的局限性，显著提高了手爪与被操作物体表面之间的贴合度，应用前景广阔。

2017 年 8 月 20 日，由科大讯飞和安徽省立医院联合共建的安徽省立智慧医院（人工智能辅助诊疗中心）揭牌仪式举行，这标志着全国首家人工智能辅助诊疗中心正式投入运行。该中心将采用医学影像识别技术和认知智能技术，实现影像辅助诊断、影像诊断质控、智能辅助诊疗、语音电子病历、精准导诊导医以及智能医学随访和在线实时服务。

这是面向未来的“机器人之梦”。

智造安徽奏响了新时代创新旋律，而从制造到智造，八皖大地正绽放着一个个创造之梦，它让一个又一个被誉为“智慧神器、国之重器”的重大创新成果深深打上了安徽烙印。数年来，华米科技先后推出了小米手环、小米体脂秤等多款智能硬件产品，成为全球领先的可穿戴智能设备及互联网服务提供商；赛为智能自主研发国内首款系留旋翼无人机，“空中机器人”实现“安徽造”；科大立安智慧消防平台运用互联网、物联网、大数据、云计算等技术，将传统的消防安全管理提升到“智慧消防”时代；中新网安致力于“海陆空天网”中网络空间的信息安全领域，其抗拒服务攻击技术在行业处于领先地位，IDC 互联网领域的市场占有率全国第一……安徽以量子产业、语音产业等产业在全球产业体系中领跑，以信息技术与能源系统的深层融合，推动传统优势产业转型升级，集聚融合战略性新兴产业，已形成“尖端技术顶天立地、自主创新铺天盖地”的态势，彰显出创新安徽在大国重器中的责任担当。未来，世界性新兴产业策源地、全球科技创新话语权等，或将与之紧密相关。

时代与生活：领跑之翼

有一道科技的光芒在通向未来。

2016 年 10 月 28 日上午，合肥离子医学中心质子治疗项目开工奠基。它将打造成集质子治疗、培训、大数据处理、国际学术交流、质子重离子医疗装备研发为一体的国际化综合医学技术平台。质子治疗癌症的技术，简言之即是通过质子治疗系统将对癌细胞集中定点“爆破”，避开了对正常细胞的危害，副作用小，疗效高。三年之后，伴随着质子治疗系统的建成，将会诞生一座以高科技引领的现代化专业医院。它也将成为安徽尤其是合肥七大科技创新平台之一。

科技之光是高妙而温暖的。说其高妙，是因为它的深邃与浩渺，是时代前行的动力；说其温暖，是因为科学家们追求的是将其化为阳光，为人类所用，成为“光明、力量与幸福”。领跑，就是让科技的心跳与时代共振，让科技的光芒改变生活。

时代创“芯”

“科技创新成果要么上书架，要么上货架，我就是要把 PEF 从书架搬到货架。”合肥利夫生物科技有限公司总经理徐海说。他面前的桌子上，放着一套工夫茶的茶具。见我们注视，他笑道：“在往前走时，要偶尔坐下来理理思路。最好的办法就是喝茶。”确实，作为科技创新孵化企业的老总，徐海的创业就源于“理理思路”，源于一个理想主义的火花。

2012 年，可口可乐公司宣布：到 2018 年，欧盟国家将全部使用 PEF 做成的可乐瓶。这个消息让当时正在北京的徐海感慨万千，他找到中科大教授傅尧，提出：“我们中国也要有 PEF 企业！”傅教授深有同感，于是，理想的火花瞬间点亮。很快，徐海辞职回到合肥，在科大实验室搭一个简易的工棚，与三个合伙人在 75 平方米的空间做起化学实验。非化学专业的他常常被化学喷料喷满了衣服，但他带着化学喷料的刺痛感，仍和同事们继续试验。2014 年，他成立合肥利夫生物科技有限公司，投身于新材料技术运用领域。目前，国际上有三家公司能做PEF，一家是杜邦，另一家是巴斯夫，还有一家就是合肥利夫。合肥利夫公司拥有的PEF单体成熟产业化技术，以秸秆等农林废弃物为原料，通过运用绿色化学合成新反应，生产出新型生物质塑料PEF前端单体。徐海曾给习总书记演示过一个“试管”，在他看来，他给习总书记演示的不仅是一个样品，而是在世界范围内正在发生的一场绿色材料革命，这场革命的愿景是：用可再生的生物塑料PEF取代石化材料PET。

合肥利夫技术来源于中国科技大学安徽省生物质洁净能源重点实验室。徐海说，安徽许多高新企业原生性科技就是来自中国科技大学等高校。

在安徽，这样的公司很多，它们是时代的科技之“芯”催发的百舸，正在创新大潮中扬帆争流。昂科丰光电科技有限公司研发了一种薄膜，一旦罩在玻璃上就能产生温室环境，实现了用更少的水来种植植物的梦想。这家位于中科大先研院孵化器的初创公司，就是一家由中科大博导及其博士生共同成立的公司。三十而立的李明是合伙创始人之一，他说：“我们可以从研究机构获取资金，并获得管理企业的指导和帮助，这对我们这样的初创公司来说就是重要机遇。”

在安徽，一些高校和科研机构就是科技成果孵化转化的策源地，仅以合肥为例，一批具有代表性的成果转化机构和共性技术研发平台花开满园：中科院（合肥）技术创新工程院，已引进高端团队28个，建设专业技术工程中心11个，孵化培育企业71家；安徽工业技术创新研究院，已初步建成机器人智能装备研发平台、环境新材料研发平台，在孵企业40家；中国科学技术大学先进技术研究院，已建立应用工程技术中心10家，孵化创新型企业204家……这是一朵朵绽放在江淮大地上的白玉兰。

生活样本

熊世林，安徽华熊科技有限公司董事长，乍一见，他就是一个典型的“80后”；而坐定之后，他的健谈、敏捷的思路，甚至是那种经历时间验证后的自信，会让人对他由衷钦佩。他先后担任过安徽省内十几家刊物的美术编辑、艺术总监等职务，出品过多部影视作品和动画片，是一位怀有艺术梦的企业家。他有一个小心愿，就是让每个普通家庭的孩子都能学得起钢琴。他通过上万次音源收集、识别，对钢琴进行智能化升级，不使用传统机械，就能发出世界名琴的声音。弹错了，系统立刻可以识别。通过语音助手，还能随意调取曲谱。这架钢琴将人工智能与传统乐器融于一体，发售价却不到5000元……

中国声谷主体大楼的四楼，带有卡通意味的安徽咪鼠科技有限公司，公司职员右手大拇指按着鼠标旁的按键，说了句：“我想看《人民的名义》。”话音刚落，这部电视剧就分集显示出来，可供我们自主选择观看。公司职员又说：“新建Word文档。”一个新文档立刻自动生成，而且可利用鼠标的语音识别功能在文档直接输入文字。这就是全球首款智能语音鼠标，只要按着它说话，就能实现打开网页等多种智能功能。

科技正在改变生活，给我们带来全新的获得感和无穷的想象。

一款能听懂人语的智能“鼠标”：每分钟能实现语音输入400个字，识别率高达98%，不仅可帮助你从传统的手动输入转变为语音输入，免除打字输入之累，而且能听懂人说的话，回应各种提问，根据你的话语判断你想要干什么，自动打开对应的网站。

一个多语种智能翻译APP：语言数据库囊括多国语言和我国主流22种地方方言，能在几秒钟内完成对自动检测语种、实时翻译整个过程。有了这个翻译机，你就仿佛请了一位随行翻译，再也不愁语言交流障碍了。

一款“寻车位”APP：停车太难怎么办？你可以打开安徽多威尔开发的“寻车位”APP，全程无须手动操作，只需听、说，不仅可完成实时查询、导航到车位，还可以实现在线预约车位和空车位共享。

一位名为“晓医”的智能导诊机器人：在第四届“世界互联网大会·乌镇峰会”上风头尽显，它通过了2017年国家执业医师考试临床综合笔试评测，可以识别居民健康卡，支持声音、图像等多种交互方式，还可以告诉你应该挂哪个科、科室在哪里，为你提供就医预约、导诊等服务，是医院志愿者的不二“人选”，如今在安徽省内多家医院就可以看到它的身影。

一个叫类脑工程实验室的机构：它的多模态类脑智能感知与信息处理技术，在智能交通、无人驾驶等领域的应用，将有力改善城市交通环境和交通安全，也为听力障碍、视觉障碍、语言障碍等人群实现正常感知提供可能。

…………

从科大讯飞智能机器人“晓曼”成为全球首台全程语音交互的银行服务机器人、华米科技发布世界上第一款采用人工智能技术并支持生物特征识别的智能手环——米动手环7，到安徽克洛斯威智能乐器科技有限公司研制出全球首台软硬件一体化互联网智能钢琴、美亚光电三维口腔CT实现智慧口腔医疗器械零的突破，在安徽，每天都有人工智能产品迭代、问世，这些“耳聪目明、心灵手巧”的产品正在深度改变着我们的生活。

《人类简史》作者、历史学家尤瓦尔·赫拉利说：“人工智能是21世纪最伟大的革命，也是生命诞生以来最伟大的革命。”未来，引领安徽科技创新的“中国声谷”将实施“4111”工程，创造更多智能产品，努力实现“一亿出国人士语言交流无障碍、一亿劳动人民繁杂劳务得解放、一亿生活生产设备更智慧更聪明应用”三大目标。从智慧城市到智慧交通，从智慧医疗到智慧金融，从智能家电到汽车电子，将智能产品从实验室推向社会各个领域，让越来越多的百姓走进“智享生活”的新时代。

平台与舞台

同样是在电影《厉害了，我的国》中，出现了习近平总书记2016年视察安徽的情景。习近平总书记说：“合肥这个地方是养人的，培养出了这么多优秀人才，是一片创新的高地。”是的，安徽“养人”，这里有一批批创新先锋、大国工匠，这些科技创新尖端的舞者不就是“创客”先锋吗？

功以才成，业由才广。千秋基业，人才为先。人才是科技创新的核心要素，如果没有实力雄厚的人才和技术之源，自主创新就是无源之水、无本之木。当创新成为驱动发展的核心动力，安徽求才若渴，那么它是怎样“养人”的呢？

海阔凭鱼跃，天高任鸟飞。舞台有多大，梦想就有多大，“养人”就在于给人才以舞台。安徽创新机制，改善科研人员考核和高校管理机制，破解创业融资难等影响科技成果转化的因素，与相关科研院所、企业多方合作共建高端协同创新平台，逐步打通科技成果转化“最后一公里”，让创新人才破茧而出、振翅高飞。

政策筑巢引智

鱼无定止，渊深则归；鸟无定栖，林茂则赴。

坐落于合肥高新区的合肥巨一自动化装备有限公司，为世界范围内一些知名汽车制造商提供装配流水线，其中包括标致雪铁龙和捷豹路虎，最近推出了中国第一个机器人自动化全铝车身装配流水线，无须人力操作。巨一公司成立于2005年，总经理王体伟是最初的八位创始人之一，获得南非伊丽莎白港理工大学博士学位。他认为，对企业而言，搬迁到内陆省份可调动力十足：“合肥虽不是北京、上海这样的特大城市，但生活比较舒适，房价也相对便宜。与一线大城市相比，我们发给员工的薪水也很可观。”安徽的高技能人才很多毕业于中国科技大学等当地高校，也有从沿海地区返回安徽的“海归”，他们渴望在此过上更好的生活。美国康奈尔大学城市与区域规划讲师克里斯·哈特利表示：“与美国的奥斯汀、波特兰、丹佛、罗利等技术型内陆城市一样，中国的内陆城市有机会成为日益兴起的创新创业中心。这些城市，可以提供高品质生活、低生活成本、畅通的城市交通以及更健康的自然环境，以吸引更多的年轻工人。”

姚远，一个有着梦想的年轻人。他一直在寻找机会。2017年，他和同伴盼来了好消息，不仅自主研发的升级版少儿编程机器人试用成功，公司地址也可以迁到仰慕已久的中国声谷了。这让原先一直挤在居民楼里办公的他们很是兴奋。这是安徽扶持创新企业的举措，皖省组织专家考核组对中小企业进行评估，只要具有孵化前景，就可入驻中国声谷，并享受三年免费办公场所和30万元启动资金，这项政策扶持加快了姚远们的创新步伐。

中科院外籍院士、美国国家工程院院士、著名华裔科学家张翔，长期从事材料物理学和纳米光电子研究，研究成果曾被美国《时代周刊》列入“2008 年度全球十大最有影响的科技发明”之一。2014 年，他带领团队落户安徽，成立了合肥达研医疗公司，并研制了魔法小说《哈利·波特》中主角哈利拥有的神秘“隐形斗篷”。“隐形斗篷”的超薄外层，利用数千个纳米点，可令人肚腩变腹肌。

筑巢江淮凤来仪。安徽陆续出台“科学中心人才十条”“人才新政三十条”、职称管理改革十八条等举措，在全国首创事业单位编制周转池制度，破解高校院所系统“空编不用”“无编可用”的矛盾，由此汇聚 130 余家科研机构，吸引世界各地高技能人才 120 余万人。仅合肥就引进国家“千人计划”人才 225 名、“万人计划”42 名，院士工作站 33 家，在肥“两院”院士总数达 92 名，国家级博士后科研工作站 68 家，全市各类人才总数 143 万人，其中专业技术人才总量达 70.8 万人。

而随着 2017 年 1 月综合性国家科学中心建设，安徽省委省政府印发了《关于合肥综合性国家科学中心建设人才工作的意见（试行）》，明确了加大引才奖补力度、强化知识价值激励、优化生活配套服务等十条高含金量的政策措施，以聚力引进一大批国际国内高层次人才，加快推进合肥综合性国家科学中心建设。今年 1 月 1 日，安徽省在全国首批实施外国人才签证制度，其中国家科学中心相关单位现已办理《外国高端人才确认函》22 张，为外国专家团队来皖创新创业提供了前所未有的便利和支持。正在规划建设中的“安徽·合肥国际人才城”，将打造成为集高端人才服务、资源共享交流等于一体的高层次国际人才集聚和开放共享的高端窗口。

机制创新搭台

安徽中博智能科技有限公司，是文物展柜生产企业。文物展柜的研发生产，受制于空气、湿度、环境污染程度等因素，不同地域对文物展柜的温度、密封度等设备生产要求也不相同，需要对原有技术成果进行改造，因此，此项目与科研院所的具体合作上，不是简单地给个技术图纸，而是有专业的科研团队全程跟踪，根据市场需求进行技术创新及再研发。中博公司高级经理李文哲对此感触很深，他认为：以前科研人员的研发成果属职务行为，不仅需经相关部门审批，而且成果入股即形成国有资产，转化失败还要承担国有资产流失的风险与责任，但现在“科研团队吃上了定心丸，能根据企业需求的再创新，让企业发展有了源源不断的技术支持”。

合工大智能制造技术研究院在破解一个难题：一些高校和科研机构评价人才的指标主要是论文发表、成果研发情况、申请专利数，成果转化及产业化并不在其中，很多科研人员只顾研究“高精尖”，但不接地气，产业化很难。虽然一些高校院所逐步改变学校科研的考核评价体系，增大成果转化的考核比重，鼓励科研人员到企业兼职创业，但实践操作起来面临的困难很多。针对这些阻碍因素，合工大智能制造技术研究院正在探索解决的路径：院方不禁止科研人员在外兼职创业，但也不把他们推到一线当老板，而是想方设法让这些人员去参与一线企业的技术创新、成果转化，给予合理报酬，并与企业约定技术成果转化收益的占比，拿出智能院占比份额收益的 80% 以上，用于奖励科研团队。现在，很多合工大的科研人员跃跃欲试，想到企业里过把瘾。

安徽开水放鱼，加大技术支持力度，将科技成果转化收益的处置权下放给科研院所，科技成果转化收益比例提高到70%；下放副高以下职称评审权、科技成果转让许可或者作价投资权等，为高校院所创新松绑；实施企业股权和分红激励，148家企业实施了股权和分红激励，激励人才超过2500人，金额超过6个亿，由此培养造就一大批科技领军人才，激活了科技精英创业的动力。

资金扶持助飞

1987年出生的王攀和另一个10岁就能编程的创始人项天，同为中国科技大学电子学博士，2015年下半年两人一拍即合，决定创业。于是出资200万元召集了几个伙伴组建起团队，创办速显微电子科技，闯入全液晶智能仪表领域，致力于实现汽车仪表从“功能机”到“智能机”的突破。这种全液晶智能仪表一开机，就仿佛进入了动感的赛车界面，炫酷的颜色和丰富的图文清晰显示出新能源车的车速、里程、电池等上百种驾驶信息，同时可有选择性地同步投射出手机上的地图、微信、电话等内容协助驾驶，是一个人机交互的新平台。和那些动辄陷入缺钱窘境的创业团队相比，速显微打从创立之日起就一直走在小康之路上，公司刚创立一个月就顺利获得清华大学汽车研究院360万元的天使轮融资，在这种“富养”的氛围中，速显微的小伙伴无后顾之忧，全身心投入到研发中，甚至在创始人项天婚礼上都不忘愉快地编写样机代码。之后，公司又在合创汇平台上获得融资，斩获由金沙江资本、合肥高新创业投资联合领投，丰厚资本、博通金世跟投的1800万元融资。而今，公司和奇瑞、知豆、雷丁等新能源车企以及新三板上市的仪表厂开展合作。说起创业，伴随中国汽车行业一路驰骋的王攀说：“我希望后来人讲起这个行业时，会提到有这么个公司——速显微电子科技做过这么个事情。”

同样，毕业于中国科学技术大学的刘家兵从海外归来后，创办了合肥芯谷微电子有限公司，他说：“以前这类芯片西方国家对我们实行禁运，现在我们终于研发出来了！”合肥芯谷微电子有限公司研发的国防电子微波芯片刚获得国内一家大型军工企业的订单。这家由中科大校友、美国硅谷归国团队创建的公司，成立之初就获得安徽省扶持高层次人才团队创新创业资金的支持，度过了最困难的起步阶段。如今他们已经建立起一支以海外领军人物为核心，吸收国内军工院所的优秀技术人员加盟的30多人研发团队，正在研发广泛应用于无线通信、光纤通信、卫星通信以及国防电子如雷达、电子对抗、制导等领域的芯片。

在安徽芜湖市，科技“小巨人”宏景电子是省级上市重点扶持企业，是一家专业从事各类汽车电子产品、消防电子、网络通信电子等研发、生产、销售为一体的高新技术型企业，它曾成功入选芜湖科技“小巨人”企业，获得了政府资助。安徽芜湖市正在每年选择80家左右，五年培育400家拥有关键核心技术、创新能力强、发展速度快的科技“小巨人”企业。政府按照企业销售收入多少进行分类，分别给予400万元、200万元、100万元委托贷款资助，让不同层次的企业享受到相应的政策扶持。

蓄水育鱼，活水不断。安徽强化科技金融服务，组建成立了创新投和融资担保公司，设立天使基金、创业基金、产业基金，参股引入混合式基金和风投公司，并支持工业设计、信息软件等科技型企业发展，完善产业投资体系，构建一个吸纳人才、基金、风投、中介多类市场主体与项目对接的创新生态链、生态圈，搭建起创客成长的摇篮。安徽还成立了50亿元人工智能产业发展基金，计划从今年起到2020年，每年拿出8亿元跟进扶持，鼓励各种人工智能企业在安徽落地、生根。在持续加码的政策红利吸引下，安徽现已累积聚集满足智能语音和人工智能产业发展的各类专业人才53万人。

踏响科技的跫音，舞动创新的风潮，安徽在前行。

2017年1月10日，合肥继上海之后成为国家正式批准建设的综合性国家科学中心。随后《国务院关于全面加强基础科学研究的若干意见》提出，要加强北京怀柔、上海张江、安徽合肥等综合性国家科学中心建设，打造原始创新高地，安徽再次雄踞在科技中国的地图之上。这是继合芜蚌国家自主创新示范区、全面创新改革试验省之后，又一科技创新国家战略在安徽布局落子，标志着安徽创新建设迈入新的里程，也意味着安徽在全国创新大格局中占据了重要地位，成为代表国家参与全球科技竞争与合作的重要力量。

当今时代，新一轮科技创新正在兴起。《安徽省“十三五”科技创新发展规划》提出，将系统推进全面创新改革试验，建设合肥综合性国家科学中心，大力培育高新技术企业，促进科技创新成果惠及民生，主动参与全球研发分工，构建科技创新协调发展新格局。到2020年，科技研发投入占GDP比例力争达到2.5%、发明专利授权量15000件、万人发明专利拥有量每10000人10件、高新技术产业增加值占规模以上工业的比重力争达到50%、高新技术企业数力争达到5000家，创新安徽蓝图描绘。

天作棋盘星作子，地为琵琶路为弦。安徽正在大力实施创新驱动发展战略，举全省之力，搭架构、建项目、聚人才、创机制，高起点、高标准，为合肥综合性国家科学中心高起点开局。安徽省委省政府和中科院共同印发《合肥综合性国家科学中心实施方案(2017−2020年)》，确立了国家科学中心“2+8+N+3”的多层次创新体系和建设路径。其中，“2”即争创量子信息科学国家实验室，谋划争创新能源国家实验室——国家实验室的使命就是挑战某个科学领域中最前沿、最困难、最突出的大问题，这是科技创新的北斗。“8”即新建聚变堆主机关键系统综合研究设施、合肥先进光源、大气环境立体探测实验研究设施等五个大科学装置，提升全超导托卡马克等三个现有大科学装置性能——大科学装置决定着国家在众多领域的前沿研究突破能力，也决定着国家在国际上的科学技术竞争能力，这是高擎起大国重器的安徽力量。“N”即建设一批交叉前沿研究平台和产业创新转化平台，主要包括合肥微尺度物质科学国家研究中心、人工智能平台、天地一体化网络合肥中心、三个中科院在皖“十三五”科教基础设施建设项目、离子医学中心等——这是科技创新成果转化的轨道。“3”即建设中国科学技术大学、合肥工业大学、安徽大学三个“双一流”大学和学科——这是科教兴皖的风标。这张“施工图”星罗棋布，纵横捭阖，不仅丰富了国家科学中心的创新体系，而且引领安徽向着比肩世界的“科学热土、创新高地”进发。

江淮大地竞风流，铁板铜琶唱大风。创新安徽，风起云涌。

唯创新者进，唯创新者强，唯创新者胜。创新安徽，让科技的梦想照进现实，它以开放的国际视野，承载国家使命，在为中国乃至世界的科技创新领跑。

还是那颗心

◎ 彭雁华

2014 年 3 月 31 日，中央电视台演播大厅举行着一场不同寻常的发布会。

随着《沂蒙山小调》乐曲地缓缓响起，发布人庄严地站在追光灯下："他是一位普通而又不普通的老人。说他普通，他是一位农民的儿子，一名普通的战士和千千万万农村党支部书记当中的一员；说他不普通，是因为他有着那样的传奇经历：14 岁参军，17 岁重残，两臂锯掉，双腿截肢，一只眼炸飞，躯体做了 47 次手术，昏迷 93 天苏醒，担任村党支部书记战天斗地 9000 多天，带领村民摘掉了家乡贫穷落后的帽子……"这是一串令人惊悚寒战、又肃然起敬的数字，以致久经"沙场"的央视发布人在镜头前几度哽咽。

安静的观众席变成了晶莹闪烁的泪海。人们急切地想见见这位"大英雄"，遗憾的是，主角缺席了这个重要的舞台。

这位老人，就是第一个被中宣部授予"时代楷模"称号的朱彦夫。

用"尸体"占领高地的人

1950 年冬，稚气未脱的朱彦夫随志愿军大步跨过了鸭绿江。

12 月的一天，在争夺"二五〇"高地的战斗中，朱彦夫所在的部队冒着零下三十多度的严寒，与敌人激战了三天三夜，一次次击退了装备精良的以美军为首的联合军，守住了至关重要的高地。渴了，抓把雪团塞到嘴里，饿了，扯块军被棉絮充饥。拼到弹尽粮绝时，全连官兵都牺牲了，阵地上只剩下朱彦夫一人镇守。

战友们的鲜血染红了长津湖。

在敌人又一次密集的狂轰滥炸中，弹片进入朱彦夫的躯体，头部、胸部、腹部八处受伤，小腹划开一道长长的口子，肠子流出体外。当增援部队赶到时，他昏死在雪地上。殷红的鲜血汩汩流淌，浸染了晶莹洁白的雪山。

朱彦夫用自己的“尸体”占领了这座高地。

志愿军战士们把朱彦夫从雪窝里挖出来，小心翼翼地托到战地医院的临时手术室台上。麻醉药用光了，军医们在没有神志的肉体上反复做了几十次手术。他们用刀、用锥、用锯、用钳、用镊大面积处理着他周身的创伤和冻伤。百般无奈之下，截去了这位年轻战士的双臂，锯掉了双腿……

93天后，17岁的朱彦夫在“沉睡”中醒来后，下意识地要摸枪，可手臂空落落的。0.3视力的右眼透过纱布一瞅：啊？双臂没有了；他挣扎着要站起来，发现双腿也消失了。一个四肢健全的人一睁眼竟变成了“肉墩子”。

“老天爷，我咋变成了这样……”朱彦夫使出浑身力气大声叫喊着。撕心裂肺的哭喊声，从长长的走廊传进了病房。人们不知该如何安慰他。

也许人们还不知晓，在这位貌似“新兵蛋子”的老战士身上，却有着一段不寻常的人生经历：

孟良崮大捷的消息像山风一样传到朱彦夫的家乡沂源县。1947

年 9 月，14 岁的他瞒着母亲加入了华东野战军部队。在战场上的出色表现使这位农民的儿子如猛虎下山。

攻打兖州火车站、淮海战役、解放上海战役……战斗的枪林弹雨中总有朱彦夫冲锋在前的身影。吴淞口战役打响了，朱彦夫一人炸毁了敌人的三座碉堡，荣立战功。

全国解放的前夕，朱彦夫在战壕的火线里入党。他庄严地举起紧握拳头的右手宣誓：永远听党话，一生跟党走！

1951 年的一天，朱彦夫随着第一批志愿军伤员回国，转送第一野战军陆军医院治疗。朱彦夫刚踏入西安火车站，一位慈祥可亲的首长走来。他抚摸着朱彦夫的肩膀，深情地说："小伙子，听说了你的事迹，了不起！"说着竖起了大拇指。日后，朱彦夫才知道，这位首长是当时中共中央主持西北工作的习仲勋同志。

不几天，习仲勋又托人给朱彦夫捎来亲笔题词的日记本。扉页上一行遒劲有力的大字："永远保持人民英雄的光荣称号"。在治疗期间，朱彦夫始终把这本红色封皮的日记本放在枕边，时不时还将它贴在胸口。

隔年，朱彦夫又一次被医护人员像抱着一个"大冬瓜"似的送上火车。这次目的地是距自己家乡 100 多公里的泰安市荣军疗养院。院领导站在朱彦夫的床前，笑着说："朱彦夫同志，您是人民英雄，特等功臣，国家对特殊贡献的人会特别照顾，您可以安安心心、踏踏实实地在这里待一辈子了。"

"什么，我在这儿待一辈子？"朱彦夫立时血脉偾张，正值 18 岁年华的他在内心猛烈诘问着自己。病床上躁动不安的朱彦夫几次要求重返朝鲜战场。他默默念叨着："我死也要死在战场上！"

一个愿望破灭，另一个愿望又升腾起来。凭窗东望，朱彦夫仿佛看到了枯瘦的母亲和破旧的山村。他把家乡锁定为下一个“战场”。

行走，吃饭，喝水，上厕所……作为普通人再平常不过的行为，都是横在朱彦夫面前难以逾越的高山。装上假肢，起初由人搀扶着练习走路。他艰难地迈开双腿，蹒跚的背影如同一只企鹅。

摔倒，爬起；再摔倒，再爬起。刚刚结痂的伤露出了粉色的鲜肉，绑腿布渗出一注注殷红的鲜血，痛得他满身大汗。与其呻吟不如歌唱。他唱起了军歌，一直唱到腿麻木为止。

吃饭“实战”开始了。他用残臂夹住勺子喂食，不是送不到嘴里，就是把碗打翻，将饭菜撒一地。那会儿，他觉得自己的嘴太短了。委屈的泪水不时吧嗒吧嗒地掉在碗里……

一切从头开始的朱彦夫，不再依赖于四肢与躯体了。

最矮的“高峰”

1956年冬，一辆独轮小推车离开了享有特护待遇的荣军休养院，一路向东移动着，爬行着。车轮发出吱吱嘎嘎的声响，回荡山间，仿佛是悠扬的沂蒙山小调。车上坐着的正是头顶蓝色布帽，戴一副深色墨镜的朱彦夫。

张家泉村身处大山腹地，距沂源县城南45公里。这座贫困的小山村是朱彦夫的家乡。跨进村门的朱彦夫悲喜交加。兴奋的是，暌违故土多年，又拥入了家乡的怀抱；心寒的是，穷乡僻壤的原始模样仍旧没有改变。走在路上，乡亲们看着这砣怪怪的“肉墩子”，谁还认得出这位当年参军远征的朱氏之子。

暌别 9 年家门的朱彦夫，带回来三样东西：一副假肢和一本“舔”烂了的《学习小字典》，还有那册习仲勋同志赠他的日记本。

起初，朱彦夫回村只想当个大队记分员，后来发现村里的成年人几乎不识字。更可怕的是，他们对此不以为然。于是他改弦易辙，心生了一个大胆的想法：在村里办一所夜校。

“文化兴村”的主意是村民们做梦也想不到的。朱彦夫带着几个村民把南山上四队的一间闲置仓库整理出来，垒砌了几排石板石凳，前面挂了一块斑斑驳驳的木板，涂上墨汁当黑板，破天荒地办起了张家泉村历史上第一个夜校。

扒拉来扒拉去，高小毕业的朱彦夫非他莫属地当上了夜校的老师。也许，这位“朱老师”是全国讲台上难度系数最高的一位：把粉笔套进弹壳里，用两截残臂夹住弹壳。夹松了，弹壳掉落，夹紧了坚硬的弹壳沿嵌进肉里。每写一字就钻心的疼一次。雪白的粉笔上，常常沾满斑驳的血迹。夜校距朱彦夫的家两里多地。一天夜晚突降暴雪，朱彦夫脚下一滑，假肢摔飞了。他硬是匍匐着爬到了学校。厚厚的雪地上留下了一条深深的痕迹……

薪火三载。这支“残烛”没有一次缺课，几百个夜晚，这间老屋的灯火映红了山峁峁，也照亮了村民的心。100 多名“学员”学会了写信、看书、算账，十几个人先后当上了会计。

1957 年，张家泉村老支书请辞。全村八名党员一致推举朱彦夫接任党支部书记。这副担子撂在健全人身上也不轻快，更何况是交给了朱彦夫这个没胳膊没腿没左眼的重残人。绑在朱彦夫身躯上的假肢有 17 斤重，而党支部书记这副担子，压在他身上的重量无法估算。

解放前，张家泉村是远近闻名的讨饭村。新中国成立后又戴上了贫困村和光棍村的帽子。薄地、缺水、无电，像三根粗大绳索束缚了村民的手脚。左看，右看，上看，下看，全是灰不拉叽怪石嶙峋的山坡。屯里米无菽净，灶台火冷柴空。家家户户只好把锅挂起来当锣敲，大闺女们一个接一个的都跑了……

朱彦夫已是断臂残腿，但贫穷的绳索无法将他束缚。

朝霞满天。村支委和村民们簇拥着这位新晋党支部书记登上了全村海拔最高的山头。他先是热吻了一下脚下的土地，然后，缓缓抬起残臂向环抱的群山行了个军礼。此时，满血复活的朱彦夫好像身处激战中的“二五〇”高地。昔日他悲壮如拔矢啖睛的夏侯惇，今日似长坂坡上身披盔甲、气势如虹的赵子龙。

张家泉村“拔山举鼎”的冲锋号角吹响了。几天来，支委们围坐在朱彦夫家的炕头，你一言我一语，讨论得异常火热，描绘和谋划着小山村的美好蓝图。

刚进三九，朱彦夫带着百十号劳力，推车扛锄，喊着军人列队的口令开进了2000多米长的“赶牛沟”。治理这条沟，朱彦夫可没少费心思。简单的平填造田，小雨时无法泄洪，大雨时极易冲毁；修筑涵洞，既缺技术又缺物资。朱彦夫受了赵州桥结构的启发，采用了棚沟造地法：将沟底用石头垒成拱形，下面自然形成一条流水排涝的暗渠。石头上面覆盖泥土，两边的农田就连成片了。如此下来，单季田就变成了双季田。

白雪皑皑的山坡上，朱彦夫一架双拐、一副墨镜格外显眼。两只残臂夹着铁锨，挥汗培土。残腿磨出了血，血水从裹假肢的绷带里渗出来，滴滴鲜血染红雪地。有人劝他别干了，他不吭声，仍旧挥锹培土。第二天，朱彦夫架着双拐又是第一个来到工地。尾随其后的是肩扛工具的妻子和10岁的女儿。大伙看到这一幕，心痛地掉下了眼泪。他对众人说:“家乡面貌若能改变，咱粉身碎骨心也甘！”

拄着拐杖，身拖假肢。朱彦夫一次次艰难行走在崎岖坎坷的小道上，仅1.32米的躯体如同大山之中的一粒微尘。然而，他每走一步都是“高峰”。

“赶牛沟”填平了。尝到甜头的张家泉人，又花了两年时间，一口气整治了“腊条沟”和“舍地沟”，神话般地把三条龇牙咧嘴的沟沟岔岔变为平展展的80多亩良田。

20世纪50年代，流传着这样一首顺口溜：有女不嫁张家村，挑水跑到西山根，去时穿双花布鞋，回来磨破脚后跟。

张家泉村虽有个“泉”字，却是个十年九旱的缺水村。赶上老天爷不睁眼的年份，别说是浇地，人畜吃水都十分困难。挑水的人翻山越岭取水，回来已是天蒙蒙黑。去晚了只能舀点泥巴汤子喝。

“老少爷们儿们，老天爷指望不上了，咱们找‘龙王’要水去！走！”说罢，朱彦夫有力地甩动着双拐一骑绝尘。乡亲们真服了这个缺胳膊少腿的领头人，屁股后面呼啦啦跟上了300多人，其中还有不少妇女。朱彦夫所言的“龙王”是指村西南方向的龙王庙。庙旁虽有一汪泉眼，但存不住水。朱彦夫率领的队伍就从这里筑室反耕。

善于排兵布阵的朱彦夫将300多名劳力分成7个施工组，昼夜不停地修建大口井。当打到10米多的深度时，井底见了水。朱彦夫非要下井看个究竟。等大伙用绳索把他拽上来时，井里的泥水，腿上的汗水，断肢创伤面的血水，将假肢和残腿已经牢牢地冻在了一起，用铁锤砸都砸不开。

苦战一冬，龙王庙里显“灵”了。一股股清冽的泉水从龙王庙旁宽大的井口喷涌而出。从那时起，张家庄正式改名为张家泉。趁着手热，又打出了“老泉头”“池家峪”两眼大口井。紧跟着，在朱彦夫的提议下，举行了“五方会商”：举张家泉村、赵家庄、大家万村、山西万村、大刘庄村五村之合力，修建了长 52 米、宽 50 米、深 10 米，蓄水量 3 万余方的“友谊机灌站”，一夜之间解决了几个村的吃水灌溉难题。

“两大战役”完美收官，朱彦夫更有了底气。为了寻找“光明”，1971 年，他开启了一个人的万里长征之旅。

当时，10 公里之遥的公社驻地已是一片灯火通明，张家泉村的夜空仍像扣着个“大黑锅”。朱彦夫找来几个人一盘算，架杆引电的材料费需要 20 万元。这可是个天文数字。当时架电材料奇缺，供电部门也爱莫能助。

临行前，朱彦夫在油灯下扒拉着所有熟人、朋友和战友们的地址、电话，又密密麻麻地誊写在一个小本本上。揣上刚刚发到手的伤残金，背着一口袋煎饼，蹒跚的身影渐渐消失在村口。

习惯于露宿街头的朱彦夫，从旅馆旁擦肩而过也不瞥上一眼，甚至连几分钱的大车店也舍不得住。夕阳西下，倦鸟归林。朱彦夫就找个僻静的地方，枕着假肢倒地而睡。路人以为他是要饭的，就在他身边放点钱。

看似一次寻常的“出山”，朱彦夫的“化缘”之路历时 7 年。漫漫 3 万多公里的跋涉，终于凑齐了架电费。朱彦夫还从中“收获”了四种行走方法：立着走，跪着走，爬着走，滚着走。其实，他还有第五种方法，那就是“用心走”。用上“心”才走出了一条点燃山村的光明之路。

通电的那一刻，乡亲们兴奋地将这位断臂残腿的英雄高高抛向空中。喜极而泣的孩子们将黑乎乎的煤油灯往地上狠狠地一掷，摔个稀巴烂。

山顶松柏戴帽，山间果树缠腰，山下粮丰林茂，这是张家泉村巨变后的真实写照。

吾心如斯

这年冬天冷得特别狠。

一辆卡车开进了朱彦夫的院子，二话不说卸到地上一车煤。朱彦夫从抽屉里数出一把钱，差女儿送给拉煤的人。随着煤车渐渐远去的声音，女儿拉着脸回来了，说人家死活不要。后来，朱彦夫又叫女儿一连去县里三次都没有送下。

大年初一，县民政局的领导登门看望朱彦夫。一进门，发现院里那堆煤纹丝未动。裹着军大衣的朱彦夫坐在炕沿。盆里缸里的水结着一层薄冰。

“彦夫同志，这取火煤是根据国家文件你该享受的。天这么冷，守着煤不点炉子，你这是图个啥？”

“烧着不花钱的煤是暖和了，可那是滋生腐化堕落的‘温床’啊！”朱彦夫的表情愈发凝重了。

1964 年 1 月 26 日，朱彦夫在家里召开支委会。会议的主要内容就是批评与自我批评。他还提出个新鲜名词叫“洗洗澡”。看着一脸茫然的支委们，朱彦夫又解释道，不是洗身体，而是“洗思想”。

“洗”到晌午，“洗”出了 98 条。集体 18 条。每个支委都有几条，而最多的一位支委竟有 51 条。唯独朱彦夫“空白”。支委们都说，从朱书记的身上确实“洗”不出污渍来。

显然，朱彦夫对这样的结果不满。他自我剖析得说：“我是一名伤残军人，又是村干部，各级组织给了我许多照顾。但是作为一名共产党员，要时刻保持清醒头脑，不能让所谓的‘照顾’变味，让这种特权合法化。”

他摘了墨镜，捧起日记本，“洗”出了自己 4 条“问题”。

“这是哪来的玉米？”一天傍晚，朱彦夫从外面回来，见到锅里有四根玉米，劈头就问。

“是向欣放学后帮着收庄稼，大队犒劳孩子的。”媳妇儿陈希永正准备生火起灶。

“不行，拿上送回去！”

“人家奖励的，又不是偷的。你就让孩子解解馋吧。”

“说不行就是不行，集体的东西谁也甭想多沾一点！”朱彦夫一脸铁青像个断臂包公。

“孩子们跟着你可倒霉了，连个棒子也吃不上。”陈希永“腾”地起身，气得把火柴摔到地上。

队长褚万福收工路过，里面的争吵声从院墙外听得清清楚楚。他转头朝朱彦夫的家走去，正好碰上送玉米的四女儿朱向欣。

“老朱呀，你身体残成这个样子了，还天天为村民们这么操心费神的。别说 4 个，吃 40 个都不多。我敢保证，全村没有一个有意见的……”

“全村这么多社员，你拿一点，我拿一点的，集体经济不就垮了吗！”顿了顿，朱彦夫又提高了嗓门儿说：“我们家出了一个特等残废，绝不能再出一个‘特等公民’！”朱彦夫字字铿锵，直戳心底。

朱向欣委屈得掉了泪，抱着4个玉米朝大队部走去。

中秋节前的一天，妻子陈希永从日照的娘家带回两筐咸鱼。喜出望外的朱彦夫对着媳妇喋喋不休地说着：“你可办了件好事。”陈希永心里嘀咕着，丈夫一辈子没这么夸过自己，两筐咸鱼值当让他那么高兴吗？这里面肯定有“猫腻”。果然，朱彦夫在本子上划拉了半天，对媳妇说：“八月十五快到了，村里啥也没有，正好把咸鱼分给乡亲们过节。”陈希永虽心里不太情愿，知道犟不过朱彦夫，只好顺和着丈夫的想法，给每户送去三条鱼。当离开最后一户人家时，傻眼了：少算了一户。万般无奈，只好从自己家拿出两条送去。

仲秋之夜，朱家的晚饭唯一看上眼的菜是一尾小咸鱼。一家老少九口人围着这盘“海鲜”，你推他让，谁也不肯动筷。家里好几个月闻不到荤味了，馋极了的孩子们用筷子头蘸着鱼汤在嘴里吧嗒着……

一条咸鱼的故事，在张家泉村民的口中传为暖心佳话。

两件事让朱彦夫久久不能释怀。他先是成为“不孝之子”，然后又“冒犯了”自己生命中最重要的一个女人。

75岁的母亲因患肝癌，1975年秋天去世。当时，沂源县刚刚推行农村殡葬改革。庄稼人祖祖辈辈都是死后黄土埋身，哪一个愿意让一把火烧了的？临终前，母亲拉着朱彦夫的手说：“儿呀，千万别把娘烧了，入土为安啊！”朱彦夫一边点头，一边扭过脸去，不让母亲看到他的眼泪。

没想到，老人一闭眼，朱彦夫就让大队长张茂兴去办火化手续。张茂兴不肯，说：“该让‘国家功臣’的母亲土葬。”朱彦夫嘴唇在猛烈颤抖着:“咱是党员，咱不带头谁带头呀！”

下葬那天，朱彦夫抱着母亲的骨灰盒泣不成声地说:“娘，儿不孝了，等儿到了那边再伺候您……”

2010 年，朱彦夫的媳妇陈希永患上了绝症。几天几夜不进食的她，像一根几近熬干了油的灯芯。

“彦夫，我觉得快不行了，赶紧给县上打个电话，送我去医院……”陈希永气若游丝，音调中带有哀求。

“给县上要车……”朱彦夫头一回犹豫不决。一声不吭的他，像犯了错的孩子低着头。沉默了好一阵子，干涸多年的左眼窝竟沁出泪花。4 年前，朱彦夫突发脑栓塞，都是儿子和女婿用自行车驮着去医院，一次也没动用过“四个轮”的特权。

如万箭穿心的朱彦夫不时地为妻子扯扯被子，掖掖被角。半身不遂的“肉墩子”不易掌握平衡，加之残臂不听使唤。在一次斜身掖被角时失去重心，重重地砸在妻子身上，然后两个人同时滚落床下……

那一夜天很黑，好像黑得再也亮不了了。

天亮的时候，陈希永再也没有醒来。

永远冲锋的“战士”

1982 年，年逾半百的朱彦夫主动让贤，辞去担任了 25 年党支部书记的职务。老伴和子女们这样想，他终于可以素素静静地颐养天年了。

骨山血河的“二五〇”高地上，连长临终前对朱彦夫说：“如果你活下来，把战友们的壮举汇报给祖国和人民……”30多年过去了，这句话朱彦夫始终铭记。他要把这段历史写成书，让更多的人受到革命传统教育。

“独”具慧眼的“战士”又瞄准了下一个新“高地”。攻克这座“高地”不用枪杆子，也不用锄杆子，而是用笔杆子。

朱彦夫把被子叠成“方块”，垫在大腿上，再把写字板放到被子上。用嘴衔着笔，一笔一画地写着。这种写作方式，必得低头弯腰到60度，把残躯蜷缩成球状才能实现，体力消耗特别大。火上浇油的是，口涎顺着笔壳流下来，洇湿了刚刚写好的字迹。朱彦夫不得不再换一张稿纸。就这样，从起初每天只能写十几个字到后来能完成几百个字了。一年后，他淘汰了用嘴衔笔这种“原始”动作，发明了断臂绑笔，双臂夹笔的书写方法，效率倍增。

耗时7载，用掉半吨纸。朱彦夫以惊人的毅力完成了33万字的书稿。一本由“无手人”撰写的自传体小说《极限人生》问世了。多年来，这本励志的“饕餮大餐”再版了几十次。几年后，朱彦夫第二部书《男儿无悔》也出版了。在普通人眼里，千斤重的纸稿已经了不起了。可在朱彦夫的笔下，字字千钧!

令人始料不及的“化学反应”来了：朱彦夫一时间接到了来自全国各地的报告会邀请函。这恰好迎合了“残疾作家”的愿望。他要让更多的人知道，世上还有比金钱更珍贵的东西。

1000多场报告会，几百万人受益。所到之处都引起强烈的共鸣。14年的“传经布道”中，他不仅分文不取，也没“享用”过一箪食、一瓢饮……

俄罗斯《真理报》在1996年10月21日刊登了记者安克鲁申斯基的文章，他这样评价朱彦夫：这两个不同国家、不同时代的英雄人物的生平，似乎是平行地发展着，甚至称他为“中国的保尔”更有过之。

2014年春，中共山东省委、淄博市委、沂源县委陆续发出了向当代“保尔”朱彦夫学习的决定。这是继1996年之后，齐鲁大地再次掀起向这位“时代楷模”学习的热潮。

一个个来自北京的喜讯次第传到沂蒙山区的张家泉村：全国自强模范先进个人，中国消除贫困感动奖，全国社会扶贫先进个人，全国文明家庭，全国敬业奉献模范称号……因重残体弱，朱彦夫不能前往现场领奖。朱彦夫的女儿朱向华、朱向欣，儿子朱向峰分别在京受到了习近平总书记的亲切接见。习近平总书记叮嘱他们：一定要照顾好老人。

生命力极其顽强的“钢铁战士”已近垂垂迟暮：骤降的视力不能读书了，肌肉萎缩的断臂不能写字了，负累沉重的残腿不能走路了……可他还有一颗痴情不改，跳动有力的心。

每个清晨，85岁的朱彦夫总是庄重地做好一件事：一副假肢整整齐齐摆放在床头。“脚”上的一双黄军鞋鞋头始终朝外。这是一名战士冲锋前的准备动作。

（《文艺报》2019年2月18日刊载）

中国载人航天工程总设计师王永志

◎ 何建明　李天泉

从1964年6月29日开始，我国连续进行了三发中近程地地导弹的发射，发发命中目标，一个比一个打得准，全部获得成功。

3次发射都在现场的王永志回忆起那个激情燃烧的岁月时，激动而深情地说：“那个年代的人们，除了奉献，他们心中没有任何的牵挂。我那时也是30刚出头的小伙子，还挂着中尉的军衔。就在那一次改进设计后的发射任务中，我真的还解决了一个不大不小的技术难题。这事起因是天气炎热会使推进剂的密度变小，在燃料体积不变的情况下导弹射程可能达不到预定的要求。怎样才能让导弹的射程不受影响，一时间谁都没能想出什么好办法。6月的戈壁沙漠热得鸡蛋放上去几分钟就烤熟，地面烤得人脸发烫、脱皮。当时有人说再加点推进剂，让发动机多工作一会，不就能射远了吗？可是导弹储箱容量是有限的，即使全部加满也加不进去多少了。突然从我脑袋里闪出一个念头，如若把燃料倒出一部分，改变氧化剂和燃烧剂的混合比，通过减少燃料，使氧化剂相对增加的方法来达到产生同等推力的目的，这样导弹起飞质量小了射程就大了。经过计算，我提出了卸出600公斤燃料的方案。

可有人站出来反对这毛头小伙的建议，还跟王永志展开争论：“导弹本来还嫌燃料少，推力不够嘛，如果再减少燃料，射程只会更近。”

“当时没几个人同意我的方案，我心里着急，可找谁能把这件事说明白呢？只能去找最高技术负责人钱学森了，他是权威的大科学家，非他莫属了。我就直接面见钱院长，一见面，他好像知道我的来意开门见山地说，‘小王听说你有个想法，说给我听听。’他对我提的办法一点一点追问，直到我把意见讲完，他点了点头自语着，‘行，有道理’，当即就叫秘书把总设计师请来了，钱学森指着我说，‘小王说的是对的，就按他的意见办。’”

从导弹里泄出一部分燃料，这一泄不要紧却连中了三元，导弹打出了 1000 公里的骄人成绩。

也就是这件事让钱学森记住了中尉王永志。许多年后的 1992 年，当中国载人航天工程上马时，钱学森一再提议王永志担任总设计师。钱学森说，我之所以要推荐王永志担任载人航天工程的总设计师，因为他年轻时就崭露头角，逆向思维和别人不大一样。直到今天，王永志每年寄给钱老的贺卡都被钱老保存在书柜里。

在“东风二号”获得圆满成功举行的庆功会上，钱学森特意将王永志拉到身边坐下，为他出的好点子、好办法敬了这毛头小子一杯。

王永志还讲到在进行中近程导弹第三次发射中还出现了一次重大险情，即在加注过氧化氢时，由于阀门密封欠佳，突然发生因泄漏而向外喷射液体的故障。这种高浓度的过氧化氢溅到皮肤，会把皮肤立即灼伤，如果和其他推进剂接触，就会造成难以预料的严重后果。面对随时可能燃烧爆炸的紧急险情，操作手临危不惧，沉着处理。发射一中队操作手刘守德的衣服着火，手上顿时燎起一片水泡，但他连防护面具、橡胶手套都顾不上戴，强忍着灼伤的剧痛，迅速将手伸向正在向外喷气的阀门，一把关闭了阀门，然后迅速背对导弹，使胸前燃烧的火焰与导弹脱离接触，避免了一场特大事故。几乎与此同时，流入弹体内的过氧化氢，正腐蚀着发动机舱内的设备，操作手田发森没吭一声、喊一句，就奋不顾身地钻进导弹发动机舱里，忍住过氧化氢滴落在脖子上的灼痛，坚持操作40分钟，直到把溅落在各个部件上的过氧化氢完全清除干净才爬出来。

这就是我们的航天战士，这就是中国导弹试验部队的士兵，是他们在用自己的血肉铸成了我们的钢铁长城。

王永志心中永远铭记着那些战士的模样，永远铭记着祖国安危之所系。因此他才能在20世纪80年代面对国企下马、军工转制、“造导弹不如卖茶叶蛋”的浮躁喧腾中，敢于向中央领导说出：“如果一旦发生战争，我们将既无进攻之器，更无还手之力”的警示。他担起了中国运载火箭技术研究院承前启后、转折关键时期的院长之职，率领研究院走出国门，创造了中国火箭事业闪电般前进、令全世界都惊赞的神话。

王永志的人生之旅

当中国经历了一场长达10年的文明浩劫，还没有走出那梦魇般的怪圈时，在西方一股反思人类文明发展模式的思潮下，一部震惊世界关于人类已陷入自身发展困境而不得不寻找新路的前瞻性理论研究杰作《增长的极限》问世了。作者在书中宣告一种沿袭了整个资本主义时期经济增长模式的破产。传统的掠夺和对大自然的蔑视与践踏已经进入穷途末路，人类面对世界自然王国的迅速崩溃却是那样的束手无策。而东方在摆脱了梦魇后渐渐苏醒，当这个巨人从五千年崇尚皇权土地上站起来，迈着蹒跚的脚步去追赶世界的先行者时，才猛然发现，这个世界已是面目全非。这个被称之为人类摇篮的地球留给自己的空间变得狭小了，地球上本来属于自己的资源和财富，并不像我们自己想象的那样“地大物博，物华天宝，取之不尽，用之不完”。贫困仍然像驱不散的浓雾弥漫在大地山川，满目是文明的创伤、思想的禁锢，中国还停留在工业文明起步的初始，农业文明仍然是我们赖以生存的根基，与世界发达国家的差距竟拉开了约50年的时段。泱泱大国，千百个行业，除了航天这一行业与世界先进水平相近外，其他的一切行业都拉开了很大的差距。幸运的是中国新的时代开始了，而它又迫使我们必须作出一个伟大的抉择，杀出一条追赶世界先进国家快速发展之路，杀出一条实现中华民族腾飞的具有中国特色的社会主义的道路。

“三抓”任务胜利完成，新中国自己培养的导弹、火箭专家成了新时期国防尖端科技战线的领军人物。1984年，一院领导班子里的李伯勇、沈辛荪、王永志、于龙淮、王德臣等一批新中国培养的中青年导弹、火箭专家被任命为副院长，走上了领导岗位。两年后，王永志接任院长，和党委书记沈辛荪一起，带领中国运载火箭技术研究院近三万航天战士组成的军团，面对挑战，知难而上。这就是王永志、沈辛荪走上新的长征之路时所面临的国际国内形势。

曾有一篇描写王永志的文章，标题是《天降大任阔步行》，王永志的人生之旅确是伴随着中国航天起步的。在这个已闻名世界的中国现代火箭的发祥地，中国现代火箭的摇篮里，深深地烙印着王永志前进的坚实脚步。

王永志，一个中国农民的儿子。王永志，中国载人航天工程的首任总设计师。他人生之旅蕴涵着什么？他要诉说什么？

王永志诞生在中国最富饶厚重的黑土地上，而这个婴儿降生后向世界发出的第一声哭叫，却是伴着“我的家，在东北松花江上……”的凄凉歌声。他生于战火硝烟的沉沦，长于日寇铁蹄下故国的奋起。小学毕业的王永志迎来了进军东北、收复失地的中国共产党。虽然东北地区仍处于解放战争的前线，国共两党为争夺东北战略要地集中了百万大军展开了激烈的争夺战，但在党中央的战略布局下，东北广大的县乡都建立了巩固的根据地。解放了的辽宁昌图县昌北中学，向广大贫寒人家的子弟敞开了教育之门，在全国首开先例免费招收家境苦寒的工农子弟入学深造。王永志赶上了好时代，幸运地获得了继续学习的机会。天性聪慧而又勤奋好学的王永志让学校老师非常喜爱。1948 年年底，东北全境解放，王永志以全校前几名的优异成绩初中毕业同时加入了中国共产党。还不到 17 岁的共产党员王永志被保送到沈阳东北实验中学读高中。出身于农民家庭的孩子，从小就对生长在东北黑土地上的农作物、植物、矿物、动物有着天生的浓厚兴趣，对老师上课讲的摩根遗传学理论、米丘林学说、达尔文的进化论着了迷，梦想将来也要当一个生物学家，改良黑土地上的物种，使其能像江南一样稻花飘香，鱼戏荷塘，花开四季。少年的梦刚刚起飞，朝鲜战争爆发，美国佬的飞机、炸弹炸断了他少年的梦境。沈阳东北实验中学在美军的轰炸声中搬家迁移，搬迁的学校刚刚重新上课，在临近沈阳的北陵机场上空，王永志欣喜地看见一排排苏联的米格喷气式战斗机组向鸭绿江方向飞去。随后，美国佬的飞机再也没在学校的头上出现过，而志愿军空军英雄张积慧、王海击落美军王牌驾驶员的英雄事迹传遍了学校和全中国，这唤起了王永志神往蓝天战鹰的梦。一个爱做梦的孩子，常常潜伏着天才的奇想、天才的潜质，不然为什么世界上所有的伟大发明和创新奇迹，都是从梦开始的。怀着对蓝天的幻想，对神鹰战机的崇尚，高中毕业的王永志，从大地田野上的一切生物被敌机肆意轰炸而无力摆脱悲惨命运的图景，得到朦胧的启示，他毅然放弃原来的初衷，报考了清华大学航空系飞机设计专业。数十年后，王永志谈起他青少年时代这段往事，还由衷地说："我得感谢美国的飞机让我选定了今天的事业，作出了人生中一个重大的抉择。"

人生往往就是在那意想不到的机遇中迈出了那有决定意义的一步。1952 年全国高等院校调整，王永志又成为清华的首届学生。又是因为优秀，他被选送到北京外国语学院留苏预备班学习俄语，1955 年初，被派送到莫斯科航空学院飞行器系飞机设计专业学习。就在留学期间，一件震动世界的大事发生了，王永志的人生之旅又处于一个梦与现实的转折点。1957 年世界上第一颗人造地球卫星上天深深震动了王永志，而这一次震动的启示，对王永志来说已不是梦境，而是一种报国壮举的冲动，是在心中构建的强烈的责任感。从他心中蹦出来的是这样一句无声却宛如雷鸣的话："中国能用自己的火箭把中国的卫星送上天吗？"千年神话里的嫦娥和敦煌飞天能起舞广寒，把琼楼玉宇化为现实中国科学的腾飞吗？机会不仅来了，而且幸运又一次落在他的身上。从北京传来信息，祖国要求一部分还在留苏的学生转学火箭设计研制。王永志又一次改变了自己所深究有成的专业，向祖国期待的方向迈出更加坚实的一步。一定要把火箭技术学到手，精通于心，创新于世，把中国的卫星送上太空去！

几年寒窗苦读，在莫斯科郊外的白桦林，王永志的梦想成熟了，沿着红梅花开的河岸，王永志的青春之花结了硕果。1961 年，他取得了莫斯科航空学院优秀毕业生文凭及工程师称号。王永志的恩师，苏联科学院米申院士在他的毕业论文《洲际导弹设计论》答辩会上说：“这是你第一次当‘洲际导弹总设计师’，但愿这不是最后一次当设计师。”

这个预言表达了一个院士从逆向思维出发求证的相反结果。

历史正是沿着这个逆向思维的方向，一次次论证了老院士的得意门生所创造的足以令人震惊的辉煌。今天的王永志已经是世界闻名的国际宇航科学院的中国院士，但他深深记住另一个伟大科学家的话：我们所有的科学高峰，都是踩着前辈成就的阶梯而攀登的，而科学的高峰是无止境的，宇宙所有未知的探求，还在我们看不到的山峰之上。

王永志回国了，他心里揣着难以数计的探索求知回来，他厌烦那句流行于世的谎言，什么“学成回国”。他说人在世上，就永远不会有什么学成的圆满。大千世界，浩瀚宇宙，我们知道多少呢，面对天地万物，我王永志永远是学生。

回国的王永志穿上了他少年时就期望的军装。中尉王永志昂头挺胸走进了军营——国防部第五研究院一分院的导弹总体设计部。从此他就与导弹、火箭捆绑在一起，情深谊重，生死相依，度过了风风雨雨、轰轰烈烈激情燃烧的岁月。走进他的办公室，一个巨大的地球仪伫立在大办公桌前，举目洁白的粉墙被一幅五百万分之一比例的世界大地图占据，令人不由得冒出了一句话，“山临绝顶我为峰，有容乃大属汪洋。”足见其人心胸的宽阔，志向的高远。

走进王永志

关于王永志，当你走进中国运载火箭技术研究院巍然伫立的大门，踏进中国现代火箭摇篮那片土地时，仿佛就能感到一种立体的震撼。

晶莹的大理石广场就铺砌在从前农家的猪圈与荒草丛生的泥沙上，杂草丛生的荒野矗立着一幢幢抗八级地震的一院办公楼，如同托尔斯泰故居样式的长征图书馆就建在广场右侧过去的荒坟堆上，面对着办公楼的中华航天博物馆宛如古希腊城堡，高耸入云。中国长征系列火箭在博物馆里排列成历史之柱，而从太空返回的飞船则在巨大的航天港里歇息，如同待命再次出征的勇士。在这儿你可以和唐朝竹笛作推力的烟花火炮、与宋代的火箭、与明朝万户飞天的风筝、与敦煌飞天的壁画以及现代长征系列火箭的12个兄弟一起，做着飞天的古梦，重温飞向太空的历史。当你梦醒之时，航天博物馆会告诉你，这不是在古代而是在21世纪——中国起飞的新时代。

一院广场正中，宛如火箭发射架般的高高旗杆上，飘扬着一面五星红旗，环抱着它的是航天人展开于太空的蓝旗。

看几十里绿树成荫，一条银带似的公路穿插环抱着数十幢乳白色大楼。厂房林立的城区里，夜晚有万盏灯火与星空辉映，白天有车如川流不息歌吟鸣笛。地上的绿草漫过每一寸土地，楼台亭阁，水榭长廊，似苏州的园林掩映在睡莲盛开、芙蓉花曳的喷泉瑶池。

不然中华总工会怎会把“全国模范职工之家”的牌匾、银牌悬挂在老一辈革命家住过的将军楼前，挂在老一代科学家的瓦屋、草棚故居。

走进研究院，从数以千百计的一院几代航天人的言谈中，你都能听到一个被赞扬的名字，这个名字就是王永志。

好一个王永志。米申院士在你的毕业论文答辩时说的那一句“但愿这不是你最后一次当设计师”的话，使你踏上了回归祖国的征程。老院士期望的“设计师”恰如伴随着你人生之旅的幸运女神——从我国自行设计的第一颗中近程导弹起，中国多种导弹的设计图上都签署着王永志的名字。也许是上苍冥冥中的安排，也许是你的每一根血脉里都燃烧着祖先飞天之火的激情，从青春岁月直到今天烈士暮年、壮心不已的王永志，当过许多战略、战术导弹的总设计师，火箭总设计师，系列总设计师，载人航天工程总设计师……从王永志的脚步里，可以看见中国走向太空的艰难坎坷崎岖不平的道路；从王永志的身上，可以看见中国在迈向世界强国的征途中不畏艰难，不屈不挠，勇于攀登，无私奉献，特别能战斗，特别能攻坚的英雄气概。

从20世纪80年代起，王永志就成为中国跨世纪研制的新一代火箭技术的领军人之一。是他提出火箭型号研制要形成系列产品，是他在中国载人航天工程这一划时代的壮举中，提出了三步走的宏伟设想。

他曾风趣地对人说：“我这辈子总是干新型号，是个喜新但不厌旧的男人。”

有中国火箭之父美誉的钱学森对来看望他的中央军委领导自豪地说：“我推荐的现任载人航天工程总设计师不错吧，年轻时就崭露头角，他大胆进行逆向思维，很懂得科学的辩证法，和别人不一样。”可王永志无论在什么时候，不管取得了多大的成绩，他铭刻于心的是忘不了钱学森、任新民、屠守锷、黄纬禄、梁守槃、谢光选等老一辈科学家对他的言传身教。他从这些开创新中国高科技事业的先行者大师们的身上懂得，作为一名科学家，他所有取得的成就都是踩着前辈科学家搭起的阶梯向上攀登的。王永志的心里永远铭刻着这个真理。

王永志说，也许是我的命运好，一干型号就置身于大师们呵护慈爱所营造的氛围里，他们用双臂举起我向科学的山峰攀登。还有人说，“王永志神呀，仿佛上帝也对他另眼相看，总是在天上呵护着他，在咱们院里参与主持各种大型飞行试验没有失败经历的人可说是凤毛麟角，恰恰王永志就是凤毛和麟角。”可他却说干航天这一行，虽然一辈子都在提心吊胆，但是有一点一定要记住，用百分之九十九的智慧精力来消灭失败，剩下的就只有一个词——成功。也许这就是王永志的斗争哲学吧。

人都有困惑的时候，人生这幕大戏也不会总在高潮上蹦跳。王永志就是一个躲着高潮的人，他非常喜爱毛泽东的诗句：“待到山花烂漫时，她在丛中笑。”

坐在世界地图下办公桌前转椅上的王永志，有着一张被大西北沙漠的风刀沙针雕刻的脸，宛如罗丹著名的雕塑《沉思者》。这位饱经了世纪风霜、沐浴过几十年靶场火焰云烟的人腰身挺拔，依然那么威武豪爽。黑土地上走出的东北汉子特有的刚强，从他那炯炯如神的眼里透露的赤诚坦荡。有人问他：“王院长，在你的人生中有没有感到累的时候，有没有陷入过低谷的压力？有人说你是个天生的乐观派，压力越大弹力更强，干劲更大，这话当真？”

“这都是重担子给压出来的。一句话，国家使命的责任，不干不行呀。要说累，航天人搞型号几天几夜不合眼，是人都感到累。要说低谷，不仅我有，我们整个研究院都曾陷入过低谷。我这一生总感到累，这种累是心累，是一时想不出走出低谷困境的心累，那也是一种压力呀，压得我吃不下饭，睡不着觉，那个压力比让我去设计世界上最先进的导弹、火箭都难呀！”

那是什么样的压力，压得他睡卧不安呢？

“当院长嘛。”王永志深沉地说了一句，仿佛有一种难言的苦衷，这话里蕴涵着的是一个历史时代翻滚大浪的风云，是一个时代在转型期中的大起大落。翻阅一院的院史，王永志出任院长的时间是1986年，正是中国处在计划经济向市场经济转型的关键时期，中国的改革开放正在探索中前进，作为一个几十年吃皇粮又受到计划经济特别宠爱的国防科研部门中主要的火箭研究院，要逐渐摆脱计划经济转向市场，那就是说，几万人的衣食住行、生存发展，不找国务院，也不找航天工业部，而是要到市场去寻找出路，这对于王永志、沈辛荪和一院都是不可想象的天方夜谭。一个制造尖端武器的连着国家安危的科研单位，突然被推向市场，这个变化犹如在一院人的头上炸了一颗天翻地覆的原子弹。作为院长的王永志，肩上的压力之大比泰山压顶还要沉重。一院好像一下子从当年事业有成的顶峰陷落进四面铁壁合围的低谷，怎么突出去？怎样走向振兴的康庄之路？王永志在这沉重的压力下面对上万战友渴盼期待的目光，深深懂得了2000多年前的屈原为何要喊出“路漫漫其修远兮”。摆在他面前的路只有一条，中国航天技术要走向世界，必须背靠国内国外两个市场，从困境中走向世界，杀出一条血路来。

有人问：“王院长，听说你担任院长前，进行民意测验，你得票数最多。”

“这都是转型期逼出来的中国特色嘛。”王永志风趣地挥了挥手说，畅快地讲述了这一段令人惊叹欣喜的往事。

1984年初夏，中央政治局在北戴河召开会议。邓小平同志在会上作了重要讲话。中央军委对全国的国防科委所属科研院、所、厂等军工企业提出了新的指导方针，即军民结合，平战结合，军品优先，以民养军。在军工系列开展了军转民的二次创业，由过去单纯的国家任务型向国家任务型与市场导向型转制。于是院党委召开紧急会议，研究怎样走出困境，看来“大锅饭”是吃不成了，“皇粮”也在大幅度地减少，“等、靠、要”的思想理念必须铲除。我们已经不再是国家养着的科研事业单位了，更不是过去意义上的国家干部了，一定要横下一条心“杀出一条生存发展的血路来”。

院党委一班人在取得一致共识后制定出一条“军品立院，民品兴院”的发展战略方针，在全院破除“等、靠、要”的老观念。

一个长期封闭的以单一研制生产运载火箭为主的研究院，无论从思想观念、组织机构、管理模式、规章制度，还是其出发点，都构建在极为严密的计划经济的框架里。几十年来不管国家遇到什么困难，都要想尽一切办法首先保证其生存发展的研究院，宛如大家庭里最受宠爱的孩子受到最佳的呵护，在潜移默化中这些天子脚下的时代娇子们，做梦也不会想到，这个社会突进的大转型来到时，他们也会被抛进市场的大海。

早在1980年，一院党委班子就已意识到商品经济的大潮必然会成为社会发展的主流，他们在完成“三抓”任务的前提下，发挥自身拥有的科研实力和生产能力去投入民品的开发。在参加了当年北京市场技术交易会后，院党委号召全院干部职工行动起来，大搞民品，托关系，找路子，能干什么就搞什么。首先从商品的流通领域进入，搞了一些见效快的生产经营，如加工装配音箱、风扇、落地灯等家用电器，有的职工摆摊设点卖日用百货和食品，干了一阵却见效甚微，这种遍地开花、户户冒烟、无目的折腾所形成的混乱，从另一个侧面给院领导一个启示：为什么我们忘记了所有的经济活动必须结合一院几十年已形成的技术优势和专业特长，找到更适合一院独具开发民品的出路呢？很多人认为搞民品是解决临时困难的权宜之计，是业余找点钱，并未进入军民结合、以民养军这个代表未来发展的境界。一院为从思想上解决这个带有根本性的问题，于1980年2月召开了民品工作会议，从战略的高度对民品工作进行统一规划，将转轨变型提高到一院生存发展的高度，作为一个方向性的问题在全院展开讨论。

王永志以超前意识和全球视野，提出了研究院的发展经营既要面对国内，更要在改革开放中打开国门走出去，走向世界。搞火箭的就要找国际上已形成的商业卫星发射市场，要横下一条心挤进去，打破欧美对这个市场的垄断控制。

面临的形势是严峻的。建国初期从国外回来的专家们都已年近古稀，建国时期参加工作的干部、工人、研究人员都已临近退休年龄，队伍的老化，那是不以人的意志为转移的规律。建国后的第一个退休潮不仅仅是涌向研究院，而且是卷向整个中国。军队的百万大裁军，上千名红军、八路军时期的高级将领纷纷离休。研究院的第一代领导张钧、张镰斧都已离休，大批的老专家退居二线，老工人、老干部、老科研人员、技术骨干都退了下来，各个学科的人才断层，遍及全国各科研部门。而50年代初来院的那一批大学生大都50多岁了，却没人能接下他们的工作。加紧培养那是要时间的，更令人着急的是科研设备的老化，这些四五十年代生产的在当时还算先进的仪器、仪表和机床与欧美发达国家相比整整落后了一代甚至两代。更令人着急的是研究院连人头经费都要找米下锅，国家下达的战略战术型号任务也进入了更新换代期，那是要用钱来研制的呀！社会上的一些人士甚至一些高层官员，还说搞导弹、原子弹、火箭把国家搞穷了，为了加速国家建设，应把投入这方面的钱投到国民经济的急需上，这样也许会让我国的经济发展更快。这些瞎胡想的不负责的言论和不了解现实情况的猜疑指责，多么像 1960 年北戴河会议上关于尖端国防工业上马下马的激烈争论啊！

1986 年研究院已断了百分之八十的“皇粮”，经济困难把王永志和研究院逼上梁山。

语惊四座与走出国门

要不要发展国防尖端武器，增强国家防卫实力，这是有关国家存亡的大事啊！改革开放，要开放到连国家的主权、民族的尊严也不要了吗？鉴于当时那一片对尖端技术指责、藐视，对下海捞钱一片叫好的浮躁喧嚣的潮流，有中国火箭元老之称的屠守锷、梁守槃、卢庆骏、谢光选、陆元九及研究院第一代领导张镰斧联合上书中央，陈述当前国防尖端技术的情况。

随即国务院会同航天工业部召集了有关部委负责同志来研究院实地视察调研，后又在中南海举行座谈会。作为航天工业部的代表王永志在会上首先发言，他在简要介绍了我国航天事业、国防尖端武器研制的情况以及中国航天发展的必要性后说：“我国28年投入国防尖端武器的经费只有28亿元，只相当于美国1984年一年投入此项事业经费的30%，苏联1984年一年投入的25%。28年与美苏的30%，我们就是用这么一点钱，建立了自己现代的国防威慑体系，建设了众多航天工程，从而让中国迈上了小平同志所说的在世界上有影响的大国地位，不仅换来了20多年的和平建设时期，还恢复了在联合国的合法地位，中国航天成了世界宇航联合会的成员国。虽然当前世界形势趋于缓和，但任何一个国家也没有麻痹到不设防的地步。在美苏两国都在着力于提高武器技术性能，增大威慑力的情况下，如果我们把军转民只理解为只搞民不搞军，而不致力于提高武器的性能，到时候一旦国家有事，就会既无招架之功，更无还手之力，我们怎么向人民作交代呢？”

“讲得好，如果现在没有‘两弹一星’，中国会是什么样子，我们可不能得而复失啊！”张爱萍老将军敲着拐杖激动地第一个挺身而出支持王永志的发言。著名政治经济学家许涤新说：“我国航天工业经过了30年的努力，已跃居世界先进行列，已经成为我国工业体系中的支柱产业。为壮大我国工业体系，我们必须继续大力发展这个支柱产业，在我国数以千计的工业领域，我们只有一个半领域达到世界先进水平，航天就是唯一的一个。”

宋健同志说：“社会各界的一些流言蜚语说三道四的话，多半是对我国发展航天事业的不了解，不知情，这也难怪，一旦他们知道了，那些话自然就消失了。航天战线是对国家作出了杰出贡献的一条尖端战线。”

“对，对，我们今后再也不听那些话了，我们更要多多交流、理解，相互沟通，皆大欢喜呀。”座谈会一些专家们说着道歉的话，会议开得非常成功，与会者们达到了一个共识，还向国务院领导提出了支持推动航天事业发展的很多好建议。

不久，一些重大航天工程纷纷立项上马，被中止的一些型号又恢复研制，而一院自筹资金启动了“长二捆”火箭的研制工作。

随之，王永志提出了“火箭研制走基本型、系列化”的道路。此后，型号一改过去发一颗卫星就研制一种火箭的老办法，火箭的研制向横向配套发展，走基本型、系列化的道路成为一院技术创新的指导原则和根本方针。一院的科研生产进入既节省时间又节省经费的高效良性循环。

1986 年 9 月国务院座谈会后，王永志开始实施他重整队伍培养人才的宏伟计划，在全国率先成立了研究院自己建立的航天专业研究生院，实施干部职工的终生培训、知识更新制度，而且他亲自上课讲学，带研究生。

1986 年底，王永志、沈辛荪、王德臣、于龙淮等人组成了一院新领导班子，他们兵分两路向国内、国外市场展开了大进军。

王永志为一院制定的“军品抓住管好，民品放开搞活”的一院工作指导原则，大大激活一院员工的积极性和聪明才智。他们知道一院的优势既在国内更在国外。王永志说我们要制造生产的民品是以世界先进技术为依托，要做到产品国内只此一家的名牌，我们不与行业争利不端人家的饭碗，我们也不要向国内市场争利堵住同一类产品企业的财路。我们要制造的是国家还没有、唯有我们能研制出的产品，比如风能发电配套设备、高能发动机、液氢液氧发动机等这样的产品。

为打开国外卫星发射市场，大推力火箭的研制将是中国挤进国际市场的杀手锏，是中国在国际市场占有一席之地的保证。“长二捆”大推力火箭研制的起始，是在王永志、王德臣、于龙淮有一天相聚在一间办公室里策划出来的，就是这张策划的图纸，打开了国际卫星发射服务市场对东方禁闭的大门。

1986年，1月28日，美国的“挑战号”航天飞机在发射升空73秒钟后，突然在空中爆炸，这震惊世界的一声巨响，使机上7名航天员无一生还，其中还有一个是以太空作课堂为她的学生上课的女老师。航天飞机爆炸后，美国紧急启用“大力神”和“德尔它”火箭进行卫星发射，以保住其世界卫星发射市场的霸主地位。但这一年“大力神”和“德尔它”都不争气，刚刚点火上天就接连失事葬身大海。一些亟待发射卫星的用户，眺望着肯尼迪发射中心上那片浓烟未散的天空，不知该投向何处才能找到合适的天梯。他们把目光投向欧洲，可是欧洲航天局的王牌“阿里安”火箭同年5月13日在飞向大西洋的瞬间化为灰烬，落入大海。1986年在世界航天历史上创造了一个令上帝也不忍目睹的空间灾难年。由此表明，在人类探索太空的未知中步步是风险，这是一个至今也未被人类化解的高风险的事业。

灾难中偏偏有喜讯从天空升起，宛如彩霞中的驼铃敲醒大洋彼岸的一双双期待而又疑惑的眼睛。

2月1日，中国新研制的“长征三号”火箭从西昌卫星发射中心腾空起飞，将“东方红二号”实用通信卫星送入了地球同步转移轨道。中国的星星占据了36000公里的“制高点”。中国这一划时代的成功，使那些渴求发射卫星的西方国家迫不及待地把目光转向中国火箭的摇篮——北京南苑，这个他们第一次听到就顿觉颇具东方特色而又蕴含着现代文化的地名。是否换一个方向去寻找这个陌生的伙伴谈谈合作事宜呢？尽管心里还有疑虑，但这些讲究现实利益的西方人，不得不向中国伸出手来。

而此时为研究院的发展奔波在外的王永志，正坐在飞往香港的飞机上。他的战友王德臣、于龙淮，此刻正精神百倍志在必得地奔走在欧美各大卫星公司之间。

自1985年10月中国政府宣布将长征系列运载火箭投放国际市场以来，中国向国际发射市场的推进，可说是进展缓慢，处境险恶，步履艰难。当时中国的新闻只报喜不报忧，只重结果而且必是好结果，不重过程，所以没有结果的过程，即使是世界最精彩的壮举，中国的报纸也不会留意，以至于王德臣他们再难再苦也没人知晓，泪往肚里流，自己安慰自己吧。

航天发射是当代高科技的极端体现，具有这种实力的国家从这个风险的极端里获取了巨大的效益，所以这一领域从一开始就被西方欧美垄断，要想从他们的盆中分享一份圣餐，其困难艰险可想而知。

无论是著名的欧洲阿里安公司，还是美国的麦克唐纳·道格拉斯公司和通用动力公司，对刚刚起步从事中国涉外航天商务活动的中国长城公司更是不屑一顾，处处摆出一副盛气凌人、高傲蛮横的霸主做派，指手画脚故意设置一些关卡障碍，甚而操纵一些别有用心的人指责诬陷中国企图打着对外发射卫星的幌子，窃取西方的高科技核心秘密。美国政府更是百般刁难阻止中国的航天商务活动，下令没有美国政府发放的许可证，任何卫星公司不得和中国签订发射协议。

1988年6月16日，美国的卫星制造商休斯公司首开与中国合作的先河。澳大利亚澳普图斯公司在有4个宇航集团参加的第二代通信卫星发射招标中，选择了由休斯公司提供卫星和火箭发射的一揽子发射服务方案，而休斯公司提供的火箭则是中国的长征火箭——由王德臣带去的中国“长征二号”捆绑式火箭的图纸被休斯公司看好，它将为澳大利亚发射两颗由美国休斯公司制造的卫星——澳赛特 B1 和 B2 卫星。

在此次招标中落败的几家西方宇航公司特别是欧洲的阿里安公司，事后竟悻悻嘲笑澳普图斯公司说：“你们是在走高空钢丝。如到时候中国打不成，你们再找我们，即使出比现在高 3 倍的价钱，我们也要考虑考虑。”阿里安公司说的不是笑话，他们果真为将来备好了一份合同，只等预言到来！

中国虽然只取得了第一回合的胜利，可是人们却没有想到，由于世界保险界的冷漠，使中国保险公司在为落实这笔巨额保险而犹豫不决，他们不得不考虑万一发射失败所要承担的巨大赔付，而刚刚起步的中国火箭还没有力量为自己的实力佐证。当时，中国拿到的还只是一份协议书，正式发射合同并未签订。更让人担心的是作为发射澳星运载工具的“长二捆”，在王德臣手里只是几张由他和王永志在办公室里勾画的原理草图，那是纸上谈兵，真正的火箭还是一片空白。人们对此而产生的怀疑，那是很正常的。

中国有句俗话：没有金刚钻，别揽瓷器活。王永志、王德臣他们是胸有成竹才敢放出话来的。看看这三员大将手中究竟有什么样的金刚钻吧！一院研制的“长二捆”究竟是一种什么样的能把 3 吨以上的澳星送上天的火箭？王永志、王德臣要放飞什么样的神箭闯进国际发射市场的禁地呢？

好一个震惊天下的中国创举

让我们回到研究院王永志、于龙淮、王德臣三位院长、副院长相聚的那间办公室，窥探一下他们悄悄酝酿的这件震惊天下的创举吧！

当时在场的还有一个人叫黄作义，参与了这三个中年专家的讨论，并动手画了一张“长二捆”草图。“长二捆”火箭是在成功率很高的“长征二号丙”火箭基础上加长箭体作为芯级，再在原有的第一级箭体上捆绑四个液体火箭助推器，构成一个两级液体火箭。这是实现王永志长征火箭型号系列化研制走出的第一步。这张草图今天已成为见证一院辉煌50年的珍贵文物，收藏在中华航天博物馆里。

王德臣在王永志院长的支持下，担任了“长二捆”火箭的总设计师。

这个有一张黑黝黝的脸膛，一身豪气开朗坦荡，心地纯朴忠厚刚强的东北汉子，不仅仅有强壮的体格，更有着先祖努尔哈赤一往无前，敢于拼搏，敢于胜利的风格。他是一院的老资格了，1962年就陪同钱学森出差东风基地。初来不知导弹火箭是啥样的他，一步一个脚印，风吹雨打几十年不畏失败、退却，今天则敢怀揣还未出世的“长二捆”闯出国门，走进世界卫星发射的殿堂。

被全院同事称为“王铁嘴”的他，带着火箭草图，全凭他三寸之舌与久经商场的外国人唇枪舌剑抢市场，虽不是天方夜谭至少也有点现代传奇。可纸上的火箭能在18个月内飞起来吗？美国人像听神话般发出不可信的笑声，还说："你是在编故事哄小孩吧。即使在美国，造这样的火箭最快也得三四年，或者更长的时间，何况你们中国人的田野上还离不开牛耕地呢。"

王德臣也笑了，笑声中显示了专家特有的超然自信，他以行家的语言与美国人进行了技术探讨。谈判桌上的王德臣俨然以主讲人的身份侃侃而谈，敏捷的思维，深厚的理论功底，严谨的推理测算，昂扬的气势，风卷残云般将美国专家提出的问题一扫而光，简直把一桌的美国人都侃晕了。一个小时的答辩解释无一处缝隙可钻，滴水不漏的逻辑使美国同行惊得瞪大了眼睛，他那一口流利的英语，竟让美国朋友误以为他是美国培养的华裔科学家。其实，从他身上时时飘溢出的黑土地特有的大豆、高粱香味就足以说明他的出身来历了。

此时，王德臣在众目睽睽下大讲起了故事。他说："前不久你们美国'大力神'火箭的副总师史密斯先生来到中国考察，听说我们要在18个月内完成'长二捆'火箭，他也和你们现在一样惊讶不相信，而且郑重对我说，'王德臣我要提醒你，研制这样一枚火箭，在我们美国至少也得三四年，现在你们说18个月就能完成，你们中国人是不是又吃了鸦片烟在说胡话？'"

"史密斯先生，18个月后，我要特别请你来看发射。"

好一个王德臣，硬是把休斯公司的总裁，澳普图斯公司首席执行官说得眉开眼笑，连连点头，爽快地在合同协议上签了字。

国外的关打通了，"长二捆"在美国拿到了发射的许可证，然而在国内却引起了一场比国外还难以令人想象的轩然大波。王永志把研制大推力火箭“长二捆”的报告呈送到航空航天部，航空航天部领导非常赞赏一院这一敢想敢干的创新举措。可是研制大火箭的钱谁出，那可是一笔几亿元的研制费呀！20世纪80年代的几亿元相当于今天近百亿呀，钱呢？几个亿那可是一个中等省份一年的财政收入呀。

王永志见报告迟迟未批下来，就向当时的航空航天部领导建议，由一院向银行贷款，成功后用发射卫星赚的钱来还债，部领导研究后觉得这也是一个办法。可银行贷款那是需要担保和用相近价值的动产、不动产抵押的。一院的财产是国有资产，银行不会要。一院本身也没有权力动用国有资产作抵押，因为这是一笔即使卖了机关大楼也资不抵债的巨额贷款呀！而当事人王永志是心中有数的。在他上任之初，他就将科研经费的10%投入设备的改造换代，为即将展开的大推力火箭的研制奠定了开发的物质基础，也对长征系列各个型号的研制作出了长远的、可预见性的科学规划。在一个型号投产的同时就进行下一型号的研制，同时对再下一个型号进行预研，也就是一个型号刚投产另两个型号已上马，在同一个时间有三个型号跟了上来。全院科研人员分三批次进入三个型号的生产、研制、预研论证和方向性的探讨，没有钱自己贷款。王永志破了一院几十年靠国家拨款搞科研的先例，研究院一次性向银行贷款4000万元，又和国内的用户、贸易公司签订项目开发合同，开发出来你负责销售给钱，没开发出来一院负责赔，卖不出去由贸易公司负责赔偿。把研究院的利益和用户、贸易公司捆在一起，方向明确，责任共担，人心齐泰山移。

研究院集中抓住几个主要的民品，如与一汽签合同负责汽车零部件配套的科技含量最高的产品，与玉溪烟厂签约供应高技术的烟草配套机械、自动化线，发展创新型电喷技术，包揽全国特种车所有用户的产品等，总之，用一院的高新技术开发国内企业生产不出来的创新产品。研究院把军品、民品、三产企业分开，在全院员工中实行双向选择，在发展生产中不断提高职工的工资福利，向技术骨干、老专家、老干部、老科研人员、老工人实行生活待遇工资待遇的倾斜。在此基础上，一院对仪器、仪表、车床等设备实行技术改造，更新换代，购买新设备，建立数控中心，大大提高了全院员工的积极性，使他们看到未来前景美好，充满了工作生活的幸福感。

要干就要大干，命运就掌握在自己的手中。一个拥有这么多国家精英的研究院，一个在中国以至世界都享有盛名的研究院，如果生活在“搞导弹不如卖茶叶蛋”的穷困中，那只能说明我王永志无能，一院领导班子不称职。杀不出通向富裕的血路，我王永志有何脸面去见江东父老和与我并肩战斗生活的战友亲人。

王永志心里着急得很，他看到在“长二捆”的背后，有一个充满无穷潜力的世界卫星发射市场，仅眼前就有24颗急待上天的卫星，它关系着五大洲多少国家多少亿人民的通信广播、音视输送、国家安全。

“机遇诞生在世界突发的空间灾难年里，灾难把卫星发射市场连带世界人民的期盼都推到了我们一院的面前。抓住机遇，我们就能冲出困境，走向世界。同志们，一个机遇就是一个胜利的台阶，丧失了这个机遇，中国航天又将在低迷中不知要徘徊多少年。我王永志请求同志们，一院不能再徘徊观望了，下决心背水一战，我们要带着“长二捆”火箭走向世界，占领国际卫星市场应该属于中国的一席之地。”听，这是多么激昂而充满英雄气魄的发言！王永志在院党委会上的讲话精神引起全院震动，上万员工围绕着“长二捆的研制上马”“国际卫星发射市场的开拓”以及贷款问题展开了一场大辩论。

不同的声音也有，“我们是国家最大的火箭研究院，几十年来都是国家重点保护单位，现在为什么不保护我们了？外国的卫星市场对中国的加入是百般刁难，就说这一次吧！王德臣是拿回了一个合同签了订单，但合同上的先决条件是中国方面必须在签约后1年半即1990年6月30日前，将新研制的火箭进行一次成功的飞行试验。请问王院长签了合同的‘长二捆’在哪呢？只是一张草图，火箭能在这么短的时间搞出来吗？时间一到，火箭没搞出来，就得赔，即使发射又有几分把握？若失败那就是3倍的赔款给对方，还不算我们借的钱。王院长，搞科研可不能头脑发热呀！”

然而党委一班人却倾向干，虽然要担很大的政治、经济风险，但他们决不能放过这个可以让一院走进世界卫星发射市场的机遇，而且中国的火箭若不能在国际市场占有地位，前景是可悲的。王院长这一行动，不仅仅具有经济利益，更重要的是代表着国家形象，是我国航天事业进入世界先进行列的政治声誉和科学标志。在全院干部员工的积极支持参与下，少数人也包括一些专家的意见被否决了。航空航天工业部领导也参加了这个讨论，结论是以航空航天工业部名义，再次向国务院领导呈送紧急报告。

时间不等人啊！王德臣这时已带着合同引领着美国休斯公司和澳普图斯公司一个联合考察组从美国启程来中国北京了。而我们的火箭研制还停留在报批的研究研究之中。

王永志的希望之光终于闪亮了。1988年12月14日，李鹏总理亲自主持国务院办公会议，批准航空航天部关于一院研制大推力火箭“长二捆”的请示报告，并列为国家重点工程，责令国家银行以无息贷款的方式满足其研制经费。

有国务院的坚强支持作后盾，一院沸腾起来了，拥有两万多名员工的研究院立即召开了大战 18 个月攻下“长二捆”的战斗动员大会。王永志在会上下达的动员令说：“从今天开始，全院进入了一个非常时期，要打破所有计算工时工效的规矩，要把决战期间的 180 天变成 360 天或 420 天，取消非常时期内一切休假。研制只能成功，我们已没有了退路。横下一条心，背水一战，拿下‘长二捆’。不管是苦仗硬仗我只要一个最后时限即 1990 年 6 月 30 日‘长二捆’矗立在西昌卫星发射中心基地的塔架上。”

“长二捆”的成功是一院建院以来拼搏攻坚夺胜最严峻的考验，20000 员工身上如“长二捆”一样捆绑着国家使命、民族尊严、政治风险和经济风险，就是死也要站着死！人的潜力是巨大的，世界最发达的计算机永远都算不出人类潜质所焕发出的智慧、才能、胆略、力量、精神……中国人民的胜利曾经让世界震惊不解，国民党几十万大军围追堵截中的十几万红军竟能创造出二万五千里长征的人间奇迹；在祁连山积雪里埋了一个多月的西路军战士居然自己爬了出来，以骆驼草塞满肚皮涉过沙漠、黄河回到延安。这就是我们的长征前辈给今天的我们树立的榜样，而今天正在向太空进军的新长征路上的航天战士，这支被党中央称誉为“特别能吃苦，特别能战斗，特别能攻关，特别能奉献”的航天队伍，前进吧，夺下“长二捆”阵地！

铸造“长二捆”的日日夜夜

从动员令下达的那一刻起，一院就没有了白天黑夜的界限，厂、所、部、站及车间的负责人经过精心计算列出了时间表，可王永志连看也不看一眼，甩出一句话：“我只要‘长二捆’，不要你们的计算呀，困难呀，都回去吧。真正的力量，时间工效都蕴藏在群众之中，我们一院的人不是花名册上的单个人头，而是所有一院人的家庭成员，你们算是多少人、多少工时，他们能拉着多少天的太阳不下山。”王永志说着，“啪”的一声推开了窗子，只见火箭大院灯火辉煌，亮如白昼，好一个拉着太阳不下山，当年的大跃进都没有这样的真情似火团结战斗的场面。一院的姑娘、媳妇儿们提着饭盒来了，抱着被盖床毯来了。18 个月参战的科研人员、技术工人们决定不回家，他们的亲属都来到“长二捆”战场，做好了比过年过节还丰富多彩的后勤保障。平时他们在家里也难以吃到的美食，难以体会到的温柔，今天今夜都带着笑声来到身边。

总装厂陈钟盛接过老伴送来的家乡普洱茶，抹了把脸上的汗说：“老伴，今天你咋变得这样体贴人呢。”

“老陈头，看你美的，我这是为了‘长二捆’呀。”

全国青年技术能手，特级焊工师高凤林刚刚结婚的妻子，把一条写有“为了长二捆”字样的白毛巾搭在高凤林的脖子上说：“凤林，我今夜就在这给你当下手，外带当个尽职的好媳妇儿照顾你，渴了端茶水，饿了给你一张大大的油饼。帮你擦汗，可有一个条件你得答应。”“啥条件我都答应。”“那敢情好，我的条件就是你的焊枪不能停火，火箭箱筒、发动机喷管焊得要找不到一丝缝隙。”

“行呀，媳妇儿你还真变成内行啦，从哪儿学的？”

“那还不是为了‘长二捆’，逼得跟你学的呀。”

“行呀，快去库房抱一捆焊条来。”多么风趣贴心的夫妻对话，这都是火箭闹的，哈哈……车间响起一串串笑声。

瞧，那边举着少先队红旗的一院长征小学的孩子们来了！他们抬着一筐筐苹果、香蕉、葡萄，在老师的带领下给总装厂的工人叔叔、伯伯、爷爷、奶奶送水果献爱心来了。一个8岁的小姑娘举起右手，行少先队队礼后说：“叔叔，伯伯，爷爷，奶奶，你们为了‘长二捆’日夜奋战在前线。你们辛苦了，我们长征小学少先队向你们致敬！”听！号声响起了，孩子们拉开了一条横幅，上面绘着孩子们精心构思的画，好多好多的小火箭围着中间标写着“长二捆”的大火箭，箭上绘着五星红旗，背景绘的是蓝天碧空，闪烁的小星星。

工人师傅和科技人员们一个也没停下手中的活计，眼里饱含着泪水。爷爷、奶奶、叔叔、阿姨们哭了，孩子们禁不住拥到他们身边，亲了亲，又秩序井然地喊着口号“为了‘长二捆’，打个大胜仗。”离开了车间厂房。

在总装厂，在发动机车间，在一排排车床前，在数控中心，在焊枪闪闪的蓝光下，在置放着火箭箭身的台床边，几乎每一个角落都撑着帆布行军床或搭着地铺。上万名员工已经忘记这18个月中还有日夜之分，他们只是在累得眼皮打架时，才在床上躺一躺闭一闭眼。王永志也是一身工装泡在研究室和车间，他转头问了问还在机床前干活的车间主任，幽默地说：“陈主任，你计算的工时对不对呀？”

“不，王院长，是我算错了。”

“不会吧，你是计算机六级，这种小学生都算得出的题，你会算错？”

“王院长，你才是真正的行家，把人体中所有能发挥看不见的潜力都算出来了。”

“不是我算出来了，是群众中蕴藏着创造奇迹的力量。不然日本军国主义怎么会淹没在人民战争的海洋里。陈毅元帅说，淮海大战的胜利就是人民用小车推出来的。”

“王院长，我这会儿才明白了，咱广大员工家属中潜藏的伟大智慧和爱心的软实力，是我们的制胜法宝，是了不起的无形资产。”

“时髦话又来了，你们这些70年代的年轻人身上缺乏的就是这种东西，好好向老专家、老工人师傅学习吧！不管时代怎么变，共产党的传统不能丢。相信党，相信群众这一条原则，一万年不能变。”王永志拿起一颗螺钉又说：“困难还是很多的，在技术上第一次采用捆绑会引起一系列的技术配套问题，如结构力学、液体助推火箭的联接分离、大直径整流罩、推进剂利用系统、级间段排焰技术、高空大喷管发动机技术、制导稳定与综合控制软件系统以及承重800吨的发射台等，在国内都是首次采用，必须攻关，限期解决。只要3个月时间设计部拿出5000张图纸，我看照现在这个劲头，工厂是完全可以干下来的。你看大家人心齐不就泰山移了吗！”

“王院长，你倒好了。我回来布置任务，老师傅把我围了起来，说这么短的时间，你这是啥计划，还讲不讲理？我说师傅们，王院长对我说，‘长二捆’的研制生产是非常时期，非常时期就不讲理，原来的那个理，现在废除了。工时短就努把力，三天的活一天干。

冲锋号一吹，是战士还会讲价钱吗？不消灭敌人，那是不能躺下来歇歇气的，别忘了咱们航天人是穿过军装的兵，脱了军装也是战士。谁叫咱干的是国防尖端火箭呢，命里注定就是特殊部队。”

“陈主任说得好，进步不小，这一仗打下来，像你们这批 70 年代的年轻人，就懂得什么叫老红军、老八路的传统了。30 年前我也是这么懂得的，小伙子，这里是你们立大功的战场啊！”

好一个王永志！不仅是新中国培养的第一代导弹火箭专家院长，还是一个满有口才的“政委”呢。

打破了一切程序规章以适应非常时期需要的一院，利用现有的基础技术作保证，三步当着一步走，尽量使用 30 多年来已被实践证明了的成熟技术和工艺，确保“长二捆”的研制生产。“长二捆”研制的 18 个月，实际上是 30 年积累的经验，是几代人的智慧奉献。在 18 个月里，人人嘴里说出的话都是“长二捆”，全院 100 多幢办公楼、宿舍楼、厂房彻夜灯火辉煌，设计楼的楼道都摆放上了绘图板，计算机吐出的数据纸和复印机转出的图纸、表格，都堆到了天花板。王永志说：“我们一院搞‘长二捆’挣的是国外市场的钱。这是我们的优势，同志们，干吧，前途无限光明啊。”

18 个月转眼过去了，王永志、王德臣领着一院试验队扎进了大西南一条神秘的峡谷。

中国人兑现了诚信。新的发射工位在原来卵石杂草丛生的荒滩上巍然矗立，各种配套设施均已建设到位落成，用于发射澳星的“长二捆”大推力运载火箭如期总装出厂。战斗了 18 个月的一院两万多员工、上万家属，在喧天的锣鼓声和纷飞的彩旗中，目送南苑专用铁路线上一辆绿色的专列载着 49.8 米长、直径 3.35 米的“长二捆”火箭缓缓启动驶出大门，向着巴山蜀水群山起伏林谷深幽的西昌发射中心奔驰。“长二捆”于1990年7月16日首飞成功，火箭将一颗与澳星重量相当的模拟卫星和一颗巴基斯坦的科学实验卫星送入了预定轨道。

火箭发射前，在发射中心宾馆门厅，美国“大力神”火箭副总设计师、休斯公司特邀的技术顾问史密斯，对“长二捆”火箭总设计师、研究院副院长王德臣说：“王先生，我现在要特别向你表示道歉，去年在这里考察时，我觉得你们不可能在如此短的时间研制出新型火箭，还说……”

“不，你别忙着道歉，史密斯先生，两年前你说了些什么，我已经不记得了。”王德臣笑了笑说：“现在还没发射，你还是等发射有结论再说吧。”

“不，这塔架和火箭就已经证明了你们非凡的能力，看来，中国人的确是善于也敢于创造奇迹的人。”

生命热血谱写奇迹之歌

1990年7月16日，西昌卫星中心发射架矗立起“长二捆”火箭，首次亮相的“长二捆”不负众望准点起飞，火箭运载能力和技术达到了世界一流水平。休斯公司和澳大利亚卫星公司的代表忍不住大声称赞：“太棒了！太棒了！”

然而，这份胜利的果实是多么的来之不易——那年的7月，西昌卫星发射中心下起了大雨，已经加注了推进剂的“长二捆”火箭出现了意外情况——出汗，就像夏天将啤酒瓶从冰箱里取出，过一会儿就会出现冷凝水一样。12日，技术人员发现竖立在发射架上的火箭助推器上的脉动压力传感器出现渗漏。为了排除故障，30多名工人和技术人员组成了排故障小组。一名老工人和一名高级技师带好防毒面具，穿好防护服，抢着钻进火箭尾舱。当第一个传感器被卸下时，整个舱内立即被有毒的四氧化二氮气体弥漫，每吸进一口就增加了一分对生命的危险，随时都可能使人窒息。舱内什么也看不见了，只能用手摸索着进行排险。1分钟、2分钟、3分钟，他俩在抢修着……5分钟过去了，他们还没有下来，仍紧贴箭身跪伏着抢修。突然一个工人师傅中毒昏迷过去，被扑上来的抢险队员抬出了，在送往基地医院的途中，他的嘴蠕动着，极力睁开眼睛，断断续续地说："快，快救火箭，快去把阿宏拉出来。"此时基地救护车正向医院飞驰，但伤势过重的老师傅大张着嘴巴停止了呼吸。他好像还有话要说，然而这个无情的世界再也听不到他的声音了。那大张开的杏圆还凝固着刚才说话的嘴形："保……住……火箭！把阿宏拉……拉……出……"

他就这样走了，以生命与鲜血的代价谱写了我国航天的历史。他是谁？昨天还看见他凝视着耸立的"长二捆"笑容满面。他是谁？刚才还把一束达玛花挂在发射塔架上。他是谁？怀里藏着儿子英俊的照片。他是谁？女儿的爸爸去了神秘的山谷。他是谁？孙儿说爷爷把火箭送上天空去游玩，像孙悟空一样腾云驾雾。他是谁……他就是一院总装车间老装配工、国家特级技师、一个在航天战线战斗了30多个春秋的共产党员——魏文举。又一个血染蓝天的英雄，他是太空的丰碑，他是蓝天的彩霞。他临终喊叫的阿宏是谁呢？是他的搭档，总装火箭的装配工人——陆阿宏。他因中毒较轻，抢回了一条生命，立了一等功。陆阿宏虽然已经退休了，但在他安度晚年的时光里，还常常在梦中听到蓝天的呼唤。

两年后的1992年3月22日晚，是正式发射澳赛特B1通信卫星的日子。这个日子让中国航天人铭心刻骨地记着。

蒙蒙夜色中突然漫山遍野响起了一阵阵尖啸刺耳的吆喝声，一群群披着斗篷、穿着花裙的山民彝胞，携儿带女，根本不听警卫的劝止喝令，一窝蜂地爬上了与火箭塔架很近的山岭坡头。男女山民从未见过这么一个大家伙火箭，乳白色的箭身闪着亮光，他们以为是天菩萨送来的小白龙，到这儿呼风唤雨摇头摆尾拽下天河的大闹波涛呢！他们梦里也想不到如同美国“挑战者号”航天飞机爆炸的悲剧会降临凉山。他们呵啦啦地欢叫着，像是呼叫小白龙飞起来泼洒下雨啊！谁也不能让彝胞们安静。

而此时应邀前来发射现场参观的120名港澳人士和许多外国友人也翘首注目等待发射时刻的到来。不少信奉上帝的西方人还念念有词，祈祷着发射成功，上帝保佑，阿门！

但无形无影的上帝对谁也不偏爱，不管你是中国人还是美国人。也许刚刚起飞的中国在向国际空间迈进时注定要承受一些磨难。3个月前继发射“东方红二号甲”通信卫星失利后，挫折又接踵而至。

“澳赛特B1”卫星在18时40分点火，操作手按下按钮，但火箭只抖了一下，冒出了一股橘黄色的焰火，随即发动机自动紧急关机。而那一股橘黄色的焰火化成浓浓的黄色烟雾，正在向全国直播的中央电视台的转播车立即切断了画面。不知当时全国守在电视机前的同胞们、观众们是怎样的一种震惊与失望，只知道基地与一院的发射队在于龙淮副指挥的口令下，紧急投入了抢险战斗。那天，发射队员们恨不得用双手把火箭托举起来……

这次发射受挫，是火箭本身设计制造存在缺陷，对技术认识不到位造成的。表面原因是火箭配电器上的一个触点落下一片铝质的粉末，造成电路短路致使火箭点火后紧急关机，深层次的原因是设计技术没有吃透规律。

事后，尽管澳普图斯公司和休斯公司很快发表声明，表示理解这次发射失利，无意改用其他国家的运载工具，但中国只能把这一表示看作是外交礼节的客套。澳普图斯公司对卫星能否在预定日期内上天运转比中国人还着急，因为他们几年前发射的一颗澳星寿命期限已到，如果不在预期内发射一颗新的卫星上天，澳大利亚的通信电视转播将全面瘫痪!

而为此陷入困境的一院人，除了尽快在用户要求的时间内赶制出一枚新的“长二捆”运载火箭将澳星顺利送入轨道，还有其他选择吗？一片粉末般的铝屑造成如此重大的事故，使一院不得不以此事为契机开始严格规章制度、操作规则的整顿。从此，每一个程序、每一道工序的完成，必须由操作员、检查员具名画押才准离开现场，并对所有的配电器进行拆卸大检查，对当事的操作人员、负责人进行了严肃处理。航空航天部为此向部属各单位发了通报，重申牢牢记住周总理关于航天产品质量的 16 字方针。

4 个月后的 1992 年 8 月 14 日，西昌卫星发射中心发射架矗立起一枚仅用 4 个月时间赶制出的新“长二捆”火箭，火箭载着“澳赛特 B1”通信卫星于 7 时准点起飞，推力约 600 吨的“长二捆”轰隆一声直上九重天，终于将澳星准确送入预定轨道，入轨精度超过了曾被世界航天界认为“最好”的“亚洲一号”卫星，又是一个世界一流水平。

这颗“澳星”发射完成了，但中国还只完成合同的一半，只有再成功发射第二颗“澳星”后，中国的首批对外发射任务才算圆满完成。

沈辛荪的闪电行动开始了，在第一颗“澳星”发射成功后的第三天，中国运载火箭技术研究院召开全院动员大会，拉开发射第二颗“澳星”的序幕。2个月后，用于发射第二颗“澳星”的第四枚“长二捆”火箭正式出厂。4天后装载“长二捆”的专列于1992年10月20日安全抵达西昌发射场。

1992年12月21日晚，按正常发射程序，“长二捆”火箭将“澳赛特B2”卫星发射升空，在火箭起飞47秒时，位于火箭顶端的“澳星”突然起火，将卫星的整流罩炸开，造成了卫星部分损坏。

“澳星”上天后失踪，各国专家一致得出共识，并不是中国的“长二捆”火箭的性能所致，中美专家也都观察到在“澳星”的预定轨道上，有卫星的残余部件，估计为卫星的发动机部件，而把“澳星”残余部件送入预定轨道的是“长二捆”火箭的第二级。

专家特别强调说，当卫星意外爆炸产生振动，有效载荷重量减轻的情况下，中国“长二捆”却能自动调整好姿态仍按原计划程序正常飞行，将“澳星”爆炸后的残余部分送入预定轨道。

1994年8月28日，“长二捆”火箭终于把澳星B3成功送上太空。至此，中美双方在1988年11月签订的发射澳星的合同，胜利完成。

“长二捆”的研制成功，使我国首次突破助推火箭的捆绑技术，首次研制成功推进剂利用系统和大型发射台等36项关键技术，为我国的运载火箭进入国际市场起到了重要的推动作用。

然而，“长二捆”带给我们的还不仅仅是这些，由于它首次采用助推器捆绑分离技术，大幅度提高了运载能力，以此为基础，中国航天人最终研制出用于载人航天的“长征二号F”火箭，中国从此进入了一个崭新的航天时代。

航天人心中的王永志

1992年9月21日，中国的载人航天工程立项上马。经中国火箭之父钱学森大力推荐，王永志被任命为中国载人航天工程总设计师。

王永志调离后，一院航天人念念不忘地说，王永志在任一院院长的6年中，是一院走出困境、走向世界，历史上发展最好的时期。研究院的第十任院长吴燕生说：“在我的任期内只要做得和王永志院长一样好，一样有成绩，就是我今生最大的愿望了。”

看看王永志在一院主持工作的“七五”期间，在院党委领导下，团结率领两万多名员工，高举毛泽东思想、邓小平理论的伟大旗帜，按照一院第二次党代会的要求，将一院建成具有世界先进水平，有自我发展能力的弹道导弹和航天运载器的研制基地，军民结合，多种经营的科研生产基地，建成具有较高水平的文明院，取得了令人惊叹的成果。

一、“长征三号”火箭4次成功发射国内通信卫星，成功发射国外用户的“亚洲一号”卫星；“长征二号丙”火箭5次成功发射返回式遥感卫星；2次分别为法国、德国提供搭载服务。

二、新研制的“长三甲”火箭完成五大系统的匹配试验，氢氧发动机试车等高端技术的突破，为研制大型大推力火箭开拓了道路。

三、开拓了国外卫星发射服务市场。同澳大利亚、阿拉伯国家、瑞典组织签订了长期合作合同，这些合同已开始执行。

四、民品生产从找米下锅到建点上线。汽车电控喷油系列研制成功，与一汽签订开发协议，烟草机成交额达亿元以上。根据国家与市场需求，调整产品结构，向行业化、系列化、高效益方向发展。

五、大型火箭、小型航天飞机完成概念研究。为国家决策提供了重要的参数依据。

六、为解决队伍老化问题，5 年间接收、培养研究生 456 人，大、中专生 1702 人，青年工人 5043 人，选送青工培训 4230 人。其中 28 人被破格提升为高级工程师，33 人被破格晋级升职提拔。5 年投入技术换代改革设备 3.37 亿元，重点放在配套型号的技改项目。先后完成振动塔、计量塔、设计科研楼等 42 个单项工程。

七、自筹资金 2596 万元，新建宿舍楼 3000 多套。建成沿街街心公园、厂区休闲公园，绿化厂区面积 61 万平方米，解决全院宿舍楼的生活用气，使两万职工告别烧煤。一步到位解决职工乘车难，打电话难，子女入托难等问题，增强全院人心的凝聚力。从出口收益的利润中拿出一部分钱，修建长征宾馆、图书馆、中华航天博物馆、青少年活动中心、足球场等设施，改造了院区、厂区几道营门和公路。

“七五”期间是一院型号研制摆脱困境走出低谷，坚持航天为本、面向全国、走向世界、开拓进取，全面发展的五年，初见成效的五年。

王永志虽然离任踏上了新的更重要的统领中国载人航天工程的岗位，但他发自内心留给一院的临别赠言，却铭记在一院职工的心中：把导弹、火箭搞上去，在世界高科技领域永占一席之地。

战斗在多瑙河畔

◎ 王立新

前往塞尔维亚进行前期考察

2016 年 1 月，正是乍暖还寒的时节。

一架中国国际航空公司的客机，正翱翔在万里高空，飞往遥远的塞尔维亚。

机舱里，坐着以河钢唐钢副总经理宋嗣海为代表的河钢集团收购斯梅代雷沃钢厂的前期团队成员。

宋嗣海于 1965 年 1 月出生在河北省唐山市丰润区韩城镇。1986 年毕业于河北机电学院机械制造专业，被分配到唐钢中型厂，一干就是十五年，历任技术员、机动科党支部书记、副科长。其中脱产到北京科技大学研究生班学习两年。2000 年河钢唐钢开始从外国引进第一条 1870 毫米热轧薄板生产线，他第一时间被调任该项目设备部长，负责与外国公司进行技术谈判，倾尽了全部热情与心血，2003 年在一片热烈的掌声中迎来了成功投产。同年 10 月，唐钢自己筹建第二条 1700 毫米热轧薄板生产线，他又开始鞍马未歇，跨上征途。2006 年，唐钢成立热轧部，他担任负责设备的副厂长。2009 年 7 月调任唐钢发展规划处副处长，干了两年半。

2011 年 10 月，他又被调任新事业公司经理，开始全面主持一个单位的工作。

新事业公司，也就是原来的“大集体”，大部分是职工的家属和一部分残疾人员，人员构成复杂，思想情绪波动大，经常要与社会打交道，不好管理，是个令人生畏的老大难单位，然而，他在这里任职一年多的时间，却干得十分红火，不仅提升了盈利水平，还让这个谁都不愿意去的钢城“西伯利亚”的企业形象大为改观。

2013 年 3 月，又被调回到热轧部第一轧厂担任厂长，后来被提拔为热轧部厂长。

2015 年，被提拔为唐钢副总经理。

就在这年“五一”国际劳动节小长假期间，他的命运发生了意外的转折。

那天上午，他开着车和爱人一起回到丰润韩城老家去看望年迈的父母，就在快要到达的时候，手机响了。

他把车停下来，打开手机一看，是河钢唐钢党委书记、董事长王兰玉打来的，告诉了一个非常意外的消息：“现在中国和塞尔维亚两国政府都在响应习近平总书记提出的‘一带一路’倡议，积极推进河钢集团收购斯梅代雷沃钢厂的工作，已经正式决定收购这家钢厂，并把经营管理的任务交给了我们唐钢。公司已经研究过了，决定把执行董事、首席执行官的任务交给你！”

这可是从来没遇到过的巨大挑战！

一放下手机，他的心情陡然变得沉重起来了。

节后一上班，王兰玉就把先前唐钢考察团队经过全面深入的考察形成的有关斯梅待雷沃钢厂的材料传给了他，让他了解基本情况。

伤痕累累的“落地雄鹰”

2016 年 1 月，他告别朝夕相处的妻子儿女，告别工作了多年的同事和工友们，飞往塞尔维亚，为正式收购做前期准备。

临行前，于勇特别交代了三大要点：第一，一定要把斯梅代雷沃钢厂的底细摸清楚，做到“问题大起底，风险全覆盖”；第二，一定要弄清楚美钢联撤资的真正原因；第三，河钢正式收购后到底有没有能力使这家企业起死回生？

他带领前期团队到达贝尔格莱德以后，抓紧做好三件事：首先与塞尔维亚政府经济部进行洽谈，了解相关诉求和意见；其二，摸清当地的相关法律以及欧盟对于塞尔维亚钢材产品的规定；其三，乘车前往该钢厂进行实地考察，了解员工队伍、经营生产、面临的困境及历史包袱等相关情况。

从历史上讲，唐钢创办于 1943 年，而斯梅代雷沃钢厂创办于 1913 年，恰好比唐钢早了整整三十年。

这是一座具有光荣传统的英雄钢厂。

该钢厂经历了在第一次世界大战中塞尔维亚人民战胜入侵的奥斯曼帝国，在第二次世界大战中战胜入侵的德国法西斯，在南联邦时期助力国家在战争的废墟上实现经济复兴，由一个贫穷落后的农业国一跃而成为具有中等工业水平的工业国这三个重大历史阶段，具有丰富的生产经验和成熟的运营管理经验的员工们，都做出了巨大的贡献，立下了不朽的功勋，被诗人们激情讴歌为“翱翔在多瑙河上空的钢铁雄鹰”。

然而，这只雄鹰却命途多舛。

由于遭受南联邦解体、联合国长达八年的经济制裁和北约的轰炸，使这只雄鹰连连致伤落地，再也飞翔不起来了。

虽然都是钢厂，展现在宋嗣海他们面前的却是另一个世界：从气氛上讲，唐钢火热沸腾，而这里却死气沉沉；从技术装备现代化上讲，唐钢日新月异，而这里却老态龙钟；从厂区环境、循环经济和废物利用上讲，唐钢是“世界上最清洁的钢厂”，而这里却粉尘严重，浓烟弥漫。

更令人震惊的是心灵战栗的三大薄弱环节。

其一，产能低下，严重亏损。该钢厂设计产能为年产210万吨，由于全球金融危机的影响和管理不善等因素，生产经营陷入困境，十几年来停停打打，实际年产钢量却不到60万吨，低得可怜；产品单一，附加值低，每个月的亏损额就高达1000万欧元，一年至少亏1.2亿欧元，连自己都养不起，更不用说给国家缴纳税收了。

其二，员工太多，负担沉重。在中国，一个年产钢量只有50多万吨的钢厂，顶多拥有2000多名员工就足够了，而在这座钢厂却多达5000多人，连发放工资都十分困难；塞尔维亚政府的财政本来就囊中羞涩，但是为了防止钢厂再次陷入破产，不得不每年向钢厂提供巨额补贴，但钢厂仍然连年亏损，窟窿越来越大，成了填不满的坑。

其三，设备陈旧，污染严重。在唐钢，从炼铁高炉和炼钢转炉泄露出来的煤气早已被回收用于轧钢了，而在这里，一方面不惜重金从国外购买天然气用于炼钢，另一方面让本来可以二次利用的煤气任其飘散。这在美钢联经营管理时期不足为奇，因为美国是天然气资源丰富的国家，价格很低，不仅可以随便烧，而且烧不了的就直接“点天灯”。现在美钢联已经撤走了，依然这样“一进一出”，是一笔极大的浪费。

这三大问题，如同三座大山一样压在这只倒下的钢铁雄鹰身上。

那么，到底是什么原因使这曾经让塞尔维亚引以为骄傲而自豪的钢厂陷入如今这步望而生畏的境地呢?

两端在外：被折断的两只翅膀

“两端在外”。

宋嗣海他们经过广泛而深入的调研，终于摸清了造成这家钢厂长期亏损的真正原因之一，就是上面这四个字。

业内人士都知道，钢铁企业是包括高炉炼铁、转炉炼钢和热轧、冷轧薄板生产线在内的现代化连续工业大生产。

其上游是炼铁，必须拥有丰富的铁矿石和焦炭资源；下游是产品销售，就必须具备相应的钢铁市场需求。

现在，我们将唐钢与该钢厂进行对比。

唐钢是“两端在内”。

一端是上游，原料系统供应充足。

唐钢地处冀东地区，北部的燕山山脉蕴藏着丰富的铁矿石资源，是中国除了东北鞍山和本溪、西南攀枝花和西昌之外的中国第三大铁矿石富有之区。唐钢矿业公司就位于长城脚下、燕山深处的遵化石人沟铁矿，与唐钢相距只有近百公里，开辟有直线火车可以将开采出来的铁矿石源源不断地运进厂区进行冶炼。在 20 世纪 80 年代，单凭本地的铁矿石资源就完全可以满足炼铁的需要；进入新世纪，由于国内铁矿石资源逐渐枯竭，转而购买澳大利亚和巴西含铁量品位比较高的进口铁矿石。2004 年，距离唐钢仅仅百余公里的曹妃甸兴建了渤海湾水位最深的两座 25 万吨级的进口铁矿石码头，从澳大利亚和巴西驶来的超大型货轮可以直接落岸，再通过大批量的载重汽车通过陆路运输运抵厂区。

斯梅代雷沃钢厂的境况却大不相同。

在原料供应这一端，该钢厂没有任何优势。虽然之前地缘广阔，资源众多，铁矿石资源和焦炭供应都可以通过计划经济的调拨统筹解决。然而，在南联盟解体之后，塞尔维亚成为独立的内陆国家，没有出海口，这种难得的优势就不复存在了。塞尔维亚没有焦化厂，需要从相邻的黑山共和国焦化厂进口焦炭。没有铁矿石资源，需要从乌克兰和俄罗斯进口，利用驳船通过多瑙河这一国际航运通道，运抵新港码头，然后利用陆路运输转运至厂区。一旦遭遇特大封冻或者枯水期，加上国际风云变幻，特别是乌克兰在东部边境顿涅兹克与俄罗斯发生武装冲突，就会造成航运中断，高炉断炊。

另一端是下游，钢材产品的销售市场。

中国不仅是世界第一钢材生产大国，也是世界第一钢材消费大国。改革开放以后，特别是进入 20 世纪 90 年代，高速公路、机场、桥梁、汽车、港口，西气东输等一系列重大项目陆续上马，急需要大批钢材；而斯梅代雷沃钢厂的市场环境就大不相同了。虽然之前全国就是一个很大的市场，国家实行统购统销，该钢厂的钢材产品直接供应国家重点建设项目。然而，在南联盟解体后，由计划经济向市场经济转型，该钢厂的产品只能自产自销。塞尔维亚是个小国，只有 700 多万人口和 8 万多平方公里的土地，该钢厂的产品在国内的消费量只占总量的 15%，85% 需要销售到国外市场。

如果把这座钢厂比作多瑙河上空的雄鹰，一旦折断了原材料供应和钢材产品销售市场这两只矫健的翅膀，无论这只腰身多么健硕也飞不起来了。

河钢恰恰在解决该钢厂“两端在外”这个双重瓶颈上具有其他企业不可比拟的巨大优势。

今天的河钢已经不仅仅是一个地方企业，而是一个全球化的世界河钢。在原料供应方面，河钢国际贸易公司具有在全球进口铁矿石的采购优势，可以保证在乌克兰铁矿石资源“断炊”的情况下，通过国际调运，解决燃眉之急，保证正常生产；在钢材市场销售方面，河钢集团拥有全球最大的钢铁销售平台——河钢德高公司，在全球 110 多个国家设有营业网点，在 70 多个国家设有办事处，拥有 22 个海外加工中心，可以将该钢厂产品从中东欧扩大到整个欧洲和世界上许多国家和地区。

有了这两大优势，就等于给这只坠地的钢铁雄鹰重新插上两只矫健的翅膀。

然而，光重新插上两只矫健的翅膀还不能使这只受伤落地的钢铁雄鹰重新飞翔起来，因为“腰身塌陷”。

这里所说的“腰身塌陷”就是这座钢厂的本身。

“钢厂只是一个生产车间”。

他们经过广泛而深入的调研，终于摸清了造成这家钢厂长期亏损的真正原因之二，就是上面这十个字。

尽管这座钢厂在20世纪七八十年代，曾经进行过两次大规模的设备改造，不仅拥有现代化的炼铁、炼钢设备，还拥有无论是在欧洲还是在中国钢铁企业中都非常先进的2250毫米热轧生产线，代表了当时世界钢铁工业的先进水平，但是由于年久失修，技术设备比较落后：比如，国内同类生产线已经完全采用自动化系统控制，而在这座钢厂仍然是传统的手工控制；再比如，国内同类生产线早已经采用激光切割，而在这座钢厂却还是电力切割。

如果进行大规模技术改造，就可以利用这条生产线生产高质量和高档次的产品参与国际市场竞争，破解这一历史性的难题。

启动“小步快跑”的复兴战略

难度最大的是如何破解这个“车间”瓶颈的问题。

要想使这座老态龙钟的钢厂起死回生，就必须对其进行大规模的技术改造，这需要投入巨额资金。但是，就投入的成本而言，与其花这么多的资金进行大规模的技术设备改造到头来还是一个老厂，远不如建设一个新厂花钱更少，更具有竞争力。

所以，宋嗣海他们经过几轮摸底之后，都有一个比较一致的看法：

“我们恐怕得推倒重来！”

于是，他们经过调查之后，做了一个10亿美元的重建方案。

但是，这个方案上报到河钢集团总部后，并未得到于勇董事长的批准。

于勇见解独到地强调了两点："一个是欧洲很多钢铁企业的生产技术设备不是多么先进，但仍然能生产出世界一流的优质钢材产品，我们要学习和借鉴他们的经验；二是如果我们一接手就把原来的钢厂推倒重建，这么大的工程，又是在国外，恐怕建设工期就得长出国内几倍，几年生产不了产品，企业就会陷入更大的困难！"

这个启发来自于勇一段前往欧洲出国考察的经历："十多年前，我曾经去过一家相当不错的钢铁企业。厂不大，厂区很干净，看不到大堆大堆的备品备件，看不出有什么检修的厂房，生产流程 8 到 12 个小时一个周期，资金周转率很高。我很羡慕！"

这个钢铁企业，就是德国巴登。

中国有些钢铁企业一想到提升企业竞争力，往往首先想到两条：一是摈弃原有的陈旧落后的生产技术设备，进口高端生产技术设备；二是摈弃线材和棒材这种只能用于建筑市场的"面条"和"腰带"，生产高附加值的板材产品。

仿佛有了这两条，无论遭遇怎样的市场风浪都能占据不败之地。

巴登钢厂的启示恰恰相反。

这座位于德国巴登州科尔市的一个并不引人注目的家族企业，具有与众不同的许多特点：其一，是面积小。工厂就建设在德法边境莱茵河中的一座小岛上，整个厂区仅有 12 万多平方米，从原料场、炼钢、轧钢、成品到渣场等全部工艺流程全部在这个小范围区域内进行，从废钢装进"料蓝"到轧制成线材进入仓库，仅用 221 分钟；其二，是设计能力低。1968 年建厂，只有区区 40 万吨；其三，是员工少。全厂只有 760 名；其四，是设备陈旧，也就相当于中国 20 世纪 60 年代后期的水平。

20世纪80年代初期，全世界的钢铁市场陷入新一轮低迷。上帝没有伸出仁慈之手来关照巴登钢厂，也曾因为产品严重滞销的原因，跌到了险些破产的边缘。

巴登钢厂的高管们经过痛苦反思顿悟到：越是外部市场条件不好的情况下，越要提升企业自身的综合竞争力。

于是，他们不惜重金，派人前往日本新日铁学习管理经验，并结合自身特点，重新确立新理念，开始“逆势起飞”。

首先将年产钢量提升到100万吨以上。

从1995年开始，又年钢产量提升到140万吨左右。

2002年，年产钢量高达185万吨。

2005年，奇迹诞生了。

一个小小的巴登年产钢量突破200万吨大关，销售收入高达8亿欧元。

在生产建筑钢材并服务于欧洲的建筑行业的人工劳动效率一直处于世界领先地位，经过大规模的技术改造，创造出高效的奇迹，从而成为世界钢铁企业中高效炼钢生产和成功经营管理的标杆。

还是在河钢唐钢担任总经理的时候，于勇就把巴登钢厂的经验应用于企业变革上。

于勇通过考察德国巴登钢厂，深感包括河钢唐钢在内的中国很多钢铁企业主体装备明显优于国外著名企业，但在市场竞争中却仍然处于下风，这使他强烈地意识到：装备固然重要，但也是一把双刃剑，一旦不能发挥其优势，巨额投资和设备折旧费用就是一个沉重的包袱。

这个崭新的理念和思路在其后的发展中得到了充分验证。

2009年，是全球金融危机爆发的第二年，河钢唐钢没有引进新设备，却依靠挖掘企业内部潜力，创纪录地增效30多亿元。

于是，于勇在高管会议上，为河钢塞钢制定了一个别开生面的发展战略：“小步快跑”，先不做大的资金投入，而是立足于原来的生产设备，优先解决生产瓶颈，抓紧时间释放潜能，使钢厂尽快焕发活力。

河钢集团制定的这个发展战略，为加快斯梅代雷沃钢厂的复兴指明了方向。

那么，仅仅依靠原有的陈旧设备就能够使“腰身塌陷”的钢铁雄鹰重新起飞吗?

当然不能。

对此，河钢具有强有力的应对措施。

就其生产技术设备而言，在20世纪七八十年代，斯梅代雷沃钢厂的生产技术设备要比唐钢先进得多。

特别是在那个年代就上了2250毫米热轧薄板生产线，直到现在中国大型钢铁企业拥有这种高规格的现代化生产线也不过七八条。

唐钢也曾经是个设备陈旧的老厂，生产的都是只适应建筑用材的线材和棒材产品，被称为“面条”和“腰带”，远远跟不上国家现代化建设的需要，但是从20世纪90年代开始，在改革开放浪潮的推动下，生产技术设备更新的速度明显加快，炼铁高炉越来越大型化，炼钢转炉越来越现代化，热轧冷轧越来越国际化，控制系统越来越自动化，也带动了钢铁产能迅速攀升，到2003年已经超过了上千万吨。

原来生产技术设备处在领先地位的斯梅代雷沃钢厂却因为遭受联合国的长时间经济制裁和北约轰炸，企业陷入困境，从而失去了多次设备更新换代的历史性机会。

唐钢的后来居上，给该钢厂的转型升级提供了技术的力量、设备的力量和资本的力量，不仅可以投入巨额资金用于设备改造，调动所有的技术力量提供支持，还可以现代化管理经验植入该钢厂，使其技术改造更加科学合理，经营理念和思路更加先进，从而实现脱胎换骨的改造，重新激发企业的活力。

“腰身塌陷”的问题解决了，钢铁雄鹰就可以展翅高飞了。

相伴而生的一个问题，就是节能减排，绿色发展。

河钢唐钢也曾经是一个环境污染相当严重的钢铁企业，但是利用循环经济的理念，完全可以把炼铁和炼钢散发浪费的煤气回收进行“二次利用”，用于轧钢；并通过全面改造，建成“世界上最清洁美丽的钢厂”、最诗情画意的钢厂和最具浪漫气息的钢厂。

如果借鉴河钢唐钢的经验，把煤气回收再利用，光这一节能措施就能节省 6000 多万元；再如果像河钢唐钢对包括废水、废气、废渣在内的“三废”进行系统改造和综合利用，能源环保水平、能耗水平和环保指标同步提升，就可以把锈迹斑斑、乌烟瘴气的斯梅代雷沃钢厂打造成欧洲环境优美的绿色企业。

最大的难点在于是否答应塞尔维亚政府提出的全部保留原钢厂 5000 多名员工的条件。

有人认为这是包袱。

宋嗣海他们经过认真分析后，认为：欧洲是世界钢铁的发祥地，从 19 世纪英国第一次工业革命开始，就诞生了第一批钢铁员工队伍，历史非常悠久，文化底蕴深厚，积淀了很好的商业模式和技术，不是包袱，而是一笔宝贵的财富。

所有的难题都被破解之后，是否确定收购该钢厂就被正是提到议事日程日程上来了。

投资收购评估可行性报告很快编制完成，严峻的抉择同时摆在了河钢集团的决策者面前。

因为毕竟是中国钢铁企业第一次收购海外的全流程的钢铁企业，必须慎而又慎，来不得半点马虎；最后经过方方面面的有关人员和专家的充分论证，确信有能力做到有效地控制上述各种风险，所以决定收购斯梅代雷沃钢厂。

面对“八个全新”的异国生活

以宋嗣海为首的河钢塞钢运营管理团队的九名高管，全部来自陡河岸边的河钢唐钢，都是在基层重要岗位上的领军人物和精英骨干，为在全球金融危机中实现唐钢巨变和河钢崛起做出过巨大贡献。

如今一声令下，背负着河钢集团的重托，来到陌生的异国他乡，为复兴斯梅代雷沃钢厂的共同奋斗目标汇聚到一起来了。

从他们的双脚站立在塞尔维亚国土的那一刻起，面临的就是八个“全新”：

全新的国度

全新的社会环境

全新的员工队伍

全新的语言障碍

全新的技术设备状况

全新的法律约束

全新的文化习俗

全新的生活和工作方式

首先需要尽快克服人地两生、水土不服的不适应感，融合两种截然不同的企业文化，彼此成为一个大家庭。

第一，是饮食关。

唐山位于渤海岸边，吃惯了海鲜，而在斯梅代雷沃没有海，能吃一顿多瑙河的鱼就不错了。中国人的饮食习惯不仅爱吃肉，爱吃蔬菜，特别是带绿叶的天然蔬菜，而塞尔维亚人吃西餐，特别是爱吃肉，早饭有肉，晚饭有肉，几乎天天顿顿有肉，三天不吃肉就觉得浑身没劲。

这可难坏了初来乍到的河钢塞钢管理团队。开始只得入乡随俗，跟着当地的员工一起整天吃肉；吃一顿两顿没事儿，天天吃顿顿吃，几乎成了一种折磨，吃得不少人上火，嘴里长了溃疡，有的人一见到顿顿是肉，就丧失了食欲，有的人体重下降了 30 多斤，几乎瘦了一圈。

老这样也不是办法啊！

为了能够吃上家乡的家常菜，他们就利用闲暇时间，亲自动手在斯梅代雷沃市租住的房屋旁边的空地上弯腰拔草，拔一个多小时身上出了汗，浑身也轻松了，或者两三个人嬉戏打闹，无形中把这种义务劳动变成了减压的方法。

他们用锹镐开辟出一个小菜园，种上黄瓜、豆角、青椒、西红柿、胡萝卜等新鲜的蔬菜，总共有十多个品种。

他们辛勤浇水施肥，长得很好，结果很多，五颜六色，琳琅满目，飘逸着沁人肺腑的清香。

最有意思的是做“伙饭”。

大多数人在国内都有同家人一起下厨房的经历，所以下班回来后，就都兴致勃勃地相互搭伙，原来不会做的也想学一手，要么有人主动指点，要么自己查百度；不管咸了淡了，都自得其乐，吃得津津有味；有时还举办厨艺比赛，看谁做得好。

他们每次回国休探亲假总要带回来一些调料和龙须面。

尽管斯梅代雷沃和贝尔格莱德也有中国人开的超市，但是总觉得不如家乡的地道。

宋嗣海初到斯梅代雷沃的时候，因为水土不服，时差倒错，常常是后半夜 3 点多钟就提前醒了。

出去散步吧，还太早；想再睡吧，怎么也睡不着了。

如何熬过天亮前的这段时光?

想来想去，他终于想出了一个锦囊妙计，就是兴致勃勃地走进厨房，抄起面袋，备好面板和擀面杖，按照唐山老家的习惯，做起了手擀面，提前给大家准备早餐。

第二，是语言关。

按照河钢集团的规定，凡是派驻境外公司的运营管理团队，都不配专职翻译，语言难题都要依靠自己克服，实际上就是倒逼他们在实践中多练习；好在世界的通用语言是英语，这可给初来乍到的河钢塞钢管理团队帮了大忙。

因为河钢集团向境外公司派驻运营管理人员有一个硬性条件，这就是要求本科以上学历，有英语基础，现在需要的是把多年不用的、有些生疏的英语重新拾起来，在业务上彼此可以相互交流沟通。

因为当地员工更多使用的是塞尔维亚语，要保持与 5000 多名员工的日常交往，就必须学习和掌握当地语言。

为了突破这个难关，河钢塞钢管理团队就利用业余时间，请学过汉语的塞籍财务部门翻译白莉娜女士给他们教授塞尔维亚语。

两年过去了，他们不仅能熟练地用英语进行业务交流，而且能熟练地与当地员工进行日常交流，已经基本没有什么障碍，这对加深彼此感情，广交朋友，与当地员工打成一片，起到了水乳交融的积极作用。

第三，是文化生活贫乏。

唐山是一座中等城市，娱乐生活非常丰富。

唐钢就坐落在市区，白天在钢厂里上班，中午有午休，晚上和节假日可以带着家人逛逛超市，看看电影，品尝美食；在斯梅代雷沃就大不相同了。

白天上班，紧张的就像上满了的发条一样，绷得特别紧。下午走出厂门上了通勤车，往靠背上一躺累的闭目养神不想说话。本想回到市里可以放松一下，却没有唐山那样沸腾火热的生存环境。

斯梅代雷沃虽说是个十多万人口的城市，也就相当于一个中国北方的普通县城，人口流动量很小，非常安静；想看电视，可都是塞语听不懂；名胜古迹不多，只有一座著名的古城堡，业余时间顶多是到多瑙河岸边转转。

有一次，他们在斯梅代雷沃大街上遛弯，走到一座两层小楼前边，偶然看到有三四个小孩录放机播出的歌声中玩耍，虽然听不懂歌声的内容，但在这座寂静的城市里是那么悦耳，完全是一种难得的艺术享受。他们就情不自禁地收住脚步，凝神倾听，一听能够听 5 分钟、10 分钟……

这个不经意的小小瞬间，构成了一道独具魅力的文化生活风景。

不一样的中国作风，不一样的中国亲情

在河钢塞钢成立后，宋嗣海就对中方管理团队叮嘱过这样一句耐人寻味的话语："我们虽然收购了这座钢厂，在员工们看来我们是老板，但是我们不做高高在上的老板，不做指手画脚的老板，要做不像老板的老板，把全体员工当作心贴心、肩并肩的一家人，共同努力尽快把企业搞上去，让大家过上好日子！"

梅代雷沃钢厂的5000多名员工能够在多瑙河岸边一下见到这么多中国人，可谓开天辟地。

对于他们来说，中国是个遥远而又遥远的国度，是个陌生而又陌生的所在，做梦也不会想到自己的钢厂却被中国企业收购，被中国人经营管理，原本是塞尔维亚的国有企业今天却成了中国的企业，自己成了中国企业的员工。

因为这是继美钢联之后第二次外国人收购自己的钢厂，所以自从中国人来到这里的那一天起，他们就有意无意地以一种与先前撤走的美钢联的管理团队相比较的目光，观察着这些操着完全听不懂的语言的中国人的一举一动。

"这些中国人的能力到底怎么样？"

"是不是真心为我们做事啊？"

"到底有没有能力让企业起死回生啊？"

"会不会也是光为捞钱来的吧？"

…………

尽管人们并不明说，但心存疑虑。

有四件事，给他们带来了新鲜的感觉。

第一，没有专车。

美钢联在这里的时候，为了保护高管层的安全和提供周到的服务，配备有专车、保镖和秘书。所以，河钢塞钢经营管理团队初来乍到，斯梅代雷沃钢厂也主动提出给高管层配车、配保镖、配秘书，却被中方婉言拒绝了。

即使是作为河钢塞钢执行董事、首席执行官的宋嗣海和总经理的赵军，也和当地塞尔维亚员工一起乘坐通勤大轿车一起上班，打卡入厂，一起吃员工食堂。

塞籍员工们感慨地说："在美钢联经营管理的年代，我们塞尔维亚方面的经理们一般都是把车停在厂区外的停车场，然后走路到办公楼上班；然而，美国人不这样做，他们不停车就入厂，有时直接开到办公楼下。我们发现中国人与美国人不同，他们和我们塞尔维亚的普通员工是一样的。他们没有专车，一般会拼车上班，打卡入厂，走路去综合办公楼。这是中国管理者对我们这些普通雇员的尊重，我们心里感到很温暖！"

第二，是住宿。

美钢联接手的时候，高管们居住在首都贝尔格莱德的高级宾馆里，每天都高级轿车接送。

河钢塞钢经营管理团队初来乍到，斯梅代雷沃钢厂照样也把他们安排在首都贝尔格莱德大城市，交通条件好，宾馆档次高，文化娱乐设施齐全，相距40公里，往返靠通勤车，路途并不远；然而，也同样被中方婉言谢绝了。

中方管理团队没有选择在贝尔格莱德这个繁华的首都，而是选择在了靠近钢厂最近的斯梅代雷沃市租房居住。

塞方有些不理解，差异地问道："为什么？"

中方的回答很简单："我们想离钢厂近一些，心里踏实！"

第三，尊重当地的工作和生活习惯。

欧洲的企业有着一种与中国不同的工作和生活习惯：一、这里的员工按照当地《劳动法》规定，工作8个小时，是不允许不加班的，上班到点来下班到点就走，但在规定的时间内，他们的工作效率会很高；二、他们特别注重休假，但在此期间会把自己的活安排好，不会影响工作正常运转；三、他们特别注重保护小动物，如果你有机会来到厂区，就会看到在蔚蓝的天空中不时有白色的鸽子展开翅膀自由自在地飞翔歌唱，狗儿在长满绿荫的草地上撒欢地奔跑，他们也不会上前驱赶；四、他们信息化的办公流程比较完善，都习惯用电子邮件处理各种文件，而不是当面汇报，领导批复也都在网上进行。

宋嗣海他们来到塞尔维亚以后，十分尊重对方这种延续了数十年的工作和生活习惯，即使是上班时间也不做变动，入乡随俗，融为一体，真诚地为当地员工着想，点点滴滴为他们做实事。

一、为了倾听更多员工的呼声，在各个车间专门设置了员工信箱，员工有什么意见和建议，都可以直接与钢厂的经营管理层进行书面交流和反映。

二、改善员工用餐环境和上班条件，对工厂的食堂、卫生间等设施进行了全面翻修，购进了现代化的餐饮设备，还积极改善和提高通勤班车服务质量，实行就近上车，让居住在市内的工人可以更加方便地上班；

三、非常关心员工的家庭生活，逢年过节都会到退休员工的家里去看一看，做一次充满温馨的“家访”，对于一些身体不太好或者是由于工伤而不能工作的员工，也会及时进行慰问，进行力所能及的帮助。

“不一样！”

“不一样！”

“真的不一样！”

这些赞誉，在全体员工们中间不胫而走。

这些曾经在陡河东岸演奏出冬天里的春天的操琴手，满心想的是如何在万里之遥的塞尔维亚，在人生地不熟的异国他乡，尽快修复已经破损的古老钢琴，弹奏出新的交响。

复兴斯梅代雷沃这座百年老厂的伟大战斗，就在这春暖花开般温馨的气氛中开始了。

复苏的5月：成功复产的第一座高炉

2016年4月18日，对于斯梅代雷沃钢厂来说，是个喜极而泣的历史性日子。

河钢集团与塞尔维亚政府在这里举行了隆重的签署收购协议仪式，承诺保留全部员工和投巨资对原有的落后设备进行大规模的技术改造，给这座百年老厂带来了希望，如同一道从遥远寒冷地平线上滚动而来的春雷，震撼了寒风呼啸的斯梅代雷沃钢厂，震撼了冰冻三尺的心灵多瑙河。

这家钢厂一共有两座炼铁高炉。

原来只有1号炼铁高炉在勉强维持生产，要想实现提高产量，当务之急是恢复已经停产多时的2号炼铁高炉，实现双炉生产。

业内人士都知道，钢铁是连续性的大工业生产。

高炉生产是源头，通过多瑙河航运来的乌克兰铁矿石，经过加工成铁矿粉和球团，被输送到两座高炉进行冶炼融化，制成高达上千度的炙热铁水；通过出铁口输送到鱼雷罐车，被专用车辆转运到炼钢车间，然后用吊车把盛着热气的鱼雷管高高吊起，倾倒到三座旋转的转炉里，加上废钢，通过氧枪的作用力，冶炼成通红的钢水；再通过两台连铸机制成钢坯，然后输入到热轧和冷轧生产线车间，轧制成各种型号不同的产品，运送到产品库房；然后，再通过起运吊车吊装到运载车辆上，运送到多瑙河岸边的两个再用水运码头的驳船上，鸣着清脆的汽笛源源不断地供货到远方的客户手中。

这是一套完整的生产和运输程序。

牵一发而动全身。

也就是说，一旦启动双炉生产，就意味着后面的转炉炼钢、连铸、热轧和冷轧必须同时启动，连锁化地完成所有过程。

问题的关键在于：产品的市场销路决定着钢厂的生产。

如果钢厂没有订单，生产出来的产品就没有市场和销路，势必造成不必要的积压，加大企业的困境，反过来也会制约钢铁的生产。

如若如此，恢复双炉生产就是不可能实现的。

到底启动不启动2号炼铁高炉?

这对河钢塞钢经营管理团队来说，面临着严峻挑战。

宋嗣海组织经营管理团队认真分析了欧洲钢材市场行情，发现已经有了初步回暖的趋势，都非常高兴，整个团队都主张恢复双炉生产。

他果断拍板：“重启 2 号炼铁高炉！”

这异乎寻常的八个字，如同滚滚雷声震动了整个钢厂。

人们几乎不相信自己的耳朵。

这是金融危机爆发后的第八年，是钢铁市场持续低迷的第八年，世界钢铁企业都在减员压产，处境愈发艰难，斯梅代雷沃钢厂也“在劫难逃”，年产几十万吨钢都卖不出去，河钢却要逆势而为，提高产量，能够卖得出去吗？上上下下，都十分担心。

一旦决定，就立即着手组织实施。

宋嗣海提前召开会议，进行研究部署，安排组织队伍，确保按时点火。

在正式点火前的 48 小时，所有的工作人员，对每一个螺丝、每一个接口、每一个原件，还有密密麻麻的各种管道进行了仔细检查。

全厂上下，整体联动，其紧张而热烈的气氛，不亚于一场战役。

这一天，终于在全体员工期盼已久的渴望中来到了。

这是历史性的一天，是再现生机的一天！

“点火！”

随着指令的下达，高炉开始进入点火程序。

炉膛内的木料和焦炭被点燃，随着热风的送达，炉体内立刻窜出一片耀眼的火红。

经过一段时间的融化冶炼，开始出铁水。

伴着轰鸣的马达声，开口机快速度对准出铁口，钻头开始推进，再推进，一下子窜出色泽鲜亮的火龙，沿着铁水沟奔涌向前，映红了宽大的炉台。

"出铁水啦！"

"出铁水啦！"

…………

人们欢呼雀跃起来。

不论你在炉台上工作过多少年，也不论你炼过多少铁水，都不能不为这沸腾的场面而激动不已。

对于河钢集团来说，这是在异国他乡点燃的第一座高炉；而对钢厂的全体员工来说，这是美钢联撤走后的第一次双炉复产。

这两个"第一次"，标志着钢厂复兴的真正开始。

从这天起，高大的烟筒冒出弥漫的云柱，直飘向蔚蓝的天宇。

这是希望之烟啊！

当地员工看到这希望的烟柱再次升起的时候，都情不自禁地欢呼雀跃起来。

这在当地员工们中间引起巨大的轰动。

重新返回劳动岗位的员工们无不欢欣鼓舞。

"两座高炉都冒烟啦！"

"厂子又活啦！"

…………

这特大的喜讯，轰动了整个斯梅代雷沃。

宋嗣海兴奋地回忆起那个难忘的日子："我当然非常支持 2 号炼铁高炉恢复生产！一个是在我们正式接手之前提前开双炉，塞方得抓紧修复设备，从而调动对方的积极性；二是我们也可以通过开双炉来验证一下原有的炼铁高炉设备是否能够转动起来；三是如果双炉能够正常运转，这对我们的管理团队是个很大的激励！正是这三个因素加在一起，于是我们就果断地作出了 5 月份恢复双炉生产的决定。这是一个虽然艰难却是很有价值的重要起点，对以后的这两年多成功地实现钢厂复兴，起到了至关重要的作用这可是一件大事。”

事实证明他们的预判和决策是正确的。

2 号炼铁高炉投产后，正赶上欧洲钢材市场形势转暖，价格开始上扬，形势非常好，企业不仅获得了效益，而且给每个员工发了奖金，这是建厂一百多年来第一次发奖金，5000 多名员工兴奋不已。

河钢塞尔维亚公司正式宣告诞生

当地时间 2016 年 6 月 19 日。

这是习近平主席参观前来参观的日子。

对斯梅代雷沃钢厂的 5000 多名员工来说，这可是意义非凡的重大节日。

在这家百年老厂的生死存亡关头，不仅河钢集团远道而来收购了这家风雨飘摇的钢厂，而且中国国家主席习近平不远万里专程来到百废待兴的塞尔维亚，来看望他们这些望穿秋水的苦命员工，这可是该钢厂百年历史中开天辟地的重大事件啊！

整个钢厂沸腾了。

习近平主席的参观访问，使交割工作明显提速。

按照法定程序，宋嗣海他们还需要与临时托管的斯梅代雷沃钢厂管理代表完成 400 多份合同的评审及重大业务合同的谈判与商签，并对能源介质、部分服务及备品备件等供应合同进行了洽谈，然后共同签署资产转让协议。

这是一项极其复杂的工作。

按照常规，至少需要一个月的过渡时间。

然而，塞尔维亚政府经济部心情十分迫切，为了保证河钢集团在 7 月 1 日正式接手，意外提前宣布原来的托管团队退出，这让河钢塞钢前期接收团队的时间非常紧张。

因为当时宋嗣海他们没有正式入厂，还暂时租住在贝尔格莱德。

为了争取时间，他们马不停蹄地往返两地，不眠不休，日夜奋战，终于利用不到一周的时间，完成了所有的移交手续。

当地时间 6 月 30 日晚上，深沉的夜幕笼罩着多瑙河。

此时，在斯梅代雷沃钢厂会议室里，正在发生着对塞尔维亚未来经济发展起到重要转折作用的重大事件：在塞尔维亚总理办公室和法院两方有关部门负责人的见证下，河钢代表宋嗣海与塞尔维亚经济部长塞西奇、斯梅代雷沃钢厂管理代表伊万，共同签署了资产转让协议，标志着完成交割，河钢集团正式成为斯梅代雷沃钢厂的资产所有者和运营管理方，成为河钢集团在境外直接并购的第一个全流程钢铁生产基地项目。

等河钢塞钢前期接收团队忙完这一切，已经是 7 月 1 日凌晨 2 点多钟，又返回到贝尔格莱德的住所，简单睡了 3 个多小时，天就已经放亮了。

当日早晨，他们就满怀激情地迎着璀璨的朝阳正式进入斯梅代雷沃钢厂，宣布河钢塞尔维亚有限公司正式成立，简称“河钢塞钢”。

从此，“HBIS（河钢集团）”的旗帜，开始在多瑙河的上空迎风飘扬，历经百年磨难的斯梅代雷沃钢厂开始了崭新的一页。

炽热的 7 月：钢材、钢坯、热轧等全线复产

“钢材、钢坯、热轧等一起上！”

这是宋嗣海他们在重启 2 号炼铁高炉以后做出的另一个令人振奋的重大决定。

高炉炼铁重新启动，炼钢、钢材、钢坯和热轧等生产线也跟着全线运转起来。

长期压抑在斯梅代雷沃钢厂上空的愁容顿扫，取而代之的是一片峰回路转、生机勃勃的可喜景象。

看吧！

钢厂大门前的停车场上，已经停了不少大客车，身着橘色或蓝色工作服的工人们鱼贯而出，有说有笑地走进工厂，远处公路上大客车还在源源不断地驶来。

厂内机器轰鸣，各类特种车辆往来穿梭，井然有序。

特别是在 2250 毫米热轧板生产线车间。

刚踏进车间大门，就看见一块火红的钢板从机器里大红的彩绸一样延伸出来，一开始速度较慢，眨眼间就像一条火龙般随着传送带奔腾而去，在远处冷却设备里与水相遇，瞬间一片白色气浪腾空而起。

高大宽敞的热轧车间内，机器轰鸣，热气蒸腾。

生产线上，各种轧制出来的钢材就像一条条火龙。

这就是当时厂区全线复产后的真实景象。

从 5 月到 7 月，虽然仅有短短三个月左右的时间，却是斯梅代雷沃钢厂百年历史上一个开天辟地的崭新阶段。

历史本身就像多瑙河。

它从来不是单一走向，时而坦荡笔直，时而曲曲弯弯；它从来不是单一色调，时而苍茫雄浑，时而流水潺潺；它从来不是一个声音，时而汹涌澎湃，飞溅的浪花拍打着堤岸，发出震天动地的吼声，时而像少女弹筝，飞出拨动心弦的韵律。

这是一段激变的日子！

在斯梅代雷沃钢厂所发生的一切，让人们陡然感受到一下子冲出了黑暗的冰封雪原，毫无顾虑地勇往直前，在新时代的拐弯处，突然闪现出一片生意盎然的新景观，让人喜出望外且又难以相信。

“变了吗？”

“变了，真的变了！”

“没想到这么快！”

…………

这个时期，只要你走进钢厂，就会听到员工们这种充满喜悦的议论。

水流绝处是瀑布。

这种激变，恰似 2 月初开始进入融冰期的多瑙河，溶化的不仅仅是冰冻的自然多瑙河，更是心灵的多瑙河。

心潮澎湃，热血沸腾。

复苏的春潮开始从高炉平台，冲浪到整个炼钢、轧钢车间，汇成澎湃的激流，把整个钢厂都托举起来了。

与此同时，产品市场也传来捷报。

市场稳中向好的现实与预期完全一致，凭借河钢德高公司在全球、特别是在欧洲的销售优势，生产多少就能销售多少，真正实现了产销两旺，源源不断地销售到意大利、德国等西欧市场，少量销售到俄罗斯。

到了7月底，也就是河钢集团接手斯梅代雷沃钢厂后的第一个月，钢产量就达到了12.9万吨。

当时欧洲钢材市场稳中向好，生产多少就能销售多少，钢厂开始实现大幅度减亏。

河钢塞钢乘胜前进。

飘红的12月：全面扭亏为盈

转眼到了年底。

喜报如同璀璨的朝霞一样，在多瑙河岸边升起。

一是产量剧增：半年时间，生铁产量比没接手前的上半年增长了56%，钢产量比没接手前的上半年增长了52%，钢材产量比没接手前的上半年增长了55%；二是结构优化：高附加值的冷轧卷板产量比上半年大幅增长112%；三是销售水平：该公司产量、销量均达到2010年以来最高水平。

12月，是河钢塞钢正式接手运营管理半年的时间，斯梅代雷沃钢厂发生历史性的巨变，实现了半年扭亏，走出了长达七年严重亏损的冰冻期，创造出了扭亏为盈的奇迹，冰雪消融的多瑙河上奏响第一声春天的音符。

与此同时，河钢塞尔维亚公司兑现了三大承诺：

其一，不仅保留了全厂5000多名员工，保住了每个人的劳动岗位；保证了按月准时发放工资，解决了养家糊口的需要；还根据盈利的状况，逆势上涨了10%，提升了城市消费水平。

其二，承接了原来的所有供销合同，给供货商们吃了定心丸。

其三，偿还了原来所欠的债务。

设备制造和安装公司Minel Enim从20世纪80年代起就与斯梅代雷沃钢厂合作。

该公司经理德加德杰·波加托维奇兴奋地说："中国公司刚来的时候，我们是很害怕的。因为美钢联来的时候，之前钢厂欠我们公司的债务中很大一部分最终没有得到偿还。我们很害怕中国公司也这么做。但是令我们感到惊讶的是，中国公司完全偿还了收购前钢厂所欠的债务。这可真是前所未有的！"

其四，扩大了塞尔维亚的出口量。

塞尔维亚钢铁产业协会会长丝洛波丹卡·苏萨满怀喜悦地作了这样的表述："河钢的收购对于塞尔维亚钢铁行业有着巨大的积极影响。2016年，塞尔维亚的钢产品进口增速为4.7%，同比大幅下滑。国产钢在全国钢消费量的占比达到2012年以来的最高点！"

根据塞尔维亚政府财政部的数据显示：2016年下半年，河钢塞钢的铁、钢、材产量均比上年增长50%以上，实现产值3.13亿美元，比上半年增长73%；高附加值产品冷轧板比上半年产量增长112%，产品出口美国、西欧、中欧、东南欧等国家和地区，成为排名卡莱斯特、菲亚特汽车生产企业之后的塞尔维亚第二大出口企业，成为带动塞尔维亚经济复兴的重要动力之一。

“两地分居”的跨国生活

随着习近平主席提出的“一带一路”倡议的影响不断扩大，越来越多的中国企业正在加快走出去的步伐，越来越多的中国员工开始在海外工作和生活。

一个绕不开的话题就是夫妻“两地分居”，从不适应到逐步适应，这是一种心灵的考验，也是一种情感的成长。

对于这一点，中国驻塞尔维亚大使李满长对河钢塞钢经营管理团队给予高度评价：“这个经营管理团队的每个成员，在这里都是只身一人，家在河北，上有老下有小，都是家里的顶梁柱，需要照顾年迈多病的父母双亲，需要照顾上学和年幼的孩子，却远离祖国，远离亲人，在异国他乡建功立业很不容易。我发自内心地高度赞赏这个经营管理团队忘我工作的精神，也为他们家庭的巨大支持和付出的牺牲而深受感动。‘一带一路’不仅仅是项目合作，不仅仅是企业经营，还有亲情、友情和爱情的力量，这是一笔无价的精神财富，需要得到广泛的弘扬！”

在海外创业的生活最大的痛苦，是对远方亲人的浓重牵挂。

河钢集团对收购和控股的海外企业的中方经营管理团队成员的两地生活非常关心，规定高管可以带家属，家属一年可以来两次，每次两到三个月；每个人在海外工作三个月可以享受一次回国探亲假，每次八天，一年四次，总共三十二天。

然而，夫妻可以在异国他乡团聚，然而年迈多病的父母和孩子却远在中国老家，这让他们演绎了一幕又一幕跨国的亲情、友情和爱情的动人故事。

宋嗣海在正式签署收购协议的第十天，他就意外地接到了母亲病逝的噩耗，肝胆欲裂，痛不欲生，心急火燎地赶往贝尔格莱德国际机场，踏上回国的征途。

老母亲 84 岁，因患糖尿病并发症多年。

等他赶到家里的时候，葬礼早已经结束了，母亲的灵魂已经升入天国。

他置身在母亲生前的空荡房间里，睹物思人，悲痛不已，为没能见到母亲的最后一面而感到深感愧疚。

父亲告诉他："你走后，你妈整天想你，想到厉害的时候甚至号啕大哭！"

一句话，在他心中激起了万丈波澜。

他想起母亲含辛茹苦将他抚养成人的一生，禁不住泪如雨下。

他做的第一件事，就是前往母亲的墓地，叩首祭拜。

因为河钢塞钢刚刚起步，作为执行董事、首席执行官，许多事情急待他处理，于是他在家里仅仅待了短短的五天时间，就依依不舍地告别年过八旬的年迈多病的父亲，重返塞尔维亚。

置身在这座亟待复兴的异国钢厂里，每天的工作节奏都像陀螺一样急速地旋转，只有到了夜幕四合，他才能稍稍静下心来，漫步在多瑙河岸边，借着满天闪烁的星斗，遥望万里之遥的云下故乡，寄托对母亲的沉痛哀思。

料理母亲丧事回来，就全身心地投入了紧张的复产工作。

总经理、党支部书记赵军在 2018 年酷热的 7 月，意外接到“父亲病重”的消息。

父亲已经 74 岁了，是位老军人。

1959 年，也就是 19 岁那一年参军前往旅顺，1978 年转业到唐山市开平区政府工作，退休前为开平区统战部部长；母亲与父亲同庚，当了一辈子教师。

两位老人都到了“人到七十古来稀”的年龄，生活需要照顾；他上边原本还有一个大三岁的姐姐，后因患癌症病逝。

所以，他成了父母唯一的依托，照料着二老退休后的日子。

他怀着忐忑不安的心情，把到河钢塞钢工作的消息第一时间告诉父母。

父亲也非常关心唐钢的发展情况，特别是习近平主席参观斯梅代雷沃钢厂的视频给老人以很大的鼓舞。

父亲大手一挥：“让你去塞尔维亚，是组织对你的信任！这是国家的大事、好事，一般人想去还去不成呢！我和你妈的身体挺好的，你就放心地去吧！”

老父亲患的是心脑血管疾病，去年曾经下了三个支架，这让他每时每刻都充满了担忧。

他赶紧购买回国机票。

当他返回唐山家中的时候，迎接他的却是佩挂黑纱的遗像。

其实在家里人通知他父亲病了的时候，老人早已经因突发心肌梗死而长眠不醒了，只是怕他着急才没有告诉他事实的真相。

他捶胸顿足、泪眼号啕地在太平间里见到了父亲最后一面，可这位热情支持他到河钢塞钢的老人却再也听不到远方儿子的悲痛欲绝的呼唤。

他料理完父亲的后事，准备赶回塞尔维亚，却又心疼年迈的母亲，紧紧握住老人枯瘦的双手，久久不肯松开。

母亲宽慰地说：“你回去吧！家里也没什么事儿了，你爸当初支持你去塞尔维亚，现在也不会怪你。好好工作，不用惦着我！”

一句理解的话语，让他顿时喉头哽咽，泪水潸然。

副总经理王连玺最牵挂的是老母亲。

老母亲 1921 年出生，如今已经 94 岁高龄。

她嫁到王家时 18 岁，比父亲大 3 岁，是爷爷亲定的亲，图的是“女大三抱金砖”的吉利，为的是找大一点的媳妇儿好给家里干活；父亲从小的时候就闯荡东北，在东北吉林省长白市九台县工作，后来调回唐山；他们生有五个儿女，他是老小；大哥已经 70 多岁，二哥接近 70 岁，三哥也已经退休了，姐姐也退休了。

他爱人在唐山妇幼保健院工作。儿子已经 23 岁了，目前正在加拿大上大学。

我们采访期间，正值他爱人在这里休探亲假，房子是临时租用的当地居民的闲置双层小楼。

他先后两次热情地邀请我们到他这个“临时的小家”里做客，品尝他爱人亲自做的饺子，有一种瞬间回到了老家的感觉。

谈到老母亲，他非常动情。

因为塞尔维亚与唐山相聚六个小时的时差，所以斯梅代雷沃的夜晚而在唐山正是白天，一有时间他就利用网络视频与老母亲通话。

当老母亲那熟悉而慈祥的面容映现在眼前的时候，思念的激情如火山般爆发：“老妈，我想您啊！”

尽管老母亲年事已高，但是身板依然硬朗，性格非常爽朗：“有你的哥哥们照顾，你不用惦记！我挺好的，你就放心地在那边工作吧！”

“愿您健康长寿，活到一百岁！”

话音未落，这位性情爽朗的汉子却已经泪眼模糊。

首席技术官赵凯星 2006 年结婚，爱人是大学同学，自由恋爱，在唐山煤炭研究所工作；女儿出生不到一周，他就被派往德国去了两个星期，好一阵埋怨。

谁料女儿刚刚 3 岁，他又听从公司的调遣来到了到塞尔维亚。

这里的钢厂下午四点半下班。

当地的员工们回到家里可以享受家庭团聚的天伦之乐，而对河钢塞钢的经营管理团队的成员来说，却是最难熬的时光。

从沸腾的钢厂回到斯梅待雷沃临时租住的旅馆里，不仅仅是生活环境的转换而是另一种艰苦生活的开始。

他想念今年已经 72 岁高龄的老母亲。

他原来想给老人买个老年手机。

他哥哥觉得手机只能听到声音却看不到人，所以专门买了个平板电脑。

老母亲很聪明，在哥哥的指导下不长时间就学会了网络视频。

每当想他的时候就自己打开，同他进行面对面的对话。

他想念妻子，想念女儿，第一次回国休探亲假，就抱住女儿亲个没够。

爱人说：“这两天，孩子老做梦想你！”

这句扎心的话，顿时让他喉头哽咽，热泪横流。

为了加倍补偿对妻女的情感欠缺，所以他每次回国休探亲假，一个是主动帮助爱人下厨做饭，另一个就是陪女儿一起玩。

他问女儿：“长大的梦想是什么？”

女儿因为爱看童话，扑闪着大眼睛，天真地回答：“我想当公主！”

每次离开，女儿都抱住他久久不放。

爱人也无时无刻地在想念他。

他曾经带着爱人和孩子来过斯梅代雷沃。

说是一周，实际上只有短短的五天时间。

他一大早就准点前往钢厂上班，爱人和女儿只能在陌生的旅馆里孤独地度过。

他下午四点半下班，女儿早已眼巴巴地在门口等待许久。

斯梅代雷沃除了斑驳锈蚀的古老城堡以外，并无其他名胜古迹和可供游玩之处，所以在周末，他唯一能做的就是带着爱人和女儿是手牵手地在多瑙河岸边散步，尽情享受难得的短暂而甜蜜的浪漫。

前些日子回国休探亲假，女儿趴在她的怀里，板着他的头颅可劲亲热。

女儿惊讶地说：“爸爸，你有白头发啦！”

财务总监唐娟原本有一个幸福的家庭。

爱人1966年出生，大她两岁。

两个人不仅是自由恋爱的大学同窗，而且共同分到唐钢一个财务处工作，朝夕相处，恩爱有加。

婚后，生有一个可爱的女儿，每天都生活在充满希望的璀璨阳光里。

天有不测风云。

爱人意外检查出癌症。

当时她在石家庄河钢集团财务部工作，为了照顾患病的丈夫，她请求调回唐钢财务处。

先是陪伴爱人做完手术，接着就是定期化疗，原本希望能够起死回生，不料最终却无力回天，意外病逝，年仅45岁。

她满含泪水安葬完爱人，顽强地站起来，开始了与女儿相依为命的艰难生活。

在照顾爱人的那些奔波的日子里，正是女儿上中学和上高中的重要阶段，她还腾不出时间来照顾女儿，只能歉疚地安排住校。

女儿很有出息，因为爱好化学，2012年考取厦门大学化学系。

“毕业后回唐钢吧，咱俩有个伴！”

她噙着眼泪提醒女儿。

女儿很听话。

2016年毕业，进入唐钢技术中心化验室工作，盼来了难得的母女团聚。

在女儿的身上，流淌着不甘平庸的血脉。

河钢集团举行化验比赛，女儿勇拔头筹，荣获冠军。

谁想到，母女俩刚刚团聚一年多的时间，她又远赴塞尔维亚。

她无时无刻都在惦记远方的女儿，女儿也在无时无刻不在惦记她。

网络视频，是面对面的情感热线。

女儿激动地说：“妈妈，告诉你一个好消息，我准备考研了！”

她热情地鼓励女儿：“妈妈相信你是最棒的，一定会考出好成绩！不过别拼得太狠了，妈妈不在身边，你要好好照顾自己！”

女儿很懂事，安慰说：“妈妈，您不用老担心我！我已经24岁，是个大人了，完全可以自己照顾自己了！我不在身边，您一个人在国外，一定要注意身体，别累着！女儿盼望您健康快乐！”

女儿没有辜负母亲的期望，在母亲不在身边的日子里，她一方面按点上班，业余时间加紧复习，成功地考取了北京航空航天大学研究生。

姚丹是河钢塞钢董事会办公室经理。

她 1984 年 2 月出生在河北承德的一个钢铁世家。

爷爷是承钢机修厂高级技工，父亲是承钢机修厂老工人，母亲在承钢氧气厂工作。

她是看着炼铁高炉长大的，自己也为一家人都在承钢工作而感到自豪。

她 2002 年 9 月考取河北经贸大学英语系，毕业后在承钢国贸公司工作。

爱人是高中同学，毕业于华北理工大学自动化专业，目前在承钢热轧卷板厂工作。两个人自由恋爱。

2010 年 5 月结婚，2012 年心爱的儿子出生，今年 9 岁，正在承德上小学。

2016 年 9 月，正当孩子依恋妈妈的时候，她被河钢集团选派到澳大利亚昆士兰大学学习一年，获工商硕士学位。

全班 22 个人，她是班长。

回国后正值河钢集团实施海外战略，就被委以重任派遣到河钢塞钢来了，开始了天涯相隔的两地分居生活。

她的内心放不下远在故乡的那个温馨的家。

为了排解相思之苦，只能在下班后回到住处，常常用视频连线与丈夫和儿子隔空倾心交谈。

儿子由父母带，上学下学都亲自去接。

每当期中考试和期末考试结束，是她最放心不下的时光。

她对着网络视频问："儿子，这回考得怎么样？"

儿子总是骄傲地告诉她：“妈妈，我语文和算术都得了95分以上！”

有时还在网络视频中晒自己的成绩单，或者背诵唐诗，朗读课文。

她笑了，比吃了糖果还开心。

因为儿子就是她心中的小糖果啊！

对于36岁的河钢塞钢销售部市场开发经理高峰来说，最大的歉疚是错过了女儿成长。

他被派往塞尔维亚时，两个孩子分别只有6岁、3岁，因为时差，视频时只能看一眼她们熟睡的样子。

三年来，他从没参加过大女儿的家长会。

别的同学总问：“你是不是没有爸爸？”

大女儿只能把他每次回国给她买的巧克力作为“证据”，说：“这是我爸爸给我买的！”

有的同学还是不信：“是你自己买的吧？”

大女儿很伤心。

直到今年初休假时，他才第一次参加了大女儿的家长会，大女儿骄傲地拉着他走上讲台：“老师、同学们，你们看，这是我爸爸！”

那一刻，高峰泪水夺眶而出，情不自禁地伸出双臂，紧紧地拥抱了大女儿。

首席运营官魏东明1996年9月结婚，爱人是唐山市工人医院神经科大夫，有一个天真活泼的女儿，现在在北京外国语学院上大学。

在唐钢上班的时候，一家人其乐融融，然而自从他来到塞尔维亚，这个甜蜜温馨的三口之家却分处三地。

2017年9月，爱人专程来到斯梅代雷沃探亲。

他却因为白天照常上班，也顾不上陪伴她。爱人也因为单位工作忙，只待了短短的三个星期，就依依不舍地登上了回国的班机。

从那以后，天各一方的三口之家只能靠网络视频寄托牵挂之情。

去年，他回国休探亲假。

他刚去塞尔维亚的时候，体重将近 80 公斤。

在河钢塞钢管理团队都有一个共同的现象：身体不明不白地严重消瘦。这都是因为在水土不服的异国他乡引起的。

白天超负荷地工作，晚上休息不好，天长日久，精神和体力消耗巨大。

短短的两年之后，他就意外瘦到了 60 多公斤，体重暴减了 30 斤。

这可把爱人吓坏了——

“为何体重下降的这么快？”

“是不是得了什么不好的病？”

…………

爱人心情焦急，硬拉着他到医院去做了全面检查，结果并没有发现什么问题，这才放下心来。

是的，四年多的时间，他们已经完全适应了异国他乡的生活节奏，同 5000 多名塞籍员工同生活共命运，心头没有那种古诗中所描写的“独在异乡为异客”的疏离感，只不过是转战到了另一个分厂，落脚到了另一个远方的家。

给钢厂员工带来了稳定的生活

每个月的 1 号和 15 号，对于斯梅代雷沃钢厂的员工们来说，是两个比过节还喜庆的日子。

因为这两天钢厂给员工发工资。

从 2016 年 7 月以来，钢厂刚刚复兴两个月，员工不仅每月都按时拿到了工资，还上涨了近 10%。

每当领到工资，员工们都喜不自胜地彼此打招呼：

“明天超市见！”

在斯梅代雷沃市区的各个超市，也瞄准了这两个日子，把每月发工资的第二天，也就是每个月的 2 号和 16 号，作为商家的促销日。

朋友啊，你能想象得到这些洋溢着钢铁气息的 5000 多员工，纷纷离开沸腾的车间，换上新装，怀揣着钞票，潮水般涌进斯梅代雷沃这座只有 10 万人口的城市，是怎样一种火热的情景吗？简直就像一股滔天大浪，涌进了汹涌的大海，顿时激起澎湃的浪涛啊！

中年夫妇会满怀喜悦地走进各大商场，选购过去买不起的冰箱、彩电等家电产品；年轻的未婚男女会喜气洋洋的手挽着手走进照相馆拍结婚照，走进超市选购准备结婚的床上用品，计划着旅行结婚；年轻的妈妈们，会领着孩子走进麦当劳、肯德基快餐店，购买喜爱的食品；正在热恋的男孩女孩们，会热烈相拥着走进剧院和电影院，或者提前坐在咖啡厅里，等待着异性朋友的到来。

这位名叫内博萨·米兰科维奇的老车工，在钢厂工作了30多年，面对钢厂的巨变，激动地说:“河钢集团对我们钢厂进行了投资，提高了产能和效益，增加了出口量，不仅保住了5000多名员工的饭碗，不仅每个月按时给我们发工资，还涨了工资。我一直梦想着工作稳定，收入提高，现在这个梦想终于实现了！河钢集团不仅能保障我的生产安全，还能给我和家人的生活带来安全感！这让我和我的一家感到非常高兴！”

这位名叫伊万·马特科维奇，今年39岁，是钢厂热轧车间副主任，谈到工资的变化，兴奋得不得了:“自从河钢集团收购以后，我从大家的表情中，谈话里，包括我自己身上，都感受到一种积极乐观的气氛，我们知道未来有保障了。现在我们的工资涨了，我希望工资会随着产量继续提高！”

还有一位女管理人员名叫亚丝娜，谈到现在的生活，喜不自胜:“河钢集团收购以前，我的工资很低，难以维持家里的生活。现在，我的薪水有了一定的上涨，觉得自己的事业和生活都有了新的希望，我的家人也特别高兴！”

45岁的冷饮店主安琪卡·科基奇面对中国来客，笑意盈盈地端上一杯鲜榨橙汁:“我的小女儿桑卓·科基奇，今年26岁了，就在钢厂上班，是一名技术员！好多朋友都很羡慕我女儿能有这么好的工作！有许多像她一样的年轻人，也希望能到钢厂里工作！”

用真心换真诚：“我们都是一家人”

走进沸腾的钢厂，到处洋溢着塞方员工们对以宋嗣海为首的河钢塞钢经营管理团队水乳交融的跨国亲情。

“自从河钢集团收购斯梅代雷沃钢厂的那天起，我们就紧紧连在了一起，既是同事，又是家人！”

这是塞方员工发自内心的表达。

这里曾经发生了一个异国兄弟亲如一家的感人故事。

河钢塞钢采购部协调专员布拉尼斯拉夫·阿夫拉莫维奇是在河钢唐钢运营管理团队进驻钢厂后，才和比自己年纪小的、名叫高嵩的中方运营管理人员第一次见面的。

双方亲切握手后，相互介绍自己的名字：“我叫阿夫拉莫维奇！”

“我叫科斯塔！”

事后，阿夫拉莫维奇大笑着说，“我当时觉得太有趣了，他明明叫高嵩，居然有一个塞尔维亚名字！”

彼此的距离瞬间拉近了。

他立刻对这个中国小伙子有了一种好感。

从那天起，他们几乎每天隔着一个办公桌面对面工作。

阿夫拉莫维奇对于这位26岁的中国小兄弟十分关照。

他经常会起个大早，开车去很远的市场为高嵩买最新鲜的食物，而高嵩每次到贝尔格莱德，都特意去家里看望这位老大哥。两个人在酒吧里喝着啤酒，一聊就是大半天。

在阿夫拉莫维奇的帮助下，高嵩很快适应了当地的生活。

为了更好地了解中国以及中国朋友，阿夫拉莫维奇也在努力学习中文。

发挥纽带作用的，还有钢厂里的 ACHC 工会，全称是“自由贸易联盟工会”。

该工会成立于 2001 年，正好经历了从钢厂破产到美钢联收购、抛售，再到河钢集团收购、复兴的一波三折大落大起的关键性时期。

该工会是独立于企业的员工组织，现在有会员 1100 多人。

在河钢集团收购前，主要的职责是维护员工利益和监督安全生产；现在主要负责收集和提供合理化建议，反映广大员工的呼声，协助企业解决困难。

河钢塞钢对员工的关怀细致入微。

有一名 53 岁的高炉维修主管，名叫佐兰·帕维克，他做梦也没想到在他生日这一天，河钢塞钢像亲人一样特意为他送上了蛋糕，点燃了蜡烛，唱起了“祝你生日快乐”的歌曲，用中国传统方式为他庆祝了生日，这让他感动不已，热泪纵横。

最高兴的，当然还有那些普通的商家。

在斯梅代雷沃市经营一家餐馆的米西奇说：“过去很多年，钢厂只有一个高炉的烟囱在冒烟。钢厂时开时关，效益不好，员工领不到工资，我的生意也很惨淡！中国人来了之后，钢厂另一个停产多年的高炉烟囱又开始冒烟了，我的生意也比以前好了不少。有河钢集团在这里经营，我相信我的生意会越来越好！”

主动应对多瑙河危机

天有不测风云。

2017 年的春天，是河钢塞钢迎来的第一个春天。

然而，老天不帮忙。

虽然 2016 年下半年河钢塞钢旗开得胜，让人感受到了苏醒的早春气息，然而寒冷执拗地不肯退去。

2017 年当地时间 1 月 7 日，也就是河钢塞钢刚成立仅仅半年，一场十年未遇的特大暴风雪，冻彻骨髓的奇寒席卷了整个欧洲。

从 1 月到 4 月，正是多瑙河从结冰到融化的四个月，也是欧洲钢材市场出现极大波动的四个月，面临着之前遗留的废钢处理和与工会谈判等诸多难题，但是以宋嗣海为首河钢塞钢经营管理团队主动应对，攻坚克难，在河钢集团的强有力支持下，通过河钢国际贸易公司从全球调运进口铁矿石原料，不仅没有造成停产和减产，反而生铁产量同比增长了 80%、粗钢产量同比增长了 79%，钢材的产量同比增长了 65%。

这一年，也是河钢塞钢成立后的第一个整年，形势更加喜人。

全年产钢 148 万吨、钢材 125 万吨，较 2016 年增长 51.8%，实现营业收入 7.5 亿美元，实现利润 2 亿元人民币，均创近年来历史最好水平；向塞尔维亚政府缴纳税收 3900 万美元，对塞尔维亚 GDP 贡献率达到 1.8%，成为排在菲亚特汽车产业之后的第二大出口企业。

2018 年，又迎来了新的严峻挑战。

同年 7 月，原本是河钢塞钢成立两周年纪念日，也是企业持续向好的年头，然而就在这个重要的节点上，一场多年少有的特大干旱席卷了整个中东欧地区。

在河钢塞钢，无论是铁矿石进口还是钢材产品出口都必须依赖多瑙河这条唯一的国际航运要道；但是，这条河受季节性的影响很大，稍有波动就会造成驳船停运。

往年 8、9 月份，多瑙河的水位一直很旺，但是这一年从夏天一直到了 12 月份，始终处于低水位的状态，河道窄窄的浅浅的，航运屡屡受阻。

钢铁生产是大物流，需要的进口的铁矿石和钢材产品出口量很大。

“如何积极应对？”

大家都很着急。

宋嗣海却心态坦然：“唯一的办法就是做好前瞻性的准备工作，做充分的预估，打提前量，未雨绸缪，变被动为主动！”

这一年，尽管天灾频仍，河钢塞钢不仅没有造成停产减产，而且效益继续创出历史最高水平，1 至 5 月份实现利润超过去年全年。

这一年，河钢塞钢在产品销售方面，除了成功交付美国市场的首批订单，还开拓了美国、埃及、土耳其、德国、意大利等新的市场。

这一年，河钢塞钢还投资 1.2 亿美元，约合 8.3 亿人民币，对钢厂原有的陈旧落后设备进行结构性改造，提升环境保护质量和节能降耗水平，把斯梅代雷沃钢厂打造成为欧洲最具竞争力的企业。

塞尔维亚海关提供的数据表明，河钢塞钢这一年出口额实现

7.5亿欧元，同比增长39.6%，比意大利菲亚特车公司的出口额高出3500万欧元，跃居塞尔维亚第一大出口创汇企业。

塞尔维亚就业率最高的城市

市长亚斯娜·阿夫拉莫维奇女士对以宋嗣海为首的河钢塞钢经营管理团队赞美有加：

“斯梅代雷沃是个钢铁工业城市，整个城市几乎没有其他的行业，不仅钢厂里有5000多名员工，每个家庭有三、四口人，加起来就是10000多人。如果把为钢厂服务的许多承包商、供应商和雇用人员计算在内，总共有20000多人在围绕钢厂工作。也就是说，在这座有十多万人的城市里，平均每五个人中，就有一个人的工作直接或间接与钢厂有关。如果这个钢厂不工作，整个城市的经济发展就会陷入瘫痪，就会成为一座死城。美钢联撤走以后，钢厂处于半停产状态，工厂面临关门，员工面临失业，许多相关联的小公司也都关门了。在河钢收购之前，中央政府每年都要从国库挤出1.5亿美元勉强支撑运行。他们生活不好，也影响我的心情和工作。最大的担心就是这30000多人的家庭和孩子是不是有饭吃，不知道明天会怎么样！作为市长，我的心情很难受呀！”

说到这里，她话锋一转，脸色也陡然明亮起来：“两年半之前，河钢接手，我的心情特别舒畅，从此不用再担心斯梅代雷沃市的未来。河钢集团的到来，给我们的城市带来的变化是巨大的，过去死气沉沉，现在充满活力！仅仅半年的时间就扭亏为盈！现在生产经营稳定了，员工们每月都能按时正常领到工资，可以开心地到菜市场买菜，到商场买衣服，到电影院看电影。钢厂的复兴带动了更多的人就业，也提升了城市的新生儿出生率。过去由于企业效益不好，有孩子的，想多生怕养不起；没结婚的，没条件买房。现在有孩子的也开始考虑再生，买新房结婚的年轻人也越来越多，所以新生儿的出生率不断上升，如今排在塞尔维亚首位！与此同时，也大幅度提高了本地的税收。过去我们市政府的财政收入只有200多万欧元，2017年提高到了500万欧元，是原来的两倍多！有了这些资金，我们就可以修复基础设施、改善社会环境，调整人口政策，帮助孕妇多生多育，投资城市文化建设，开展日常活动。这都是多么重要的事情啊，以前却是不敢想象的！市民满意，我也满意！”

钢厂是这座城市的龙头企业，也是这座城市的经济命脉，钢厂的生死决定着这座城市的兴衰。

在资本主义国家，非常重视一个数据：失业率。

这是指在一定时期内满足全部就业条件的就业人口中仍未有工作的劳动力数字，旨在衡量闲置中的劳动产能，是反映一个国家或地区失业状况的主要指标。

斯梅代雷沃“一钢独大”，钢厂是安排就业的主体。

该市原来的失业率为18%，比塞尔维亚全国整体失业率15%还高出三个百分点，是全国失业率最高的城市之一。

宋嗣海他们到来以后，由于保证了这5000多名员工原有的劳动岗位，从而带动和扩大了相关产业更多人的就业，失业率降到了6%，从而成为塞尔维亚缩减失业率幅度最大的城市，也是就业率最高的城市。

随着老员工的陆续退休，新员工的不断补充，就业率还会逐年提高。

迄今为止，以宋嗣海为首的河钢塞钢经营管理团队已经在多瑙河畔连续奋斗了四年多的时间，这是从开始水土不服到扎根异国他乡的四年，是面对两种不同的制度、法律、文化和经营理念激烈碰撞和不断融合的四年，是使企业起死回生，让全体员工脸上重现笑容的四年，是促进当地经济形势不断向好，不断改善城市面貌的四年，是成功融入“一带一路”，成为中塞两国合作共赢的典范的四年。

2019 年 4 月，河钢塞钢经营管理团队被中宣部授予“时代楷模”荣誉称号，号召大家学习他们不负嘱托，扎根异国他乡，在企业连续七年亏损、生产经营陷入困境的情况下，因地制宜、艰苦奋斗、锐意进取的精神。

同年，在隆重庆祝中华人民共和国成立七十周年之际，宋嗣海被中宣部、中组部、中央统战部等八部门评为“最美奋斗者”个人。

一切过往，皆为序章。

因为河钢塞钢是中国国有钢铁企业首次收购的海外第一家全流程钢铁企业，四年的时间仅仅是一部铿锵有力的精彩前奏，未来的路更长；然而，有这奋发有为的四年作为开拓奋进的起点，以宋嗣海为首的河钢塞钢经营管理团队，必将创造新的更加动人的奇迹！